AF186117

Frau Doktor E. liebt die Abendsonne

»Bellevue«

Marta press

Juliane Beer

Frau Doktor E. liebt die Abendsonne

Die Deutsche Bibliothek ... net diese Publikation
in der Deutsc... lbibliografie.
Detaillierte bibliografische ... m Internet abrufbar unter
http ... de

FSC
www.fsc.org

MIX

Papier aus ver-
antwortungsvollen
Quellen
Paper from
responsible sources

FSC® C105338

1. Auflage März 2015
© 2015 Marta Press, Verlag Jana Reich, Hamburg, Germany
www.marta-press.de
Lektorat: Nicolli Povijač
© Umschlaggestaltung: Andreas Reich
Printed in Germany.
ISBN 978-3-944442-31-0

Sicher, das war zu erwarten, die bisherigen Arbeitgeber werden in jedem Bewerbungsgespräch abgefragt.

Frau von Schönberg wirkt aufgeregt, hat sich dennoch recht gut im Griff. So jedenfalls kommt es bei mir in Hamburg an. Als neue Assistentin des Chefarztes stellte sie sich vor, mit einem ganz feinen Zittern in der Stimme, als könnte sie es selbst noch nicht fassen. Sie legte eine kurze Pause ein, fügte dann hinzu: „seit drei Wochen".

Ich gratulierte ihr, spürte, wie sie strahlte und telepathierte: Bitte seien Sie nachsichtig mit mir, Frau Doktor, ich führe soeben mein erstes Telefoninterview!

Mein eigenes Lampenfieber war damit verflogen.

„1997-2007: Red Cross War Memorial Children's Hospital, *Kapstadt, Innere Medizin.*

2009-2010: Container der katholischen Kirche in der Budapester Straße am Berliner Bahnhof Zoo, Allgemeinmedizin", diktiere ich.

Die junge Frau tippt zunächst schweigend mit, dann: „Entschuldigung Frau Doktor, Arbeit im ... Container?"

„Behandlung von Kindern ohne festen Wohnsitz", erkläre ich.

„Oh ... natürlich. War das eine Vollzeitstelle?"

„Nein, Teilzeit, drei Tage die Woche." Ob ich bei Bedarf drei Tage die Woche arbeiten könnte, kam es postwendend, als ich mich damals dort bewarb. In der Annonce war nach medizinischem Personal lediglich für montags gesucht worden, ich denke, man wollte niemanden von vorneherein abschrecken. Ärzt*innen in Deutschland haben zu viel zu tun, verdienen aber nicht genug, heißt es immer. Und die katholische Kirche zahlte auch nichts. Zumindest kein Geld. Sie bot für die

Verarztung kranker Straßenkinder die Möglichkeit, altruistischen Motiven Ausdruck zu verleihen.

„Und es handelte sich um eine ehrenamtliche Tätigkeit", erläutere ich noch. „Ich war damals seit zwei Jahren wieder in Deutschland und aufgrund einer familiären Angelegenheit in Auszeit, beabsichtigte auch erst mal nicht, ins Berufsleben zurückzukehren, wollte aber gern ein Ehrenamt übernehmen. Oder besser: Brauchte ein Ehrenamt, einmal Ärztin, immer Ärztin."

„Ah, verstehe!" Die junge Frau klingt beeindruckt. Tippt wieder.

Ich würde ihr gern noch etwas über meine Zeit am Bahnhof Zoo erzählen. Damit ein Eindruck von der Arbeit mit Kindern auf der Straße entsteht, eine Idee von dem, was sie mir klargemacht haben, nämlich, dass für so viele die Familie kein Hort der Glückseligkeit ist. Ausreißen! heißt es dann, um das nackte Leben zu retten. Bedenkt man, dass nicht wenige Kinder, die zuhause die Hölle in allen Schattierungen erdulden, dennoch bleiben und ihre Peiniger*innen decken, verteidigen, schützen, entsteht eine Vorstellung von dem, was Ausreißer*innen über sich ergehen lassen mussten.

Aber das scheint für die vakante Stelle nicht von Belang zu sein. Wer Medizin studiert und bereits mit Kindern gearbeitet hat, ist befähigt und kommt offenbar in die engere Auswahl. Dem flinken Geklacker nach zu urteilen, hält die junge Frau gerade ihre diesbezüglichen Eindrücke fest.

„Das war sicher nicht einfach!", kommt es dann aber doch noch. „Weder in Afrika noch in Berlin."

„Die Übel und Beschwerden von Straßenkindern sind dieselben wie die behüteter Kinder. Erkältungen, Wunden, Brüche. Die Wirkung frühen Rauchens und Kiffens, vorpubertärer Sexualität und Gewalt wird sich erst im frühen Erwachsenenalter zeigen."

„Furchtbar", flüstert Frau von Schönberg betroffen. Und fängt sofort wieder an zu tippen. Deshalb verzichte ich darauf, Weiteres über die damalige Arbeit zu berichten.

Plötzlich Stille.

„Ist alles in Ordnung?"

„Entschuldigen Sie, Frau Doktor, es geht sofort wieder los. Das Programm ist neu und spielt mir gerade Fragen ein, die hier gar nicht hingehören."

„Ja, das kenne ich." Im Bewerbungsgespräch für meine letzte Stelle, 2011 in Hamburg, spielte Privatdozent K., der auch als Chefarzt fungierte, ebenfalls eine solche Frage ein: Ob die Berliner Straßenkinder denn nicht schon im zartesten Alter völlig zerstört und unbrauchbar wären, so ohne Mutter und Vater in der wichtigsten Zeit des Lebens? Er lehnte sich zurück und betrachtete zufrieden das Foto seiner Frau und seiner Tochter auf dem Schreibtisch, beide gesund und rosig, die Frau dazu sexy, natürlich dezent. Mit einem Patient*innenkreis aus schwierigen Verhältnissen hätte ich es in Berlin zu tun gehabt, lautete K.s Resümee. Möglicherweise war er der Meinung, das Aufwachsen in einer Familie wie seiner garantiere Unversehrtheit. Was ich in Afrika erlebt hatte, wollte er gar nicht wissen.

Ich überlegte damals, ihm eine Gegenfrage zu stellen. Wie eine völlige Zerstörung und Unbrauchbarkeit in seinen Augen denn aussähe?

Ich ließ es sein. Das Gespräch hätte ansonsten einen ganz falschen Verlauf genommen, wir wären in den Bereich Soziologie, Psychologie oder zuletzt auch Philosophie gelangt, aber darum ging es ja nicht. Jener Privatdozent wollte erkunden, wie es um meine Frustrationstoleranz stand, ob ich Elend ertragen könnte, wenn ja, wie viel. Die Stelle in seinem Hamburger „Problembezirk"-Krankenhaus wäre schon seit geraumer Zeit unbesetzt. Viel Armut sähe man hier, obendrein fehlende Bildung und Sprachkenntnisse der Eltern. Nicht sehr attraktiv für die meisten Mediziner*innen, enthüllte er. Dabei spielte er Mikado mit acht versilberten Füllfederhaltern, den Aufdrucken nach zu urteilen Präsente seiner Pharma-Freund*innen.

„Erfahrung vorhanden", tippt die Assistentin soeben laut mitsprechend in ihre Maske. Und dann: „Ach … nein, nicht schon wieder. Entschuldigen Sie … ich habe es gleich!"

„Machen Sie ganz in Ruhe!" Dem Privatdozenten antwortete ich damals, Kinder, die auf den Straßen von Berlin lebten, seien nicht das, was der Volksmund gemeinhin als brauchbar oder fruchtbringend bezeichnen würde. Menschen, die früh auf sich selbst gestellt seien, und das im Angesicht von zahllosen Großstadt-Gefahren, müssten lügen, ebenso stehlen, und zwar alles, was umher läge: Verbandszeug, Medikamente, Geld, Taschen, Jacken, Papiere des medizinischen Personals. Ehe man sich versehe, wäre das ganze Zeug verschwunden. Man dürfte es den Kindern aber nicht verdenken, es gehe um nicht weniger als ums Überleben. Ein bisschen Geld oder eine hochwertige Jacke bedeuteten eine Stunde Betteln, einen Ladendiebstahl oder eine Sexdienstleistung weniger. Es müsste einem klar sein, gab ich dem Doc zu bedenken, dass diese Kinder uns in der Regel nicht lieben würden oder groß dankbar und zu einer Gegenleistung bereit wären. Das könnten sie gar nicht. Aber es gehe in einer Straßen-Ambulanz ja auch nicht um Moral oder die Gefühle und das Wohlergehen der Helfer*innen.

So habe ich es dem Mann erklärt, ich nahm an, dass er genau das hören wollte.

Und richtig, er nickte wissend. Offenbar ließ ihn meine Antwort zu der Überzeugung gelangen, meine Frustrationstoleranz sei ausreichend hoch.

„Es geht sofort weiter!", verkündet meine Gesprächspartnerin gerade zuversichtlich. Doch das

Geklacker bleibt aus. Schließlich: „Frau Doktor, ich denke, es ist am besten, wenn ich mal eben das ganze Programm runterfahre! Vielleicht möchten Sie sich in der Zwischenzeit einen Kaffee holen?"

Nein, nicht nötig, aber offenbar braucht die Assistentin einen. Ich höre, wie sie sich vom Schreibtisch entfernt.

Na schön. Warum ich in der Berliner Straßen-Ambulanz aufgehört hatte und entgegen meiner damaligen Pläne nun doch wieder voll ins Berufsleben einzusteigen gedachte, und das auch noch in einer fremden Stadt, interessierte den Privatdozenten damals noch. Auch, ob ich die traumatischen Erlebnisse in Afrika gut überwunden hätte.

Ich gab an, dass sich erstens die berufliche Situation meines Lebenspartners ganz plötzlich geändert hätte und uns zweitens familiäre Gründe nach Norddeutschland führten. Im Klartext hieße das, ich müsste ab sofort die Familienernährerin geben, also Vollzeit arbeiten.

Diese Allerwelts-Auskunft stellte den Doc zufrieden, obwohl ich mich über mein vermeintliches Afrika-Trauma ausschwieg.

Über den Fall Kaya, der in Berlin vors Gericht ging, sprach ich auch nicht. Weil ich nicht danach gefragt wurde...

„Es geht in einer Minute weiter, ich entschuldige mich nochmal!" Die junge Frau nimmt einen Schluck Kaffee. Dann wieder Stille in der Leitung.

Gut. Kaya also. Sie war 14 Jahre alt und damit strafmündig, sie hatte den Freier... halt, ich hasse den Begriff *Freier* in einem Zusammenhang wie diesem... passender: Sie hatte den Gewalttäter im Affekt erschlagen, es war allem Anschein nach ein Kampf vorausgegangen. Das Mädchen wurde übelst zugerichtet, stand morgens um halb acht, als ich eintraf, vor der Kirchen-Ambulanz, sprach zunächst kein Wort, was auch nicht nötig war. Ein

Blick auf das Kind reichte. Die Platzwunde auf der Stirn blutete noch. Ich kannte Kaya bereits, ahnte, wie sie ihr Geld verdiente, hatte ihr mehrmals angeboten, sie in einer Jugendeinrichtung unterzubringen, doch sie wollte nicht. Sie zog die Gefahren der Straße dem Eingesperrtsein vor, trotzdem ich ihr immer wieder versichert hatte, dass eine gute Jugendeinrichtung, beispielsweise eine Wohngemeinschaft, kein Gefängnis, sondern ein sicherer Ort zum Leben wäre. Ich weiß nicht, was sie einst erlebt hatte, sie verriet es mir nie. Der algerische Akzent ließ ihr Französisch hart und abweisend klingen, „très bien" ginge es ihr, auch ohne Jugendeinrichtung, und fertig.

Und so unnahbar stand sie auch an diesem Morgen vor der Ambulanz.

Zwanzig Minuten später, ich hatte gerade ihre Wunde versorgt, stand Polizei im Container und klärte mich über den soeben festgestellten Tatbestand des Totschlags auf.

In der darauffolgenden Woche erhielt ich vom Gericht eine Vorladung. Da ich die Erstversorgung übernommen hatte, war ich in gewisser Weise auch Zeugin, nach dem Wortlaut des Briefes zu urteilen eine glaubwürdigere als die Vermieterin des Liebesnests und der Kumpel des Erschlagenen.

Doch als Zeugin vor Gericht auftreten konnte ich ja nicht. Ich floh, ich musste, etwas anderes blieb mir nicht übrig. Ich floh nach Hamburg.

Die Koordinatorin der Ambulanz am Bahnhof Zoo rief mich an, ich erkannte ihre Nummer und ging nicht ran. Es lief diskret. Ärzt*innen, die mit Straßenkindern arbeiten, die in den letzten Jahren immer häufiger aus aller Herren Länder nach Deutschland kommen und hier auf alle erdenkliche Weise ihren Lebensunterhalt verdienen, befinden sich in einem dauernden Dilemma, da geht man ganz vorsichtig vor, umschifft, vermeidet, auch im Kontakt untereinander. Eigentlich müssten wir jedes dieser Kinder der Jugendhilfe oder der Ausländerbehörde übergeben, aber Jugendhilfe und Ausländerbehörde sind froh, dass wir es nicht tun. Ohnedies bereits völlig überlastet zählt man dort auf uns.

Ich schrieb der Koordinatorin eine Mail, ich sei aus akuten gesundheitlichen Gründen gezwungen, auszusteigen. Würde mich selbst mit einem Bein im Krankenhaus befinden. Oder so ähnlich.

Mein Handy habe ich dann sofort entsorgt, die Mailadresse gelöscht.

„Entschuldigen Sie noch mal vielmals die Unterbrechung, Frau Doktor", spricht es aus dem Telefonhörer, den ich auf den Tisch gelegt habe. Ja, richtig, das Interview ...

„Trockenübungen funktionieren, aber wenn es drauf ankommt ..."

„Das kenne ich gut!", versichere ich der jungen Frau.

Nun geht es aber doch weiter. Nächste Frage: Wo ich, abgesehen von Kapstadt und Berlin, noch gearbeitet hätte.

„2011, Hamburg, Städtisches Krankenhaus A., Internistin auf der Kinderstation", diktiere ich. Die Assistentin schweigt auf eine unheilvolle Weise. Ich richte mich endgültig auf eine längere Sitzung ein und lege die Beine hoch.

„Das ganze ist mir furchtbar unangenehm!", versichert mir die junge Frau und klingt in der Tat verzweifelt. Ich schlage ihr noch einmal vor, alles ganz in Ruhe zu machen, ich hätte damit kein Problem. Sie bedankt sich, dann ist es wieder still.

Die Stelle in Hamburg hatte ich übrigens bekommen. Erstens: offensichtlicher Mangel an Ärzt*innen mit hoher Frustrationstoleranz, zweitens: ausreichende Frustrationstoleranz der anscheinend einzigen Bewerberin. Man war wohl so glücklich über mein Anschreiben, dass nicht einmal ein Telefoninterview mit mir geführt wurde. Ich durfte gleich zu Privatdozent K. vorrücken, dem drei Sätze über die Arbeit mit Straßenkindern reichten, um mich für kompetent zu erachten. Meine Bewerbungsmappe, die ich, wie in der Stellenanzeige verlangt, nicht dem Bewerbungsschreiben beigefügt hatte, sondern erst zum Bewerbungsgespräch mitbrachte, verschwand mitsamt der Sekretärin im Vorzimmer. Ich sah durch den Türspalt, wie die Frau sich als erstes ihrer hochhackigen Pumps entledigte und dann meine Papiere in den Scanner legte und anschließend am Computer der richtigen Datei hinzufügte. Klick, klick, klack, und erledigt.

Später stellte ich mir vor, wie die Sekretärin abends nach Hause ging, jetzt in ihren bequemen Tretern für den Heimweg, und gar nicht über mich und meine Mappe nachdachte, warum auch? Sie wusste, dass dringend eine neue Ärztin gebraucht wurde, und voilà, da war sie! Allenfalls erzählte die Sekretärin beim Abendessen ihrem Mann, falls einer mit am Tisch saß, dass nun auch wieder das Ärzt*innenkollegium komplett sei.

„Gott sei Dank komplett", fügte sie vielleicht noch hinzu, in dem engagierten Ton, der Leuten zu eigen ist, die die hausgemachten Probleme ihrer Vorgesetzten zu ihren eigenen machen.

So verlief mein Auftakt in Hamburg.

Und jetzt müsste Frau von Schönberg im Rahmen ihres Telefoninterviews eigentlich so fortfahren: Entschuldigen Sie, Frau Doktor, ich habe Anweisung, bei häufigem Stellenwechsel zu fragen: Fühlten Sie sich in den angegebenen Kliniken oder mit ihrer privaten Situation nicht wohl?

Sie fragt nicht. Stattdessen wieder das monotone Klackern ihrer Tastatur. Na bitte, es tut sich was. Dann: „Hören Sie Frau Doktor? Es ist mir so furchtbar unangenehm, dass ich Ihre Zeit unnötig lange in Anspruch nehme, aber ich habe ein wirkliches Problem mit diesem Programm. Kann ich Sie in fünf Minuten zurückrufen?"

„Ja, sicher. Und stressen Sie sich doch bitte nicht wegen so etwas!"

Sie will es versuchen, bedankt sich und legt auf.

Ich habe mich anfangs übrigens sehr wohl gefühlt in Hamburg. Offen und luftig ist es hier. Dauernd Wind. Das Meer ist nicht weit. Am Meer kann man nicht unglücklich sein, dafür ist im und auf dem Meer schon zu viel geschehen, das einem zeigt, wie bewegt das Leben ist, und dass Trübsinn sich wegen nicht zu vermeidender Fälle von Ertrinken hin und wieder zwischen so viel quirligem Leben gar nicht lohnt.

Nachts, wenn ich nicht schlafen kann, was bei mir nichts Ungewöhnliches ist, fahre ich mit der U-Bahn in den Nachbarbezirk St. Pauli, stehe am Hafenbecken, es riecht nach Fisch und Salz. Ich stelle fest, dass ich anfange, glücklich zu leben.

Ist es unanständig, unter den gegebenen Umständen glücklich zu sein? Ich komme noch darauf zurück. Immer wieder.

Später trinke ich ein Astra am Tresen der verqualmten Taverne Bar, zwischen all den wunderschönen südamerikanischen Transsexuellen, die, je weniger sie verbergen, umso sicherer vor Entdeckung sind.

Falls die junge Frau ihr Computer-Problem heute noch in den Griff bekommt - und meinem Eindruck nach wird sie alles daransetzten - ist die Zeit knapp geworden. Fragen zu meiner privaten Situation in Hamburg müssen entfallen. So wichtig ist das ja auch nicht, aber was natürlich interessiert: Fühlten Sie sich in der Städtischen Klinik A. nicht wohl? Sie sagten mir eingangs, sie seien dort nicht mehr beschäftigt. Warum? Haben Sie selbst gekündigt oder hat man Ihnen gekündigt?

Weder noch.

Das Mädchen, elfjährig, wurde mit einer Beinfraktur und einem ringförmigen Bluterguss um das linke Auge eingeliefert. Ihr Vater brachte sie zu uns, ihre Mutter war nicht dabei. Sie sei zuhause geblieben, da sie unter Schock stehe, hieß es.

Haushaltsunfall, trug die Schwester in die Akte ein. Haushaltsunfall? Bei einem Kind? Ein Kind kann einen Unfall im Spielzimmer haben, oder draußen am Klettergerüst abrutschen und stürzen. Aber einen Haushaltsunfall? Was genau hatte das Kind im Haushalt erledigt? Ich tauschte mich mit Stationsarzt Doktor F. darüber aus, er versicherte mir, alles habe seine Ordnung. Er kenne die Eltern, hervorragende Jurist*innen, die bei ihm um die Ecke in Blankenese wohnten. Und umgekehrt natürlich auch ihn und seine Heilkunst schätzten, lachte Kollege F. gut gelaunt.

Ich hatte verstanden.

Veranlasste gleich am nächsten Tag, dass die Hamburger Kinderhilfe sich meine kleine Patientin und deren Eltern, das hervorragende Jurist*innenehepaar, genauer anschaute.

Ein Mitarbeiter der Kinderhilfe erschien zunächst auf unserer Station. Doch bevor er ins Krankenzimmer des Mädchens gelangen konnte fing Doktor F. ihn ab und dirigierte ihn in sein Büro.

Keine Stunde später kam es zu einer Auseinandersetzung zwischen F. und mir. Dass ich Hilfe herbeigeholt hatte, war in seinen Augen unglaublich. Beispiellos.

Ich entgegnete ruhig, dass ich nicht bereit wäre, seine Freund*innen zu decken, auch wenn es sich bei denen um Blankeneser Nachbar*innen handelte.

Daraufhin starrte Doktor F. mich an, völlig entgeistert, dann stürmte er aus seinem Büro.

Zehn Minuten später wurde ich zur Klinikleitung gerufen.

Das Gespräch war unschön.

Privatdozent K. redete ungeordnet. Nebulös. Ich meinte herauszuhören, dass er von Anfang an Bescheid gewusst hätte über meine Person, war mir aber nicht ganz

16

sicher. Auch wollte er mir, wie ich verstanden zu haben glaubte, vermitteln, wie ungeschickt, ja geradezu dumm es von mir wäre, mich in meiner Lage so aufzuführen. Aber ich sollte jetzt keinesfalls einen weiteren Fehler begehen und meinen, ich könne der Klinik ans Leder. Das könnte ich nämlich nicht.

Darauf, mich unverzüglich der Polizei zu übergeben, wurde verzichtet.

Ich hob zum sprechen an, doch K. gab mir zu verstehen, dass er in der Angelegenheit nichts mehr von mir hören wollte.

„In welcher der beiden Angelegenheiten?", erkundigte ich mich.

K. antwortete nicht, bedeutete mir unter Zuhilfenahme eines drohenden Blickes, dass es ihm ernst sei, ich endlich schweigen sollte, und auch jede weitere Erklärung von seiner Seite überflüssig sei und deshalb unterbliebe.

Was später einmal in den Akten über mich zu finden sein wird ist möglicherweise, dass ich sofort von der Arbeit freigestellt war, aber noch drei volle Monatsgehälter erhielt.

Bevor ich die Klinik verließ gelang es mir noch, das Mädchen in ihrem Zimmer anzutreffen und ihr meine Mailadresse und Handynummer aufzuschreiben. Sie solle mich anrufen oder mir schreiben, was zuhause los wäre, bat ich sie. Ganz offen könnte sie sein, ich würde versuchen, ihr zu helfen.

Das Kind sah eingeschüchtert zu Boden.

In der folgenden Nacht schlief ich nicht. Dachte an das Mädchen. Was war das für ein Kind? Was war zuhause los? Gegen Morgen endlich hatte ich ein ungefähres Bild.

Über die Angelegenheit, die lediglich meine Person betraf, bewahrte ich übrigens Stillschweigen.

Nicht der Hamburger Klinik zuliebe, vielmehr mir zuliebe ...

Telefonklingeln. Frau von Schönberg erweckt nicht den Eindruck, als habe sie ihr Programm mittlerweile im Griff. Ein Albtraum für eine Berufsanfängerin, die am Wochenende den Eltern von den Vorzügen der neuen Software in Sachen Effizienz vorschwärmt, wie auf dem letzten Lehrgang durchexerziert. Im Moment aber scheint die junge Frau sich ganz altmodisch handschriftlich Notizen zu machen, ich vermisse das Klackern der Tastatur. Ich diktiere ihr die Adresse der Hamburger Klinik, ohne mich davor zu fürchten, dass ihr Chef sich in Hamburg nach mir erkundigen könnte.

Soll er. Privatdozent K. wird ihm versichern, dass ich eine tadellose Mitarbeiterin war. Eine gewissenhafte, engagierte Ärztin. Bedauerlicherweise war es der Kollegin aus familiären Gründen nicht möglich, weiterhin in unserer Klinik zu arbeiten. So oder ähnlich. Der Hamburger Klinikdirektion bleibt nichts anderes übrig, als so oder ähnlich auf jede mögliche Anfrage zu meiner Person zu reagieren. Werde ich im Neustädter Krankenhaus nicht eingestellt, ist man in Hamburg wahnsinnig geworden. Etwas anderes als Wahnsinn in der dortigen Direktion käme nicht in Betracht, wenn ein Krankenhaus in der Provinz, das ein unterirdisches Gehalt zahlt, wo kein männlicher Kollege auch nur eine Anfrage hinschicken würde, aus Angst umgehend eingestellt zu werden, eine Internistin mit Zusatzqualifikation in internistischer Neurologie und Kinderheilkunde, die in Berlin und Hamburg tadellose Arbeit geleistet hat, ablehnte.

Ich habe ab sofort eine neue Stelle, dessen bin ich mir sicher.

Darüber bin ich wohl auch glücklich, was mir aber nur gelingt, wenn ich die Erinnerung an das verletzte Mädchen ausblende. Bislang hat sie sich nicht bei mir gemeldet. Bleibt mir nur, inständig zu hoffen, dass sie mein Angebot annimmt und sich noch an mich wenden wird.

„So, das wär´s", ruft die Assistentin gerade, und ihre Erleichterung ist nicht zu überhören. Sie entschuldigt sich noch ein weiteres Mal und bedankt sich überschwänglich für meine Geduld.

Spätestens nächste Woche würde ich von ihrem Chef hören.

Lutz klebt den nächsten Karton zu. „In den Flur?"

Dort stapeln sich bereits fünf Kisten. Der Anblick gefällt ihm nicht. Damals hat er geholfen, die Bücherkisten in die Wohnung zu schleppen, dazu, sie nun wieder hinauszuschleppen, ist er nicht ohne weiteres bereit.

„Und wenn Sie in Hamburg blieben, Frau Doktor? Sich hier eine neue Stelle in einem anderen Krankenhaus suchen würden?"

Ach, Herr Lutz, wenn Sie wüssten!

Mit Doktor*innen ist es wie mit Lehrer*innen oder Buchhändler*innen oder Anwält*innen. Konkurrenz im Beruf ja, aber nach Feierabend kennt man sich. Nicht einmal befreundet muss man mit den Kolleg*innen sein, ob man will oder nicht – wie gescherzt wird – trifft man sie dennoch regelmäßig auf ganz bestimmten Tennisplätzen, in ganz bestimmten Fresstempeln oder beim Wochenendeinkauf Samstagmorgen auf dem Biowochenmarkt in Ottensen. Und tratscht. Und zweifellos will man ja auch, sonst würde man all diese heiligen Stätten nicht bepilgern. Und nicht tratschen.

Ich beispielsweise will nicht, halte mich da fern, frequentiere das Hallenbad in Altona und koche entweder zuhause oder esse Backfisch mit Kartoffelsalat in einem der Bistros auf der Großen Bergstraße. Samstagmorgens kaufe ich im türkischen Erden Market ein.

Aber es hat keinen Zweck, Lutz das alles darzulegen. Die entscheidende Information fehlt ihm. Genau diese Information würde unter der Hamburger Ärzt*innenschaft samstags am Biowein-Stand die Runde machen. Unter dem Siegel der absoluten Verschwiegenheit, zwischen zwei Schlückchen Pinot Noir, untermalt von derselben Melodie, die man auch abspielt, wenn man sich Infos über einen sogenannten Kunstfehler zuträgt, der letzte Woche im Operationssaal glücklicherweise Dr. B. und nicht einem selbst unterlaufen ist. Nun habe man also gehört, diese Ärztin ...

Um es abzukürzen: Ich würde in Hamburg keine neue Stelle finden. Ich muss hier verschwinden. Wo man mich als nächstes will, dort ziehe ich hin. Letzte Woche war ich in Neustadt, um mich persönlich vorzustellen, Frau von Schönberg hatte nicht zu viel versprochen, eine Einladung ihres Chefs kam prompt. Der Kittel des Mannes wies Spritzer undefinierbarer Herkunft auf, möglicherweise hatten gleich mehrere Patient*innen spucken müssen. Auf jeden Fall war etwas Unschönes vorgefallen, der Chefarzt wirkte gallig. Seine Zeit reichte lediglich für ein Händeschütteln und -drücken, dann ein gehetzter Blick auf die Uhr, Verabschiedung, ich würde schnellstmöglich von ihm hören. Und schon eilte er davon, um wieder ans Werk zu gehen.

„Wissen Sie, in Hamburg wird es mir zu hektisch", erzählte ich Lutz am darauffolgenden Tag. Der Streit mit meinem Vorgesetzten und die daraufhin vereinbarte Aufhebung meines Arbeitsvertrages in beidseitigem Einverständnis wären doch zwei Gründe, in etwas ruhigere Gefilde zu ziehen. Ich bekäme vermutlich eine Stelle in Neustadt, in der Provinz bräuchte man mich dringend.

Lutz ist betrübt. Obwohl ich nicht ein Mal mit ihm ausgegangen bin, wie ersehnt. Ebenso wenig habe ich in dem einen Jahr unserer Nachbarschaft die Einladung auf ein Glas Wein in seinem Wohnzimmer angenommen.

Dabei hätten wir uns viel zu sagen, meint Lutz. „Wenn ich sehe, wie viele Bücher Sie besitzen, Frau Doktor, ist es geradezu ausgeschlossen, dass wir zwei uns nicht verstehen würden!"

Mag sein. Lutz, Ende 50, früh verrenteter Bibliothekar mit schlohweißen Locken und Nickelbrille, ist ein netter Kerl. Manchmal kann er sich dann doch nicht bezähmen und klingelt bei mir, beispielsweise, wenn er hört, dass ich Möbel rücke, Nägel in die Wand klopfe, meinen Abfluss frei pumpe. Ob ich Hilfe bräuchte, heißt es dann. Vielen Dank, ich schaffe es allein. Ich frage Lutz aber, wo er schon mal in der Tür steht, ob er auf eine Tasse Tee hereinkommen möchte; er möchte immer. Wir plaudern ein halbes Stündchen. Er erzählt von seiner Arbeit, damals in der Uni-Bibliothek, auch, dass seine über alles Geliebte vor drei Jahren auf und davon ging, und es schwer ist, als Frührentner eine neue Liebste zu finden. Warum er mir das erzählt, verstehe ich nicht. Vielleicht will er es einfach nur loswerden. Eine dreizehn Jahre jüngere Frau gewinnt man nicht dadurch, dass man ihr auf die Nase bindet, wie gering der eigene Marktwert ist, das müsste Lutz wissen. Dennoch, ich mag ihn, wollte es aber immer bei unseren kleinen Plaudereien 14-tägig belassen.

Ich klebe den nächsten Umzugskarton zu.

Als habe er heute geradezu durch die Zimmerdecke hindurch sehen können, dass es bei mir etwas in größerem Rahmen zu tun gibt, stand Lutz vorhin in Norwegerpullover und Jeans vor der Tür, sehr leger für seine Verhältnisse. Wenn er sonst klingelt, trägt er Oberhemd und Jackett. Und dass er heute so lange hierbleiben und helfen kann, macht ihn augenscheinlich einerseits selig, andererseits, in Anbetracht der aktuellen Lage, traurig.

„Was sagen Ihre Kolleg*innen zu dem Streit mit ihrem Vorgesetzten, Frau Doktor? Nimmt man Sie in Schutz?"

Die vage Vorahnung, dass ich eines Tages mit der Wahrheit an die Öffentlichkeit gehen könnte, lässt die Hamburger Ärzt*innenschaft vermutlich zusammenhalten wie selten zuvor.

„Es hat sich alles geklärt!", antworte ich knapp, aber freundlich. Wo ist mein schwarzer Filzstift? Ach, hier. *Funktion und Krankheiten Innerer Organe* schreibe ich auf die Deckel der beiden größten Bücherkisten, *Verhaltenspsychologie* auf den Deckel eines ebenfalls gewaltigen Kartons. Stationsarzt F. wäre mein Bekenntnis weitaus peinlicher als das Aufdecken von ein bisschen Kunkelei unter den Regent*innen von Blankenese. Kunkelei ist nur unter Habenichtsen verwerflich. Bei Doktor F. und dem Jurist*innenehepaar heißt Kunkelei Kooperation. Aber das weiß Lutz sicher selbst. Hat ja diese Kaste in seiner Uni-Bibliothek heranreifen sehen.

„Vielleicht gehe ich auch wieder aus Hamburg weg. Zurück an die Ostsee. Wenn ich eine Frau träfe, die dort mit mir leben wollte, wäre ich sofort bereit."

Ich überlege kurz, ob das ein letzter tollkühner Versuch ist, beschließe dann, einfach darüber hinweg zu gehen. Werde lieber den nächsten Deckel beschriften. *Traumata und Therapie.* Auch eine große Kiste. Gegen jede Störung kann man allerhand unternehmen oder es zumindest versuchen. Ich lasse wieder alles hinter mir, einzig die Mobilnummer und die Mailadresse, die ich meiner kleinen Patientin gegeben habe, bleiben bestehen.

Lutz trägt vier weitere Kisten in den Flur, der ist damit voll gestellt. Die Wohnung ist weder groß noch modern. Der typische Altonaer Flair weht schon seit einer geraumen Weile hinein, nistet in allen Winkeln. Salzluft, Geschrei vom Fischmarkt. Und der uralte Parkettboden knarrt bei jedem Schritt. Wie ich das vermissen werde!

Genauso wie die Visite bei meinen Kindern am Morgen und die nächtlichen Ausflüge nach St. Pauli. Das waren selige Momente, Retardtabletten gegen den Schrecken der immer wiederkehrenden Einbrüche.

Pharmakologie Drei dicke Wälzer besitze ich zum Thema. Ich werde mir neue Medizin beschaffen.

„Ich koche uns einen schönen Tee!", schlage ich Lutz vor, der jetzt wieder im Wohnzimmer steht und seinen Blick an meine letzten, noch nicht verpackten Habseligkeiten heftet.

Es ist Frühling, dieses Jahr spät, der März war verschneit und bitterkalt.

Das habe ich noch nicht erlebt, zweistellige Minusgrade an einem Märztag, es ist aber nicht nur zu meiner bisherigen Erdzeit, sondern überhaupt in den vergangenen hundert Jahren nicht vorgekommen, lese ich in der Hamburger Morgenpost.

Hat die außergewöhnliche Kälte etwas zu bedeuten?

Wird das Leben immer wieder heftig durcheinander gewirbelt ist man versucht, jede Absonderlichkeit, die Natur oder Mensch hervorbringen, auf eine tiefere Bedeutung hin abzuklopfen. Auf eine tiefere Bedeutung für einen selbst, und niemanden sonst.

Ich sollte damit aufhören. Strömte mein Leben ruhig und gleichmäßig vorwärts, würde ich eine Wetterkapriole als das ansehen, was sie eigentlich ist: eine Laune der Natur, die sich um mich nicht schert.

Ich will dennoch kurz auf meine bisherigen Frühlinge zu sprechen kommen. Sie begannen Mitte März mit einer verstörenden Helligkeit und umher treibenden Blütenpollen, die die Augen entzündeten und ermüdeten. Ich stand vor dem Flurspiegel, betrachtete mich durch einen Schleier von Tränen und fand mich jedes Jahr ein wenig verändert vor. Wunderte mich über das Bild, das ich nach außen abgab. Ist kein Spiegel in der Nähe, bin ich ja noch immer das Schulmädchen, das nichts verraten darf und sich deshalb das Lügen angewöhnt hat, und zwar nach allen Seiten.

Wenn ich mich richtig erinnere, war es wohl so, dass das Mädchen gerade von der Großmutter eine Ohrfeige bekommen hatte, die erste Ohrfeige der Großmutter, warum weiß ich nicht mehr, aber es war auch die letzte Ohrfeige, denn von diesem Moment an hat das Mädchen, mittlerweile zwölf, auch die Großmutter wieder angelogen, glaube ich.

Jetzt ist es April.

Draußen liegen noch immer Schneereste, es ist kalt wie im Dezember, albern ist das, denke ich. Irgendwie fast lächerlich. Als sei der April ein Narr, der sein Handwerk nicht versteht. Kein Mensch lacht mehr über seine Possen, er macht dennoch weiter wie bisher. Da pfeife ich jetzt drauf, lasse die Mütze zuhause, lege sie irgendwo auf einem Karton ab in der Wohnung Funkstraße 3, in der es bei jedem Schritt hallt, weil schon alle Bücher eingepackt und die Teppiche eingerollt sind.

Ich gehe mit offenem Haar herunter auf die Straße. Es weht ein steifer Wind durch Hamburg, ein paar Schneeflocken sind auch dabei, schwarze Haarsträhnen flattern mir ins Gesicht, bleiben einen kurzen Moment auf den frisch eingecremten Wangen haften. „Albern bist du", flüstere ich dem Wind zu, richtig wäre in dieser Woche das irritierend helle Licht des Frühlings und tränende Augen. Na schön, Wind und Kälte, ihr werdet verschwinden! Mein Leben aber beginnt von neuem.

Heute Morgen brachte der Briefträger die Zusage aus Schleswig-Holstein.

Am ersten Mai trete ich meine neue Stelle in der Neustädter Nervenheilanstalt an.

Man schrieb sehr freundlich, fast herzlich, man bräuchte mich dringend, am liebsten schon zum 15. April. Also war ich zudem auch noch die einzige Bewerberin. Aber den 15. April habe ich sogleich telefonisch abgeblasen, noch mit Herzklopfen und feinem Zittern der Hände, die gerade den Briefumschlag des Krankenhauses, Personalabteilung, aufgerissen hatten.

Trotz allem: Freude, dass sie mich tatsächlich wollen! So erregt habe ich mit der Zuständigen, Frau Hinz aus der Personalabteilung, gesprochen, die eigentlich gerade beabsichtigte, in die Frühstückspause zu gehen, es sich jetzt jedoch nicht nehmen ließ, mit mir zu plaudern.

Ich käme gerne, freute mich, müsste jedoch noch familiäre Angelegenheiten regeln. Der erste Mai wäre zwar auch sehr kurzfristig, aber zu schaffen, beeilte ich mich zu erklären und wollte das Telefonat beenden, damit Frau Hinz in die Kantine gehen konnte.

Das hatte sie aber offenbar nicht mehr vor. „Ah! Sehr schön. Die gesamte Belegschaft freut sich auch auf Sie. Und eine Wohnung in Neustadt zu finden ist nicht schwer ...", knisterte es aus dem Hörer. Frau Hinz biss in ein knuspriges Brötchen, zischend wurde eine Mineralwasserflasche aufgedreht. Bis ich etwas Passendes gefunden hätte seien vorübergehende Wohnmöglichkeiten für das Klinikpersonal vorhanden. Keine Sorgen sollte ich mir machen.

Ich mache mir über die Wohnungsfrage keine Sorgen, das Einzige, was mich beunruhigt ist, dass meine kleine Patientin noch nicht auf mich zugekommen ist.

„... ein sehr angenehmes Arbeitsklima ...", kam es aus dem Telefonhörer. Man kenne sich. Auch privat. Da würde ich schnell aufgenommen werden und auch eine entsprechende Wohnung finden.

Sicher, momentan wollten ja alle in die Großstädte, schwatzte ich also ebenfalls los, obwohl mich Smalltalk langweilt, mein eigener genauso wie der anderer Leute. Aber Frau Hinz wollte noch immer nicht auflegen, und ich musste meine Sorge um das Mädchen überspielen. Nach Hamburg ist es doch nicht weit von Neustadt aus, versuchte ich mich zu beruhigen, während ich Frau Hinz erzählte, was sie wahrscheinlich längst wusste, nämlich dass es angesagt wäre, in Berlin, Hamburg oder auch in Köln zu leben. Die Leute wollten so unbedingt in die großen Städte, dass sie dafür hohe Mieten, Gedränge und Aggressionen in Kauf nähmen.

„Ja, das ist so, aber warum die Leute das bloß ertragen?", stieg Frau Hinz angeregt ein. Ein Rätsel, fand sie. Im gemächlichen Neustadt, ihrer Geburtsstadt übrigens, sei es doch auszuhalten, für viele ein Leben lang. Gute Luft, und man achte sich gegenseitig. Wunderbar sei das doch, rief sie und biss wieder ins Brötchen.

Ich schwieg einen Augenblick. Übrigens kann ich Aggressionen gar nicht vertragen. So ist es erstaunlich, dass ich bislang in der Großstadt lebte. Ich fürchte mich vor dem Gefühl der Hoffnungslosigkeit, das Aggressionen meiner Mitmenschen stets bei mir auslösen. Aber das ging Frau Hinz aus dem Personalbüro nichts an.

Es gelang mir, das Gespräch zu beenden, indem ich noch einmal beteuerte, wie sehr ich mich auf die Klinik und die kleine Stadt freuen würde und mir selbst versicherte, dass ich innerhalb weniger Stunden in Hamburg wäre, wenn das Mädchen mich bräuchte.

Dass ich mich auf die kleine Stadt freuen würde, war geflunkert. Meine diesbezüglichen Gefühle sind zwiespältig.

Aber in Hamburg ändert sich das Leben auch zusehends. Der Druck steigt. Viele meiner alteingesessenen Nachbar*innen sind dabei, hinzuschmeißen.

Selbst Stadtteile wie Altona sind jetzt begehrt; besser betuchte Zeitgenoss*innen ziehen her, lebendig, ja, urwüchsig sei es hier. Ihre Yogastudios und Biosupermärkte bringen die Neuankömmlinge mit, bald ist es hier genauso, wie dort, wo sie herkommen. Die Alteingesessenen fühlen sich bedroht. Anpassungsstörung nennt man das im medizinischen Jargon. Betroffene würden unangemessene Trauer oder aber Zorn ausbrüten, je nach Temperament. Die Kasse zahlt eine Therapie, wenn man sich zu seinem Problem bekennt. Aber wenn nicht? Wer denkt an die Kinder?

Die Zwillinge von nebenan, Julia und Paul in der Pubertät, stehen neuerdings bis spät abends unten vorm Haus mit ihren Freund*innen umher. Das war zu meiner Jugend nicht anders. Ab einem bestimmten Alter fällt einem das Atmen in der elterlichen Wohnung schwer. Besonders abends braucht man den Sauerstoff der Straße.

Zwei Stockwerke höher zittert derweil die Zwillingsmutter. Wegen der letzten Mieterhöhung und der Stromrechnung. Wird man sie zum Schluss vertreiben, dahin abschieben, wo die Armen leben, von denen sie sich doch ausdrücklich abzugrenzen sucht, wie sie mir in jeder noch so kurzen Plauderei vermittelt, und nun das!

Neulich, als wir uns im Supermarkt in der Kassenwarteschlange trafen, vertraute sie mir an, ihre Zwillinge trieben sich zu häufig unten vor dem Haus herum mit diesen Halbwüchsigen aus Altona. Nicht gerade der passende Umgang. Paul ließe sich nichts mehr von ihr verbieten, gut, ein Junge in dem Alter ... Aber ihre Tochter würde es ihm gleichtun. Wäre nicht bereit, abends zuhause zu bleiben. Kiffte offenbar heimlich, hörte diese aggressive Musik, HipHop, oder wie das hieße. Die Nachbarin schwieg einen Moment, setzte schließlich zweimal zum sprechen an, wollte etwas loswerden, konnte sich aber nicht überwinden.

Ich versuchte ihr auf die Sprünge zu helfen, fragte so unbekümmert wie möglich, was sie auf dem Herzen hätte.

Ich, die Ärztin verfügte doch über einen geschulten Blick, kam es da. Wie ihre Tochter auf mich wirken würden? Gestört? Man würde so viel über gestörte Kinder hören und lesen. Über aggressive Kinder. Die HipHop Musik täte ein Übriges. Ihr mache das alles Angst, gerade heutzutage, wo es doch so sehr drauf ankäme.

Worauf ankäme?, wollte ich fragen, aber sie ließ mich nicht. Wenn ihre Tochter nun auch betroffen sei? Wäre das in dem Alter überhaupt noch möglich? „Würden Sie das erkennen, Frau Doktor? Und dann?" Sie sei doch allein, hätte nun mal keinen Mann, der Ingenieur oder Architekt wäre, wie die anderen Mütter in Julias und Pauls Klasse in Eppendorf. Die gingen mit ihren Kindern dann mal eben zu Therapeut*innen und keiner würde es ihnen krumm nehmen, aber sie als Angestellte im Reisebüro? Ihr Chef würde das gar nicht verstehen. Wenn der Wind davon kriegte, dass ihre Tochter nicht richtig in Ordnung wäre? Die Frau war jetzt erregt. Dass ihr Mädchen so über die Stränge schlüge – sie könnte das einfach nicht begreifen.

Dass man den Chef erst mal hinten anstellen sollte, riet ich ihr. Ebenso diese nicht vollständig erforschten, angeblichen Krankheiten. Es ginge in erster Linie um das Wohl der Zwillinge und deren Mutter. Ich bot ihr an, dass wir uns alle vier in Ruhe zusammensetzen würden, sie, die Kinder und ich. Wir wollten versuchen zu erkunden, wie jedes Familienmitglied sich fühlte und was genau ihm helfen könnte.

Die Mutter lehnte das ab. Es wäre bereits mehr als genug geredet worden. Ohne Erfolg. Diese moderne Erziehungsmethode ´reden´ hätte sich als untauglich herausgestellt. Ich wollte gerade einwenden, das ´reden´ keine moderne Erziehungsmethode, sondern eine altbewährte zwischenmenschliche Umgangsform sei, aber sie ließ mich wieder nicht. Machte mich stattdessen darauf aufmerksam, dass wir beide doch ungefähr gleich alt wären und ich deshalb so gut wie sie wüsste, dass es tauglichere Erziehungsmethoden als ´reden´ gäbe. Ihre Tochter nähme einfach keine Rücksicht auf sie, von Dankbarkeit, dass sie ihr und Paul einen Schulbesuch außerhalb von Altona ermöglicht hätte, ganz zu schweigen. Da würde kein Reden helfen. Sie sei mittlerweile mit ihrer Geduld am Ende. Von einer Tochter könne man Solidarität und Unterstützung verlangen. „Aber jetzt ist Schluss, die nächsten Abende bleibt mir die Deern zuhause." Und von mir wollte sie doch bitte wissen, wie ihre Tochter auf mich, die Fachfrau, wirkte.

Ich versuchte, ihren Redeschwall zu sortieren, versicherte ihr dann, dass Julia sich meiner Beobachtung nach verhielt, wie es in dem Alter nun mal üblich sei. Sie wirkte auf mich normal und gesund.

Die Mutter sah mich ungläubig an. Klagte weiter bis sie dran war, das Kassenband mit ihrem Wocheneinkauf, vitaminierte Fertiggerichte, zu bestücken. So erleichtert für den Moment war das Thema dann erst mal für sie erledigt.

Mich hingegen bedrückte die Angelegenheit.

Wenn ich mir morgens in meinem Badezimmer, das an das Badezimmer nebenan grenzt, die Zähne putzte, konnte ich als akustische Untermalung die Nachbarin hören. Bereits um sieben Uhr war sie laut und sehr aggressiv, weil Julia offenbar angezogen gehen wollte wie ihr Bruder. Auch abends war es nicht friedlicher nebenan. Einmal hörte ich, wie der Tochter, die offenbar doch wieder Ausgang hatte und gerade nach Hause gekommen war, prophezeit wurde, dass die Mutter wegen ihr demnächst zusammenbrechen und im Krankenhaus landen würde. Das Mädchen war ganz leise.

Ein paar Mal wurde ich nachts wach, weil ich von dem Spektakel nebenan geträumt hatte. Manchmal schlief ich nicht wieder ein. Lag bis morgens wach und dachte über die kleine Familie nach.

Schließlich beschloss ich, etwas zu unternehmen. Da ich nicht genau wusste, wer für Mutter-Tochter-Konflikte zuständig war, rief ich zunächst beim Jugendamt Hamburg an und bat um Informationen über Gesprächsgruppen für Eltern von Mädchen in der Pubertät.

Das war ein Fehler.

Die Sachbearbeiterin am anderen Ende der Leitung kündigte an, mich zu der zuständigen Sozialbearbeiterin durchzustellen. Ob es sich bei meinen Nachbar*innen um eine zugewanderte Familie handelte?, fragte sie vorher noch. Ob das Mädchen ein Kopftuch tragen müsste?

Ich verneinte beides und merkte sofort, dass der Fall damit uninteressant für sie wurde.

Ich legte auf, als sie fortfuhr, mich zu befragen, ob die Familie denn ´wenigstens` Sozialleistungen bezöge.

Am nächsten Tag suchte ich in der hamburger frauen* bibliothek einige gut verständliche Bücher zur Entwicklung von Mädchen zusammen und brachte sie abends der Nachbarin. Die nahm sie schweigend an, verabschiedete mich dann unterkühlt. Wünschte mir für meine neue Stelle nur das Beste.

Meine Sachen sind gepackt, ich werde nun nicht mehr miterleben, ob ich Julia und ihrer Mutter helfen konnte. Ich hoffe aber inständig, dass meine letzte Amtshandlung in Hamburg erfolgreich sein wird.

Der Umzug ist organisiert, eine Wohnung in Neustadt wird sich finden, wie mir Frau Hinz aus der Personalabteilung ja versicherte.

Und es kam noch zu einem weiteren Telefonat mit ihr.

„Soll ich für Sie ein Inserat aufgeben? Ärztin sucht Wohnung? Das macht keine Umstände, wirklich nicht! Sie erzählen mir jetzt ein bisschen was von sich: Hobbys, Vorlieben, Gewohnheiten; es ist nicht verkehrt, Vermieter*innen gleich klar zu machen, mit wem sie es zu tun kriegen, oder?" Frau Hinz kicherte gutgelaunt. „Verstehen Sie, was ich meine?"

Ich verstand.

„Und bis jemand angebissen hat, sind Sie im Schwesternwohnheim willkommen. Wenn es Ihnen nichts ausmacht! Ich versichere Ihnen, wir haben da im zweiten Stock ein besonders schickes kleines Appartement, extra für neu zugezogene Ärzt*innen und deren Familie. Ach, ich freue mich, Sie persönlich kennenzulernen!"

Umgekehrt verhielt es sich an diesem Tag noch genauso. Ich nippte an meinem Tee, ließ Frau Hinz reden und versuchte, freundlich zu sein.

„Vielen Dank, Frau Hinz, ins Schwesternwohnheim ziehe ich gern, aber die Wohnungssuche werde ich ganz in Ruhe selbst angehen."

Sobald ich auch wirklich angekommen bin. Das dauert bei mir stets ein paar Wochen, ich bewege mich zwar bereits sicher vor der neuen Kulisse, finde meine Wege zur Arbeit und ans Meer sowieso, aber meine Seele ist noch unterwegs. Sie reist langsam. Sie kommt erst an, wenn ich mein Terrain als sicher eingestuft habe.

Und nein, ich hätte keine Familie, auch keinen Mann oder Freund, bestätigte ich auf Frau Hinzs nochmalige Nachfrage. Allem Anschein nach meinte sie zunächst, sich verhört zu haben, aber nein, sie hatte mich ganz richtig verstanden. Nun Schweigen ihrerseits. Endlich: „Ach!?"

Ab dann war die Aushorcherei abrupt beendet. Frau Hinzs Tonfall kriegte einen Stich ins mitleidige. Es folgte eine betont sanfte Verabschiedung. Freizeichen.

Ich spürte nach, wie Frau Hinz aufstand und ein Büro weiter wechselte. Dort saß die Kollegin über ihrem zweiten Frühstück. Obst und stilles Wasser.

„So? Die neue Ärztin muss aus ´familiären´ Gründen Hamburg verlassen, kommt ohne Familie, ohne Partner in Neustadt an? Da wird etwas passiert sein. Scheidung, klar. Entweder sie ist dadurch am Boden oder sie stürzt sich jetzt wie besessen in die Arbeit. Mein Gott, immer diese Fälle!"

„Hat uns als Klinikleitung ja nicht zu interessieren", versuchte Frau Hinz zu bremsen. Halbherzig. Denn auch sie machte sich ihre Gedanken: „Sie war jahrelang in Afrika. Was da los ist weiß man. Als Frau in Afrika, das geht an niemandem spurlos vorbei. Da haben vor allem später die Partner drunter zu leiden. Die besonders! Es gibt jetzt aber endlich Therapiegruppen für diese Männer, da wird ganz behutsam nachgespürt, was ... "

Ins Wort fiel ihr die Kollegin, die ihr Frühstück vergaß in Anbetracht kommender, doch nicht so beflügelnder Ereignisse: „Aber ganz gesund werden die Partner doch bestimmt nie wieder, das kann mir niemand erzählen."

„Nein, lass mal, wir wissen doch noch gar nichts Genaueres ... eine Ärztin ohne Anhang kommt auch nicht völlig ungelegen, oder? Das wird der Chef bei der Einstellung berücksichtigt haben. Immer diese Sonderwünsche der Kolleg*innen mit Kindern im schulpflichtigen Alter! Als ob es in einem Krankenhaus in den Schulferien oder nach 17 Uhr nichts zu tun gäbe."

Gut, einigten sich daraufhin beide, der Chef werde sich etwas dabei gedacht haben, diese Ärztin einzustellen, Afrika hin oder her. Könnte selbstverständlich einschätzen, ob die Frau tragbar wäre. Hätte im Bewerbungsgespräch ja gemerkt, wenn es gar nicht ginge mit ihr.

Die eine kehrte in ihr Büro zurück, die andere aß ihre Wassermelone.

Letzter Mittag in Hamburg. Ich bin auf dem Weg zum Bistro an der Jessestraße. Langsam und bewusst gehe ich, will noch einmal diesen unvergleichlichen, salzig-kühlen Hamburger Duft genießen. Schwerer Abschied. Auch die Angst meiner Nachbarin vor dem Leistungsknick im einsamen Dreikampf erleichtert mir den Umzug in die Kleinstadt, wo es gemächlich zugeht und man freundlich zueinander ist, nicht. Vielmehr kriege ich selbst Angst, nämlich vor den überzuckerten Kleinstadtbewohner*innen, die die bittere Einsamkeit der neuen Ärztin unbekömmlich finden. Eine Magenverstimmung macht die Runde, verschont zuletzt auch die Neue nicht. Will sie das?

Nicht unbedingt.

Und deshalb zog es mich in die Großstädte, von Paris nach Berlin, von Berlin nach Hamburg. Auch wenn die Mieten und Aggressionen steigen, birgt die Großstadt für mich den Vorteil, dass man dort eben naturgegeben einsam ist, das Leben lenkt es in diesem Geschubse von Träumen, Absichten und Schicksalen ganz einfach so, und keiner der Beteiligten muss sich mehr rechtfertigen.

Einmal bin auch ich schon in der Kleinstadt gelandet, als Teenager, unfreiwillig. Die Familie zog häufig um, interne Probleme erforderten es. Die Kleinstadt war ein Albtraum aus Konfirmationsunterricht, dicken, wattegefütterten Monatsbinden und Klassenfotos. Die anderen Mädchen posierten mit ihren ersten Nylonstrümpfen und

Pumps auf dem Foto, das ich sofort wegwarf. Ich wollte es wohl vermeiden, mich später an diese Zeit erinnern zu müssen. Aber auch wenn das Foto nicht mehr da ist, der Moment der Aufnahme hat sich mittels Blitzlicht für immer ins Hirn eingebrannt. Dazu die süßlich-alkoholische Note des Mädchenparfüms My Melody um mich herum. Die Zeit davor verschwimmt. Konfirmationsunterricht hier, und da abendliche Ausgangssperre zwecks spiritueller Besinnung. Zitternd ausgesparte Kommentare über Gott, den man, ob es ihn gäbe oder nicht, keinesfalls verärgern durfte, wer wüsste denn, was dann passieren könnte. Auch an mein mühsames Zusammensuchen von Informationen erinnere ich mich vage, damals, als es noch kein Internet gab. Nachmittage in der öffentlichen Bibliothek. Bei den Freundinnen zuhause herrschte Gläubigkeit oder Ungläubigkeit, beides sei ein Gefühl, wurde mir von den Müttern erklärt.

Das Risiko, zu besprechen, ob es Gott gäbe oder nicht, wurde bei mir zuhause der Kirche übertragen. Es konnte nichts gefühlt werden außer Angst und Zorn ...

Ich bin erwachsen geworden. Muss mir keine Tricks und Kniffe mehr einfallen lassen, den Konfirmationsunterricht zu schwänzen, muss keine verschwitzen Beine unter hautfarbenem Nylon mehr ertragen, weil die anderen Mädchen das auch aushalten.

Ich gehe in der Kleinstadt natürlich genauso angezogen, wie in der Großstadt. Weite Hosen, Lederjacke, rahmengenähte mexikanische Boots. Ich werde mein Haar weiterhin offen, schulterlang und in der Mitte gescheitelt tragen. Drei silberne Ringe in jedem Ohr. Auch wenn das in der Kleinstadt möglicherweise seltsam anmutet für eine Frau Mitte 40, und es in Berlin oder Hamburg vollkommen normal ist, wird mich dennoch niemand dafür belangen, denn ich bin eine Ärztin. Man wird eine Erklärung finden, warum eine Ärztin so angezogen geht.

Am Morgen hat meine kleine Patientin gemailt. Sie ist vor kurzem aus dem Krankenhaus entlassen worden. Schreibt, der Bluterguss sei abgeheilt, den Gips habe man ihr nun auch abgenommen. Das Bein sei ganz schrumpelig. Allen gehe es gut, Großmutter, der Mutter, Vater, dem Bruder. Alles sei in Ordnung. Wirklich. Viele Grüße.

Ich kämpfte gerade gegen das Umzugschaos an, als ich die Nachricht auf meinem Smartphone vorfand. Ich hielt einen Moment inne, sah das Kind dasitzen und betrübt ihr Bein betasten, dem der Gipsverband wochenlang Luft und Licht vorenthalten hatte.

Dein Bein wird sich schnell wieder erholen, schrieb ich zurück, sei beruhigt, das dauert nicht lange! Geht es dir ansonsten denn auch gut? Ich schrieb weiter, dass ich ab sofort in Neustadt wohnen würde, weil ich dort eine neue Stelle angenommen hätte, sie mir aber mailen sollte, wenn sie mich bräuchte. Natürlich dürfte sie mich auch anrufen. Jederzeit. Sie könnte sich auf mich verlassen, ich wäre wenn nötig sofort da.

Hamburg – Neustadt, keine Weltreise!

Dass ihre Mutter heute nicht gut drauf sei, erkläre ich Natascha.

Ich warte ein bisschen, der nun folgende Satz soll keinesfalls untergehen.

Natascha blickt mich an, das ist wohl der passende Moment, um die Hauptinformation zu servieren.

„Aber du kannst nichts dafür. Überhaupt nichts. Verstehst du das?"

Sie nickt.

„Egal, ob du brav oder frech bist, es ändert nichts am Wohl deiner Mutter."

Sie nickt noch einmal.

Die Mutter richtet sich im Bett auf. Wirkt vollkommen klar. Ihr Bungalow sehe von außen und innen aus wie ein Familienhaus, aber das sei Tarnung. Die NSA habe sich einen Stützpunkt bei ihr zuhause eingerichtet, erklärte sie heute Morgen dem Kollegen Buttermann.

Aber ja sicher, alter Hut, er wisse längst Bescheid, das käme jetzt dauernd vor, entgegnete der und veranlasste die Schwester, Reserpin zu spritzen.

Das ist mehrere Stunden her.

Die Wirkung des Medikaments lässt nach, Frau S. kann sich wieder rühren. Erklärt jetzt mir, alle, die in ihrem Haus ein und aus gingen, würden beobachtet. Auch sie. Durch den Minometer. Weil ihr Haus ein neuralgischer Punkt wäre.

„Was ist ein Minometer?", erkundige ich mich.

Eine moderne Wanze, die man als Heizungsablesegerät tarnen würde, erklärt sie. Eine kleine Vorrichtung mit Display an den Heizkörpern. Sie habe Paketband darüber geklebt, es würde jedoch nichts nutzen.

„Was genau in Ihrem Leben macht Ihnen Angst?"

Sie sieht mich misstrauisch an. Ihre großen braunen Augen sind auffallend ausdruckslos. Wahrscheinlich das Medikament. Dann: „Ich habe Angst vor denen."

Ihre Tochter steht auf und geht durchs Zimmer zur Fensterbank, wo ihr Köfferchen steht. Die Frau verkrampft sich. Lauscht. „Bong", imitiert sie. So klinge unser Boden jetzt. Das sei neu.

„Und vorher?", will ich wissen. „Wie hat unser Boden vorher geklungen?"

Vorher habe der Boden geknarrt.

Auch das vorgetragen mit klarer, geistesgegenwärtiger Stimme. Ihre Reflexe funktionierten, das Drehen und Wenden des Kopfes geht mühelos, sie ist hellwach und orientiert. Lediglich die Muskulatur ist völlig verkrampft. Daher kann auch der Schwindel kommen, unter dem sie seit Tagen leidet.

Ist ihre Angst vor ´denen´ verwunderlich? Mich verwundert viel mehr, wie viele Zeitgenoss*innen sich nicht vor ´denen´ fürchten. Haben die keine Angst, ist es denen egal, wie mit ihnen umgesprungen wird? So wenige Irre wie in einem Irrenhaus gibt es draußen eben nicht.

Doch zunächst einmal heißt es, Frau S. zu beruhigen. Schon ihrer Tochter zuliebe.

„Ich tue alles, damit Sie hier sicher sind", verspreche ich ihr.

Sie starrt mich an, missbilligend. Schüttelt den Kopf.

Ich stehe rasch auf, schreite das gesamte Zimmer ab, lasse meine Füße immer wieder abrollen, wippe an einigen Stellen auf und ab. Kein dumpfer Ton nirgends. Überall ganz gewöhnliches Knarren.

Frau S. schaut mir zu, horcht auf den Ton.

Hätte sie eine Karikatur zur Beobachtung per Minometer angefertigt und bei Facebook eingestellt, würde man sie nicht zu uns bringen. Ich werde die folgende Nacht darüber grübeln, warum einige Hirne die Spielregeln erfassen können und andere nicht.

„Wenn ich manchmal komisch wirke, ist das deshalb so, weil ich krank bin!", erklärt Frau S. gerade ihrer Tochter. Dabei observiert sie mich aus dem Augenwinkel. Möglich, dass sie mir nicht vertraut, vom NSA Stützpunkt nach wie vor überzeugt ist, aber meint, dass ich denke, sie sei verrückt, was ihrer Meinung nach nicht zutrifft.

Ich würde gern etwas tun oder sagen, was sie beruhigt.

Es ist nicht meine Aufgabe, etwas zu tun oder zu sagen. Ich bin geholt worden, um die Frau körperlich zu untersuchen. Ich hätte mich überhaupt nicht äußern dürfen. Aber die Patientin wortlos abzuklopfen und abzutasten, wie gefordert, bringe ich nicht fertig. Ich möchte keinesfalls zu einer ihrer geisterhaften Visionen werden.

Was ist mit Natascha? Sie nickte vorhin verständig. Hat begriffen, dass sie den Zustand der Patientin nicht durch Wohlverhalten zum Besseren wenden kann. Hat sie das? Sie öffnet gerade ihr Köfferchen, holt einen pinkfarbenen Kamm hervor, kämmt sorgfältig den akkurat geschnittenen Pagenkopf ihrer Mutter.

Die lässt es geschehen, behält mich dabei im Auge. Dann versucht sie, durch Blicke Kontakt zu ihrer Tochter aufzunehmen.

Ich beschließe, die Kleine gleich mit raus zu nehmen. Wenn Mutter ihr, sobald ich gegangen bin, versichert, die Beobachtung durch die NSA ginge hier im Krankenhaus weiter, und die Ärztin wisse das natürlich ganz genau, weil sie nämlich dazu gehöre, ist alles hin. Dann glaubt das Kind keiner Ärztin mehr. Auch nicht, dass sie am Zustand ihrer Mutter unschuldig ist, wenn sie in den nächsten Jahren begreift, dass die als krank angesehen wird. Zum ersten Mal ist Frau S. laut Akte nicht hier.

Draußen wird gerade das Abendessen verteilt, dem Scheppern des Küchenwagens nach zu urteilen. Ich habe eine Idee. Es sind heute zu wenig Schwestern da. Das Krankenhaus stellt die dringend benötigten Schwestern nicht ein, appelliert stattdessen an das Verantwortungsgefühl der Schwestern, die da sind. Das klappt gut bis eben diese Schwestern sich so verausgabt haben, dass es ihnen nicht mehr gelingt, sich zur Arbeit zu schleppen, trotz allem Verantwortungsgefühl.

Ich frage Natascha also, ob wir gemeinsam beim Essen-Austeilen helfen wollen, und sie ist gleich dabei.

Während ich ein Tablett aus dem Servierwagen ziehe berichtet sie, dass sie zuhause ebenfalls für das Abendessen zuständig sei, und es versetzt mir einen Stich, dass sie hier, wenn auch aus anderen Gründen, gleich wieder dazu angestellt wird, und ohne zu zögern mitmacht, als sei das nun mal ihre Aufgabe. In der Akte steht, die Patientin leide seit vier Jahren unter Halluzinationen im Rahmen einer Borderline Persönlichkeitsstörung. Die Behandlung der Borderline-Störung ist Schwerpunkt der Klinik, weshalb alle, die zu uns kommen, daran leiden. Eine Gefährdung des Kindes bestünde nicht. Wo fängt Gefährdung an? Natascha ist gewaschen, gekämmt, trägt ein tadellos sauberes Jeanskleidchen und hochwertige Sandalen. Offenbar reicht das den Kolleg*innen für eine Beurteilung.

Als alle Tabletts verteilt sind, gehen wir zusammen in die Stationsküche.

„Ist noch Kuchen von heute Nachmittag da?"

Die Köchin öffnet den Kühlschrank, bückt sich gleich nach dem Geheimfach; dort, wo in häuslichen Kühlschränken das Gemüse lagert, liegt hier die Astronautenkost und darunter eine Packung Marmorkuchen. Die Köchin schneidet gleich mehrere Scheiben ab, legt sie auf einen Teller.

„Oh, vielen Dank."

„Gern, Frau Doktor."

Immer noch zucke ich in so einem Moment zusammen. Doch die Zeit aller Bediensteten ist hier so knapp bemessen, dass sich niemand den Luxus erlauben kann, über eine zusammenzuckende Frau Doktor zu staunen.

Ich gehe mit Natascha zurück ins Zimmer, wo wir uns zur Mutter ans Bett setzen. Während die beiden Abendbrot und danach Kuchen essen, beobachtet mich die Patientin. Ich versuche, ihren Blick nicht zu erwidern, sie in Ruhe essen zu lassen. Es läuft ein minuziöses Spiel zwischen uns ab.

Laut Krankenakte ist ihre Borderline-Störung medikamentös in den Griff zu kriegen, woher sie kommt, scheint niemanden auch nur im Geringsten zu interessieren. Es steht kein Wort dazu in der Krankenakte.

„Frau Doktor Gurt!"

Die Schwester ist meine Zimmernachbarin im Wohnheim. Eine ernste junge Frau, Anfang 20, gewissenhaft und konzentriert. Ich konnte mich in dem Alter noch nicht gut konzentrieren. Bis ich als Ärztin angefangen habe, war mir das kaum möglich. Erst dann gelang es mir. Plötzlich, an dem Tag als ich zum ersten Mal im weißen Kittel dastand, war alles um mich herum nicht mehr beliebig oder bedrohlich, plötzlich erkannte ich die Wichtigkeit jeder Aufgabe, spürte Freude, wenn man sie erledigt hatte.

„Frau Doktor Gurt, wo sind die Schlafmedikamente und die Liste für Zimmer 2, bitte?"

„Versuchen wir es erst mal ohne!"

„Ohne Liste?"

„Ohne Schlafmedikamente!"

Die Schwester sieht mich verblüfft an.

„Manchmal beruhigen sich die Leute schon deshalb, weil sie aus ihrer unangenehmen häuslichen Umgebung herausgenommen werden. Zimmer 2 ist erst seit gestern belegt. Also bestehen noch große Chancen, keine Medizin austeilen zu müssen!"

Die Schwester lässt erkennen, dass sie gehorchen wird. Aber ihre Verwunderung kann sie nicht verbergen. Buttermann verordnet sofort Medikamente, und das nicht zu knapp. Er lässt die Neuzugänge vollpumpen, bis die sich nicht mehr rühren können, dann wird zufrieden festgestellt, dass die Patient*innen sich beruhigt haben und entlassen werden können. Nach wenigen Tagen, oder, wenn man Glück hat, auch Wochen, geht alles von vorne los. Sobald die Zumutungen erneut überhand nehmen, kommen damit auch diese dämonischen Geister zurück gekrochen, finden immer ihren Weg, docken im bereits bekannten Hafen an. Veranlassen das Nötige, damit alle Hirnwindungen wieder zu trudeln beginnen.

Frau S. fühlt sich beobachtet. Ich glaube ihr. Weil sie wie die meisten ihrer Geschlechtsgenossinnen von vorne herein als Borderline-Patientin leben muss, oder als Schizophrene oder Depressive, je nach Schwerpunkt der Klinik. Unbedingte Aufopferungsbereitschaft, Unterordnung und Passivität sind doch erwiesenermaßen ungesund. Aber Frau S. und ihre Geschlechtsgenossinnen werden von klein auf zur Perfektionierung dieser Fertigkeiten genötigt. So ist es ein Wunder, dass die Frauenstationen in den Irrenhäusern dieser Welt nicht wegen Überfüllung geschlossen sind.

Frau S. reagiert gesund. Der eilig herbei gerufene Krankenwagen liefert sie wieder bei uns ab.

Alles geht von vorne los.

Warum manche Frauen den Tanz mit der Schizophrenie beherrschen, Frau S. aber nicht?

Interessiert Buttermann und Kolleg*innen nicht. Sie kommen angetrabt, um lediglich einen kurzen Blick auf die zu werfen, die es nicht gelernt hat. Die Irre. Schon wieder hier? Aber nun gut, die Schwester soll die Spritze aufziehen.

In Zimmer Nummer 2 sind zwei Patientinnen untergebracht. Es ist zu eng hier, kaum Platz zwischen den Betten. Und die vier geräumigen Badezimmer pro Etage werden nur noch zum Putzen betreten, seit vor einigen Jahren Duschen und Toiletten in den Krankenzimmern eingebaut wurden.

Ich bleibe im Türrahmen stehen.

Im ersten Bett liegt eine Frau Anfang sechzig, die fest und friedlich schläft. Ohne Medikamente. Auf dem Bett am Fenster sitzt ein Teenager, blättert in der *Neon*.

Laut Dr. Buttermann kann die junge Frau ihre Aggressionen nicht altersgerecht händeln. Schwere Borderline-Störung lautete seine Diagnose.

„Untersuchen Sie die Patientin. Und sorgen Sie dafür, dass die kleine Nervensäge erst mal Ruhe gibt!", erging Buttermanns Befehl an mich. Dazu machte er eine Handbewegung, als wolle er eine Fliege verscheuchen.

Ich hoffe, die Patientin wird mich nicht auch fragen, warum man sie hier, auf der Erwachsenenstation unterbringt. Ich könnte dann wie Buttermann erzählen, momentan würden sich zu viele Teenager so gebärden, dass man sie in der Jugendpsychiatrieabteilung unterbringen müsse, sodass diese wegen Überfüllung geschlossen sei. Aber ich will ehrlich sein, werde ihr antworten, es gäbe zu wenige Teenager für unsere Jugendpsychiatrie, weshalb man diese aus wirtschaftlich-vernünftigen Erwägungen, wie der Klinik-Boss sich ausdrückte, zur Station 1 umfunktioniert hat und dort nun die beherbergt, die zwar aus der Spur geraten, aber dennoch entsprechend versichert sind.

„Keinen Schritt weiter, ich haue dir in die Fresse!"

Ich bin gemeint, sage: „Lass es lieber bleiben, dafür würdest du hier tagelang festsitzen, mit allem Drum und Dran."

Die junge Frau schaut mich kampfbereit an.

Was mein Vergehen wäre, will ich wissen.

„Du wirst mir deinen Willen aufdrücken!"

„Unsinn. Warum sollte ich das tun, was hätte ich davon?"

„Nichts, aber ihr seid hier doch so bekloppt!"

Auf die Idee, ihren Willen anderen aufzudrücken, kämen nur Menschen, die ebenfalls den Willen anderer aufgedrückt bekamen. Und nicht genug Kraft gehabt hätten, sich dagegen zu wehren, gebe ich zu bedenken.

Sie stöhnt genervt ob der Belehrung, lässt mich aber näher kommen. Plötzlich überlegt sie es sich doch anders und gibt mir per Handzeichen zu verstehen, dass ich bleiben soll wo ich bin.

„Trick, oder? Verständnisvoll tun, und hinterm Rücken die Beruhigungsfixe."

Dass ihr Krankenhausaufenthalt nicht zu knapp koste. Wenn ich ihr jetzt auch noch Medikamente spritzte, würde es noch teurer werden, erkläre ich weiter. Ich wäre aber ausdrücklich zum Sparen angehalten worden. Müsste mich eigentlich beugen. Aber ich hätte Spielraum. „Also pass auf, kein Beruhigungsmittel, und ich schmeiße dich auch nicht gleich wieder raus, damit das Bett frei wird. Von mir aus kannst du hierbleiben und dich ausruhen, solange du magst. Eine Lehrerin fast zu erstechen war vermutlich anstrengend."

„Sie hat mich genervt!"

„Mag sein. Aber nervig sind so viele Menschen. Das ist kein Grund, auf sie einzustechen. Es gibt überhaupt keinen Grund, Menschen zu verletzen. Keinen einzigen. Wie heißt du?"

„Das weißt du doch. Nancy. Steht in meiner Akte."

In der Akte steht so einiges. Ich gebe ihr ein Zeichen, dass wir in den Aufenthaltsraum gehen wollen. Ihre Bettnachbarin beginnt schon zu zucken, soll aber in Ruhe weiterschlafen. Und tatsächlich, Nancy wirft ihre Zeitschrift aufs Bett und folgt mir hinaus.

Nebenan setzen wir uns an den Tisch. Ein entzückender Aufenthaltsraum ist das. Die Wände mindestens drei Jahre nicht gestrichen, der Linoleumfußboden ist durch. Die Gummiüberzüge der beiden Schläger, die auf der Tischtennisplatte liegen, sind bis auf die Ränder abgerissen. Wer mit den rohen Holzbrettern spielt riskiert mindestens eine Migräne. Wahrscheinlich hat es deshalb lange niemand mehr gewagt. Eine feine Staubschicht überzieht die Platte.

Auf dem runden Campingtisch liegt eine abwischbare Plastikdecke mit unruhigem Blumenmuster in grellen Farben. Ich nehme sie ab. Die blaue Platte darunter ist besser. Ich falte die Plastikplane zusammen und lege sie unter den Fernsehapparat ins Regal.

„So eine beschissene Tischdecke!", kommentiert Nancy.

Ich hole ihre Erlaubnis ein, sie zu untersuchen. Temperatur, Reflexe, alles okay. Wie ich mir gedacht hatte.

„Geh bitte einmal mit geschlossenen Augen durchs Zimmer."

Auch das ist erwartungsgemäß unauffällig.

Aber sie sieht abgespannt aus und älter, als sie laut Akte ist. Das Haar ist zwar zu einer modischen Fransen-Frisur geschnitten, aber spröde und völlig ohne Glanz. Dazu schwarzer Lippenstift und Lidschatten. Im linken Ohr trägt sie einen dieser Schmuckringe, die ein großes Loch ins Ohrläppchen ziehen. Die Dinger sind seit einiger Zeit modern, abgeschaut von afrikanischen Urstämmen. Wenn ich westeuropäische junge Leute damit sehe, hoffe ich immer, sie werden sich nicht auch noch Pfeile durch die Nasenscheidewände bohren. Solcherlei

Schmuck wirkt ohne die Kenntnis der Bedeutung und ohne das dazugehörige Ritual auf mich wie Selbstverstümmelung aus innerer Not.

„Du bist doch neu hier?"

„Du nicht?", frage ich sie, obwohl ich schon Bescheid weiß. Buttermann hat alles säuberlich aufgelistet. Nancy gehört seiner Meinung nach mindestens fixiert, wie er mir vorhin erklärte. Bisher habe er aber immer Gnade vor Recht ergehen lassen.

Ich hoffe, daran wird sich auch dann nichts ändern, wenn er endlich einmal nicht übergangen wird bei den Beförderungen. Doch bislang sah es immer schlecht für ihn aus, wie ich in den Protokollen, die für jeden zugänglich im Ordner der Stationsdatei stehen, gelesen habe. Das ahnt Buttermann natürlich nicht. Denkt, ich hätte gar keine Zeit, Protokolle zu lesen, so, wie er mich herum scheucht, damit ich die ´Nervensägen´ für ihn ruhig stelle. Sein rechtes Augenlid begann wie üblich vor Erregung zu zucken.

„Nein, meine Familie liefert mich einmal im Monat hier ab", antwortet Nancy trocken, „mindestens. Steht das nicht in meiner Akte? An den übrigen Tagen behaupten sie, so wie ich rumlaufe und mich benehme, das würde ihnen schaden. Wenn ich mich dann nicht umziehe, gibt es Liebesentzug."

„Der äußert sich wie?"

„Ich bin Luft. Weniger als Luft. Anti-Materie. Keiner sieht mich mehr, aber alle reden hässlich über mich, während ich daneben stehe."

„Gibt es etwas, was du mir zeigen willst?"

„Versteh ich nicht."

„Schlägt dich jemand zuhause?"

„Ach! Meine Eltern schlagen doch ihre Kinder nicht. Weiß doch jeder, und wer es nicht weiß, kriegt es ausführlich erklärt."

„Hast du eine Ahnung, wie deine Eltern auf die Idee kommen, dass du ihnen schadest?"

„Weil sie selbst so Opfer sind. Werden auf ihren tausend blöden Jobs geärgert. Aber da machen sie das Maul nicht auf. Trauen sie sich gar nicht."

„Und als Ausgleich stichst du mit einem Zirkel auf deine Lehrerin ein?"

„Nein ... ja, ach, was weiß ich. War ein Versehen. Sie stand eben ungünstig. Ich habe keine Lust, da noch groß drauf rumzureiten. Ich hab kapiert, dass es uncool war und mach es nie wieder, okay? Was anderes. Wo kommst du her?"

„Ich komme aus Hamburg, davor war ich in Berlin."

Nancy schaut beeindruckt. Langes Schweigen. Großstädte üben auf fast alle Teenager eine starke Faszination aus. Mir ging es auch so. Obwohl ich mich zuhause vollkommen verlassen fühlte, habe ich mich nach der Anonymität der Großstadt gesehnt. Keine Minute in meinem Leben sehnte ich mich nach einer Dorfgemeinschaft, weil man dort ´geborgen´ ist. Solche Sehnsüchte haben offenbar nur Menschen, die Geborgenheit kennen. Aber wenn man gelernt hat, dass die Gemeinschaft die reinste Hölle sein kann, sehnt man sich nur noch nach dem ´besseren´ Alleinsein. Nach der Großstadt.

„Warum bist du dann hier? Kommst du freiwillig in dieses beschissene Kaff?"

Ich stutze. Dann: „Ich denke, die Arbeit hier ist gut."

„Ist das das Wichtigste?"

„Zumindest ist es ein wichtiger Punkt von vielen. Und du? Was hast du für Zukunftspläne?"

„Mein einziger Zukunftsplan ist, aus diesem beschissenen Kaff raus zu kommen."

Besser als einmal im Monat grundlos in der Nervenheilanstalt zu landen wäre das möglicherweise. Ich verspreche ihr, den Sozialarbeiter vorbei zu schicken. Sie soll mit ihm klären, ob es nicht besser wäre, in eine Jugend-WG zu ziehen.

Da taut Nancy auf, erzählt, dass sie auch studieren wolle. Tiermedizin am liebsten. Und wenn sie raus wäre zuhause, würde alles besser werden.

Damit könnte sie recht haben.

Ich darf gehen.

Draußen überlege ich, ob ihr Verhalten beunruhigend ist. Zielgerichtet setzt sie alles daran, der Hölle zu entfliehen. Traut vollkommen ihrem Gefühl, selbst weder falsch noch schuldig zu sein. Wenn nur nicht ihre Lehrerin jetzt im Kreiskrankenhaus auf der Unfallstation läge.

Körperliche Misshandlungsspuren weise die Patientin nicht auf, trage ich in die Akte ein. Mein Part ist getan. Ich muss alles weitere dem Sozialarbeiter und dem Stationsarzt Buttermann überlassen. Leicht fällt mir das bei Letztem nicht, erklärt er mir doch bei jeder sich ihm bietenden Gelegenheit, wie das mit den Kindern funktioniert: Die seien nun mal von Natur aus unbeherrscht und wild. Sogar oft grausam. Wollten Triebwünsche ausleben. Aus rasender Eifersucht den gegengeschlechtlichen Elternteil ermorden. Buttermanns Meinung nach ist es die Aufgabe von Mutter und Vater, sich und die Welt vor diesen Gewalttäter*innen zu schützen. Da ist fast jedes Mittel recht. Und selbst wenn es nicht recht ist, so doch zumindest verständlich und durchaus entschuldbar. Du sollst deine Eltern ehren, und Schluss. So tickt er, der arme Buttermann. Das Smartphone in der Hosentasche aus intelligentem Hightec-Gewebe, aber bloß nicht am 4. Gebot rütteln. Gefährlich ist das, zuletzt wird ihm noch klar, dass er selbst doch auch misshandelt wurde. Muss sich dann fragen, warum Eltern, sogar die eigenen Eltern, unbeherrscht, wild und sogar grausam waren. Kann er sie dann noch ehren? Nein? Verärgert er damit Gott? Sein rechtes Augenlid beginnt wie wild zu zucken.

Nancy soll von zuhause weg. Damit wäre allen geholfen.

Ob Buttermann noch mal Gnade vor Recht ergehen lässt?

Neustadt City, Stadtkern mit Fußgängerzone, der Abfall wird ununterbrochen vom weißen Steinboden in die Büsche gefegt. Rechts und links angesiedelt die üblichen Drogerie-, Buch- und Bekleidungsketten. Dazwischen ein paar kleine Läden mit biederer Mode gehobener Preisklasse. Matrosenfarben. Korbmarkisen, damit die Ledertaschen und Mokassins nicht ausbleichen. Niemand wagt, etwas Ausgefallenes zu verkaufen.

Es gibt hier auch ein Kinocenter, das Hollywood und die harmlosen Produktionen des neuen deutschen Films spielt. Außerdem eine Bibliothek voller Literatur, die jeder bereits kennen sollte. Um Klassikkonzerte und die Sommerabend-Auftritte gealterter Schlagerstars zu hören, klappert man die Ostsee-Örtchen an der Lübecker Bucht ab. In Strandnähe ein kleiner Stadtpark. An der Strandallee Cafés und Kneipen, zwei davon für die Kleinstadtsociety. Es wird Latte Macchiato und abends Caipirinha serviert.

So sehr ich es liebe, ein Bier in Gesellschaft zu trinken – um die Neustädter Kneipen mache ich einen Bogen. In der Kleinstadt in eine Szene-Kneipe zu gehen, und das auch noch allein – so etwas muss man sich trauen. Man ist jedoch besser beraten, es sein zu lassen. Neustadt ist nicht St. Pauli, wo in den Hafenkneipen uralte Seebären und pensionierte Huren und Transsexuelle sitzen, die eine wie mich weder misstrauisch noch neugierig beäugen. Die Seebären und Huren und Transsexuellen haben selbst genug erlebt. In der Kleinstadt aber besteht Bedarf an Schicksalen, die beurteilt werden dürfen.

Abends, wenn ich nicht schlafen kann, gehe ich an den Strand.

Natürlich ist der Neustädter Strand nicht dasselbe wie der Hafen in St. Pauli. Nirgendwo versinkt die Sonne funkelnder im Meer, nichts duftet sagenhafter als der Abend in St. Pauli. Aber auch hier in der kleinen Stadt geht die Sonne unter. Dieselbe Sonne.

Anonymität ist am Strand gewahrt, wie ich erfreut feststelle. Die kleine Stadt ist schon jetzt, im Mai, voller Tourist*innen und wird es bis Oktober bleiben.

Abends bei Sonnenuntergang ist der Strand ein beliebtes Ausflugsziel. Doch es bleibt ganz comme il faut, wer hier seinen Urlaub verbringt, ist nicht mehr jung, auch nicht reich, und mag es gediegen. Zumeist tummeln sich Paare meines Alter und aufwärts am Strand. Hier und da ein paar junge Leute mit einem Kleinkind auf dem Arm. Der Sonnenuntergang ist wunderbar und kostet nichts.

Noch liegen Monate vor mir, während denen ich inmitten dieser Gesellschaft untertauchen kann. Erst wenn der Spätherbst kommt werden die Einheimischen die Ärztin erkennen, die jetzt allein am Strand steht. Vermutlich wird man das akzeptieren. Ab einer gewissen Position finden die Leute für vieles, was man tut, gern und schnell eine Erklärung.

Bis dahin ist noch Zeit.

Die kleine Stadt ist um diese Stunde erträglich, abends, am Strand bei Sonnenuntergang.

Ich denke, eine Zeit lang werde ich bleiben.

Meine Patientin aus Hamburg hat eine SMS geschickt. Möchte etwas über meine neue Arbeit wissen, ob ich mich auch wieder um kranke Kinder kümmern würde.

Ja, schrieb ich zurück, ich würde mich um kranke Kinder und auch um kranke Eltern kümmern.

Wir simsten ein paar Mal hin und her, das Mädchen tastete sich vor, mir schien, sie wollte sich meiner Vertrauenswürdigkeit versichern. Dann, nach einer Stunde, kam erst einmal nichts mehr von ihr.

Abends ging es weiter. Um sieben kam eine SMS. Das Mädchen fragte, wie man feststellte, ob jemand ein krankes Bein hätte.

Ich simste, dass ich nicht verstehen würde, was sie meinte. Ginge es um ihren Unfall?

Nein, ihr Bein meinte sie nicht, kam es zurück, der Arzt hätte ihr den gebrochenen Knochen auf dem Röntgenbild und beim Eingipsen gezeigt. Sie meinte kranke Beine, bei denen nichts zu sehen wäre.

Das wollte ich genauer wissen.

Sie dürfte nichts Genaueres erzählen, schrieb sie.

Und ich: Dass ich sie selbstverständlich nicht verraten würde. Keines meiner Kinder würde ich verraten, wenn sie mir etwas anvertrauten. Das gehöre zu meinem Beruf, nenne sich Schweigepflicht.

Es trat eine Pause ein, eine Stunde später kam die Antwort. Das Mädchen dürfe darüber nicht reden, weil es laut der Großmutter ihrem Vater schaden würde. Der Vater habe einen wichtigen Beruf. Deshalb sollte ich auch auf keinen Fall kommen.

Ich hätte verstanden, würde natürlich nicht kommen, wenn sie das nicht wollte. Und ich versicherte ihr noch einmal, dass alles, was sie mir schreiben würde, unter uns bliebe.

Der Patient auf Zimmer 21, Privatstation, hat mitten in der Nacht nach Schwester Ute geklingelt. Sein Zimmer sei verstrahlt. Wie stark die Verstrahlung sei wüsste er nicht, deshalb bat er die Schwester, sie möge ihm entweder ein anderes Zimmer geben oder umgehend einen Experten mit einem Messgerät herbei telefonieren.

Schwester Ute erklärte ihm, es sei Nacht, alle Experten würden jetzt schlafen.

Der Patient bat daraufhin noch einmal, in ein anderes Zimmer verlegt zu werden, bis das Ausmaß der Verstrahlung geprüft und bewertet sei. Da spritzte die junge Frau ihm ein starkes Beruhigungsmittel, und der Mann sackte in tiefen Schlaf. Aber nicht lange. Ein paar Stunden später war er schon wieder wach, wenn auch benommen. Die Strahlung im Zimmer aber hätte nicht nachgelassen.

So ungefähr las Buttermann mir vorhin den Bericht vor. Der Chefarzt, eigentlich zuständig für das Zimmer 21 auf Station 1, ist heute nicht da.

Buttermann und ich haben Frühdienst. Dazu die Vertretung für Station 1. Das ist Buttermanns großer Tag. Wir sprechen mit der Schwester die Ereignisse der letzten Nacht durch. Außer dem verstrahlten Zimmer gab es keine besonderen Vorkommnisse. Abgesehen von nächtlichen Panikattacken, fügt sie hinzu, als sei das gar nichts. Hier ist das gar nichts, fast bei allen Patient*innen werden nächtliche Panikattacken im Rahmen einer Borderline-Störung diagnostiziert, sobald sie kurz aufwachen und auf die Toilette gehen wollen.

Buttermann bellt Schwester Ute an, dass sich ein Vorfall wie in Zimmer 21 auf der Station 1 nicht wiederholen dürfe. „Keinesfalls, haben Sie das begriffen?" Wenn jemand in einem verstrahlten Zimmer schlafen müsse, bedeute das Aufregung, Stress und Angst. Warum die Schwester den Patienten nicht ausquartieren wollte? Die Spritze wäre dann höchstwahrscheinlich nicht nötig gewesen. Wir hielten auf Station 1 stets ein unbelegtes Zimmer für Notfälle vor, und selbst wenn keins frei gewesen wäre, hätte man den Mann im Zimmer eines anderen Patienten mit unterbringen können. Das wäre immer noch besser gewesen, als ihn im verstrahlten Zimmer zu lassen.

„Aber das Zimmer ist nicht verstrahlt, Herr Doktor!", stellt Ute schüchtern fest.

„Woher wissen Sie das so genau?"

Sie sieht ihn irritiert an. Dann: „Der Patient ist doch immer wieder hier, weil er unter Wahnvorstellungen leidet. Seit Jahren."

„Und selbst wenn die Strahlung für ein Messgerät nicht erfassbar gewesen wäre – für den Mann war sie da, und das bedeutete Stress. Großen Stress. Kennen Sie den Mann? Wissen Sie, was der bislang geleistet hat, Sie Gänschen!"

„Ich habe ihm ein Benzodiazepin gespritzt, das nimmt doch den Stress, danach war er vernünftiger!"

„Spritzen Sie sich Ihr Benzodiazepin in Zukunft selbst, dann sind *Sie* vernünftiger", brüllt Buttermann. „Wie alt sind Sie jetzt?"

Schwester Ute ist Ende zwanzig.

„Dann haben Sie also noch fast vierzig Jahre Berufsleben vor sich. Wie wollen Sie die durchhalten, wenn Sie die Patient*innen jetzt schon behandeln wie Störquellen, die es auszuschalten gilt? Und jetzt veranlassen Sie endlich seinen Umzug in ein anderes Zimmer!"

Sie kämpft mit den Tränen, eilt davon.

„Kommen Sie, schnell!", befiehlt Buttermann mir und stürzt voran zu Zimmer 21. „Der bedauernswerte Mann muss Höllenqualen ausgestanden haben heute Nacht!"

Buttermann klopft an die Zimmertür.

„Herein!", ruft zögernd ein Herr Mitte sechzig, der aus dem hinteren Teil des Flurs auf uns zukommt. Er ist sehr gepflegt, trägt einem Satin-Hausmantel, das schneeweiße Haar ist akkurat gescheitelt. Er sieht übernächtigt aus.

„Guten Morgen, wie geht es Ihnen?", fragt Buttermann besorgt.

Er sieht uns misstrauisch an.

Dann: „In meinem Zimmer gibt es eine Strahlenquelle. Ich kann mich nicht länger darin aufhalten, bin jetzt erst mal in den Aufenthaltsraum umgezogen. Ich werde sonst Blutkrebs bekommen. Der Schwester habe ich das auch erklärt. Heute Nacht ... Sie hat nichts unternommen ..." Er wirkt verzweifelt.

Ich spüre, wie noch einmal Aggressionen gegen die Schwester bei Buttermann aufsteigen, aber es gelingt ihm, sie niederzukämpfen.

„Meinen Sie die ganz natürliche Erdstrahlung, die wir in allen Zimmern und überall auf unserem Planeten verzeichnen oder haben Sie Grund zur Annahme, dass es in diesem Zimmer eine weitere Strahlenquelle gibt? Wenn ja, welche?"

Der Mann schaut weiter misstrauisch. Denkt nach.

„Wissen Sie etwas über die Gefährlichkeit der Erdstrahlung?", fragt er uns schließlich.

„Sie wissen eine Menge über dieses Thema, richtig?", weiß Buttermann.

Der Mann nickt.

„Warum meinen Sie, gefährdet zu sein, was Blutkrebs angeht?", fragt Buttermann geduldig weiter.

„Wenn ich mich in einem verstrahlten Zimmer aufhalte, denke ich zu viel über Blutkrebs nach. Pausenlos denke ich dann daran. Das hat doch Auswirkungen ... das lässt Krebs entstehen."

„Nein, keine Sorge, das pausenlose Nachdenken über ein Thema hat lediglich die Auswirkung, dass Sie sich quälen. Krebs aber kann man nicht herbei denken. Wer hat Ihnen das erzählt? Etwa Ärzte, die mit ihren Forschungen nicht weiterkommen und aus Frust darüber den Patienten die Schuld an der Krankheit in die Schuhe schieben? Oder Scharlatane, die an Ihnen verdienen wollen?"

Der Patient lächelt jetzt sogar ein bisschen. "Es ist nur ... ich hatte plötzlich Angst vor der Strahlung. Große Angst. Es tut mir leid ..."

„Sie müssen sich dafür nicht entschuldigen. Frau Doktor wird Sie jetzt noch mal gründlich untersuchen. Und soeben wird ein anderes Zimmer für Sie gesucht. Falls auch das verstrahlt sein sollte, lassen Sie mich bitte sofort rufen!"

„Blut ins Labor! Alle Werte!", befiehlt mir Buttermann, und als der Patient ins Bad gegangen ist, raunt der Doc noch: „Ein unverzeihlicher Zwischenfall. Der Mann ist Naturwissenschaftler, und was für einer!"

Zwischen den Schwestern im Wohnheim geht es mir ganz gut. Obwohl es hellhörig im Haus ist. Nach Feierabend dringt das Lachen der Mädchen in mein Appartement. Auch Musik, Fernsehgeräusche, das Rauschen der Wasserrohre.

Ich habe Frau Hinz, die anfangs jeden Abend anklopfte, um sich nach meinem Befinden zu erkundigen, zu erfragen, ob meine Scheidung problemlos von statten ginge, ob mein Haar gefärbt oder von Natur aus schwarz wäre, ob in meinem Appartement alles in Ordnung sei, und wie ich ihre neue kastanienbraune Haartönung fände, erklärt, dass mir die Geräuschkulisse im Haus nichts ausmachen würde. Es ist tatsächlich so. Geräusche werden für mich lediglich dann zur Qual, wenn Menschen sie erzeugen, die keinen Halt in sich finden, nicht wissen, wohin mit ihren überbordernden Emotionen.

In Mietshäusern wohnt fast immer so jemand. Wenn man Glück hat nur eine einzelne Person dieser Art, und die nicht neben, unter oder über einem. In Großstadtbezirken wo die Miete günstig ist, wohnen viele Menschen, die so zeitaufwendig mit ihren Empfindungen kämpfen, dass sie für die, die sich für normal halten, nicht mehr zu gebrauchen sind. Normal sein bedeutet heutzutage, dass man seine Empfindungen im Griff hat und funktioniert.

Ich beobachte, wie die Mädchen perfekt funktionieren, die jungen Schwestern, wie sie nach Hause kommen nach der Arbeit, wie sie drüben im Supermarkt einkaufen, ein Äpfelchen, eine Rolle Reiswaffeln, weil die ohne Fett gebacken sind, Wasser mit Wellnesszusätzen, und entgegen allen guten Vorsätzen auch dann und wann Schokolade. Zu Mittag essen sie in der Klinikkantine. Meistens gibt es dort Fisch oder Fleisch mit Kartoffeln oder Hähnchen mit Reis, dazu Salat vom Buffet. Ein vegetarisches Ausweichmenü lohnt sich offenbar nur in Kantinen von Großstadtkliniken.

Die jungen Schwestern lassen lieber Reis oder Kartoffeln weg, hängen noch der veralteten Meinung an, Kohlehydrate würden dick machen. Am frühen Nachmittag haben sie wieder Hunger und knabbern und knispern bis abends pausenlos ihre Reiswaffeln. Überall liegen die gepufften Reiskörner umher, im Schwesternheimflur, im Klinikschwesternzimmer, selbst auf dem schmalen Sandweg vor dem Haus.

Wie sie nach dem Essen zehn Minuten am Strand liegen, die jungen Schwestern, kriege ich mit, wenn ich aus meinem Bürofenster schaue. In bunten Bikinis räkeln sie sich in kleinen Cliquen im Sand, genießen ihre Mittagspause. Wenn die zu Ende ist, funktionieren sie sofort wieder so tadellos, als wäre das ein natürliches menschliches Programm. Vielleicht ist es das.

Abends um zehn drehen die Schwestern wie auf Kommando Musik und Fernsehapparat leiser, lachen nicht mehr so laut, völlig selbstverständlich ist das. Gesunde Mitmenschen müssen in ihren Bedürfnissen, beispielsweise dem nach erholsamem Schlaf, respektiert werden.

Aber was hätte ein vor Angst schlafloser Patient den Schwestern nachts um zwei erzählen sollen, um von ihnen aus seinem verstrahlten Zimmer gerettet zu werden?

Abends um neun ein Klopfen an die Tür meiner Zimmernachbarin. Zuerst denke ich, es möchte sich jemand beschweren; dem ausgelassenen Gelächter nach zu urteilen haben sich nebenan ungefähr zehn junge Frauen versammelt.

Dann erkenne ich die Stimme der Hinz, sehr gedämpft. Sie wird hereingebeten.

Ich höre, wie sie im Zimmer weiterspricht, die Schwestern sind plötzlich ganz still. Was Frau Hinz sagt, kann ich nicht verstehen. Ich wende mich wieder meinem Buch zu. Vermutlich geht es um eine dienstliche Angelegenheit, die nur das Pflegepersonal betrifft. Falls auch ich Bescheid wissen muss, wird Frau Hinz gleich noch bei mir klopfen.

Sie tut es nicht, ich höre, wie sie sich nebenan verabschiedet und geht. Nicht mal, um wie üblich nachzufragen, ob alles in Ordnung sei, schaut sie bei mir rein. Das resolute Klappern ihrer Gesundheitssandaletten verhallt.

Die Schwestern sind jetzt deutlich ruhiger. Die Heiterkeit ist raus. Es wird leise, aber aufgeregt gewispert.

Für einen Moment wird mir unbehaglich. In Gedanken gehe ich die letzten Tage durch. Abgesehen von den üblichen Scharmützeln mit Buttermann gab es keine besonderen Vorkommnisse. Weiß Frau Hinz etwas über mich? Unsinn, woher denn? Keiner meiner früheren Arbeitgeber*innen würde das wagen. Nein, es hat ein Problem gegeben, dass nur das Pflegepersonal betrifft. In unserer Klinik werden Menschen, die nicht funktionieren, wie erwünscht, behandelt. Da ist der Spielraum groß. Besonders, was Medikamente angeht. Ob die etwas bewirken? Ich meine damit eine wirkliche Wirkung, also etwas Tiefergehendes als eine Ruhigstellung der Patient*innen, damit die Zeitgenoss*innen ringsherum eine Atempause einlegen können.

Ich weiß es nicht. Und die damit verbundenen Erinnerungen vertrage ich schlecht. Ich will sie lassen, wo sie sind, sie rasch wieder einsortieren in die Schublade für Dinge, über die man nicht nachdenkt oder spricht. So lautete die interne Vereinbarung. An die Vereinbarung hielten sich alle, man kontrollierte sich gegenseitig.

Weg damit. Wichtig ist nur das Jetzt, die Klinik und meine Patient*innen. Und jetzt hat es ein Problem in der Pflege gegeben. Was genau, werde ich morgen erfahren.

Dennoch verbringe ich die folgende Nacht schlaflos.

Am nächsten Tag kein Wort zu Frau Hinzs abendlichem Besuch von niemandem.

Als ich am Morgen ins Ärzt*innenzimmer komme, beabsichtige ich zunächst, in Erfahrung zu bringen, ob die Unterredung mit den Schwestern etwas mit mir zu tun haben könnte. Da ich jedoch von den Kolleg*innen der anderen Stationen so freundlich und von Buttermann so arrogant wie immer begrüßt werde, und niemand ungewöhnliche Fragen oder Bemerkungen verlauten lässt, legt sich mein Misstrauen schließlich. Man redet über die Aufgaben des Tages, ich horche sehr aufmerksam auf Zwischentöne, nein, nichts, es ist alles wie immer. Gut möglich, dass Frau Hinz zufällig am Zimmer meiner Nachbarin vorbei kam, die versammelte Abendgesellschaft für zu laut befand und den Schwestern einen Vortrag in Sachen Rücksichtnahme gehalten hat. Ja, so wird es gewesen sein.

Ein paar Stunden später, ich sitze nach dem Mittagessen vor dem Lieferanteneingang in der Sonne, erreicht mich auf meinem Smartphone eine ausführlichere Mail von dem Mädchen.

Da ich der Schweigepflicht unterliege vertraut sie mir an, dass die Mutter seit ein paar Jahren kranke Knie habe. Müsse sofort ins Bett, wenn das Mädchen nicht genau zur vereinbarten Zeit abwasche oder staubsauge. Beim Essen würde die Mutter ihren Arm um Teller und Schüsseln pressen, immer schneller essen, schlingen, bis der Rest der Familie ganz still sei. Alle müssten dann wegschauen, die Großmutter bestimme es so. Die Mutter würde sich verschlucken, müsse ins Bett. Darüber dürfe nicht gesprochen werden. Über Krankheiten spreche man nur in der Familie. Die Mutter könne sich schlecht bewegen. Manchmal aber würde sie sich die elastischen Binden von den Knien reißen, dann all ihre Kleider und ihren Schmuck in Koffer packen; sobald das erledigt sei, in den nächsten Sessel fallen und heulen. Die Großmutter bringe sie dann ins Bett und packe alle Koffer wieder aus.

Ich bin irritiert, schreibe zurück, fragte, ob sich Arzt oder Ärztin schon mal die Knie angeschaut hätte. Und wer den Haushalt führen würde.

Ärzt*innen brauche die Familie nicht, habe die Großmutter gesagt, kommt es zurück.

Den Haushalt erledige das Mädchen zusammen mit der Großmutter. Die Mutter habe Angst vor einer Haushaltshilfe, weil die stehlen und nach Schweiß riechen würde. Die Mutter verstehe nicht, wie man so riechen könne, weil sie nie nach Schweiß riechen würde. Und der Bruder dürfte nicht helfen, Jungen seien dazu unfähig, denen fiele alles aus der Hand. So habe es die Großmutter erklärt. Aber Mädchen würde alles gelingen, wenn sie sich nur genug anstrengten; das A und O in ihrem Leben sei das. Gestern habe die Großmutter gesagt, das Mädchen würde sich nie genug anstrengen, weder in der

Schule, noch im Haushalt, und erst recht nicht abends, wenn es ans Einschlafen ginge. Letzteres wäre doch nun wirklich keine Kunst. Hinlegen, Augen zu und der Rest ginge wie von selbst. Man müsse es nur wollen.

Ich lese das alles mit einem ausgesprochen ungutem Gefühl. Maile zurück, frage, was der Vater sagt, und ob das Mädchen Freundinnen hat.

Abends antwortet das Mädchen. Mit ihrem Vater redet sie selten, offenbar ist er häufig verreist. Freundinnen hat sie, dürfe aber nicht zum Treffpunkt am Markt, die Großmutter verbiete es. Die Freundinnen sollten stattdessen zu ihr nach Hause kommen, aber das will das Mädchen nicht. Die Freundinnen tuschelten später darüber, dass die Mutter nicht mit ihnen sprechen und sie nichts fragen würde, nicht mal, wie sie hießen. Wenn sie wenigstens im Bett bliebe! Aber sie stehe auf, sobald sie die Gäste hörte, käme im Nachthemd ins Zimmer, schaue ins Leere ohne etwas zu sagen und ginge schließlich wieder. Dem Mädchen ist das peinlich. Die Mütter ihrer Freundinnen wären nachmittags angezogen und unterhielten sich gern. Das Mädchen glaubt, dass sie wegen ihrer Mutter unbeliebt ist.

Ich las die Mail zwei Mal, mein Unwohlsein nahm zu. Ich sammelte mich, schrieb zurück, wie es denn wäre, wenn ich mich um Hilfe kümmerte.

Es kam keine Antwort, was ich positiv zu werten versuchte, um mich nicht noch mehr hochzupulvern. Mein Atem ging ohnedies schnell und unregelmäßig. Das Kind wird etwas Zeit brauchen, in Ruhe darüber nachzudenken, redete ich mir besänftigend ein.

Die ersten warmen Tage. Offene Kittel, die im Frühsommerwind wehen, wenn die Doktor*innen über den Hof zum Transporter, der frische Fälle anliefert, eilen.

Man will als Erster einen Blick darauf werfen. Dann darf die zappelnde Fracht auf die passende Station verbracht werden. Die Sonne strahlt. Easy going! Und die Schwestern erst mal! Ganz unruhig werden sie. Nicht nur wegen der vielen neuen Borderliner*innen. Es ist so hübsch in der kleinen Stadt, jetzt, wo der Sommer heranzieht.

Im Wohnheimzimmer nebenan haben zwei Schwestern etwas mit Oberärzten angefangen, sie erzählen sich davon, wenn sie abends auf dem Balkon ihre frisch gewaschenen Jeans auf die Leine klipsen, sich dann auf den Plastikklappstühlen niederlassen. Immer beginnt der Bericht über den mindestens zwanzig Jahre älteren Geliebten im Flüsterton, aber die Aufregung lässt die Lautstärke anschwellen, die jungen Frauen merken es nicht. Es ist schon so mild draußen, bis zum Zubettgehen spielt sich alles auf dem Balkon ab. Auch der Austausch von Geheimnissen.

Rot verschwindet gleich die Sonne im Meer, ich mache mich fertig, um an den Strand zu gehen.

Die Schwestern sind verzaubert, weil der Winter vorbei ist und es warm wird. Die Schwestern sind jetzt verliebt, ohne dass es dafür eine bestimmte Person bräuchte, sie sind zunächst verliebt und dann schauen sie, wer auf dieses himmlische Gefühl am besten passt. Sie wollen einfach nur zauberhaft glücklich sein und wissen noch nicht, dass sie sich unglücklich machen, wenn sie mit einem verheirateten Arzt schlafen, der sich in den seltensten Fällen wegen einer Affäre mit einer jungen schönen Krankenschwester von seiner Frau trennt, auch wenn er das hundert Mal verspricht.

Es dauert einige Frühlinge, bis die Schwestern das verstanden haben, und dann sind schon jüngere Schwestern da, die sie ablösen. Man könnte den Staffellauf der Generationen in Sachen Verliebtsein als außerordentlich gut funktionierend bezeichnen. Ganz deutlich zu beobachten beispielsweise in einem Schwesternwohnheim.

Ich zelebriere ebenfalls den Frühsommer.

Auch wenn meine Zeit in der kleinen Stadt nicht glücklich endete, werde ich viel später einmal über meinen 45. Frühsommer berichten, dass er von einem gewissen Zauber untermalt war.

Ausgerechnet hier?

Ja. Weil ich in den nächsten Wochen etwas begreifen würde.

Heute Abend aber sitze ich noch unwissend auf meinem Balkon, trinke ein Glas Rosé, hinter der Milchglastrennscheibe das aufgeregte Getuschel der Schwestern.

Unten im Ort gehen die Lichter an, Lampions, Gartenleuchten, auch mal ein Lagerfeuer am Strand. Gebäude heben sich gegen einen Himmel ab, der im sommerlichen Norden nicht dunkel werden will. Hier und da kommt leise Musik aus der kleinen Stadt zu uns hinauf. Brummen von Motoren, Lachen. Der heitere Teil des Jahres steht vor der Tür, und Menschen, denen es möglich ist, ihr Leben zu lieben, vergessen jetzt, was sie bedrückt.

Ich lasse mich anstecken von so viel Fröhlichkeit ringsherum, werde mich später gern erinnern, dass ich mir ebenfalls jemanden zum Liebling erkor.

Der blutjunge Assistenzarzt war es, der mir zugeteilt wurde.

Wir werden so geschwind alt, dass die Wahrnehmung es manchmal nicht hinterher schafft. Ich kann noch immer nicht einschätzen, wie ich, jetzt eine reife Frau, auf junge Männer wirke; ich kann das Verhalten der jungen Männer mir gegenüber noch nicht deuten. In meinem Kopf hält sich das so lange gewohnte Bild von mir – erstaunter Blick, dazu das blauschwarze, glänzende Haar.

Ich wollte damals wie heute niemanden, der immer an meiner Seite ist, ich wollte lediglich schön sein, damit die Leute freundlich zu mir sind und Hemmungen haben, mich zu verletzen, und so verhielt es sich dann auch meistens.

Und in diesem Frühsommer? In diesem Frühsommer habe ich leise Angst davor, dass meine äußerliche Schönheit demnächst dahin gegangen ist. Wie schütze ich mich dann vor meinen Zeitgenossen?

Dies ist mein 45. Sommer, noch erkenne ich die, die da in den Spiegel schaut, und der Assistenzarzt und ich, wir sind ein drolliges Sommerpaar. Er, fast noch ein Junge, denkt womöglich an nichts anderes als an das, was die ältere Ärztin ihm beibringen kann, er wird sich so viel wie möglich von ihr abschauen wollen. Und gelernt hat zum Schluss auch sie.

Aber der Reihe nach.

Er geht mit ganz ernster Miene neben mir her, das Stethoskop um den Hals, in der Tasche des Arztkittels, den er noch nicht zu tragen gewohnt ist, sich deshalb linkisch darin bewegt, ein Blöckchen und Kugelschreiber, um sich jederzeit Notizen zu machen. Wie die meisten Assistenzärzt*innen hat sich mein Junge viel vorgenommen. Er möchte es besser machen als all die Generationen von kalt interessierten Psychiater*innen vor ihm, denen es in letzter Konsequenz nur um Macht ginge, und zwar um die höchste aller Mächte – um die Macht über die Gedanken und Gefühle anderer Menschen. Über dieses Fehlverhalten der Kolleg*innen kann er mit mir unbefangen sprechen, denn ich bin keine Psychiaterin. Ich, die Internistin, bringe meinem Jungen ganz gewissenhaft all das über Organe und Nervenfunktionen bei, was ich mir über Jahre hoch interessiert angelesen habe. So viel wie möglich möchte er wissen, um später alle Krankheitsauslöser in Betracht ziehen zu können, zum Wohle der Patient*innen. Ohne Allmachtsansprüche.

Ich werde von ihm bewundert, er gibt es freimütig zu, strahlt mich an, seine Augen funkeln. Eine Internistin, die einen größtmöglichen Bogen um Tabletten und Spritzen macht, eine Ärztin, die erst mal überlegt, ob alle natürlichen Methoden wie beispielsweise Schlaf, Entspannung oder Gespräch ausgeschöpft sind, das gefällt ihm offenkundig sehr.

Und er ist einer, der die Menschen ernst nehmen will, auch wenn sie sich noch so merkwürdig, gar gefährlich benehmen und äußern.

„Wir werden viele Menschen nicht verstehen", sagt er dennoch. „Nie!"

Und er findet auch, dass Ärzt*innen, die von sich behaupteten, wahnsinniges Verhalten zu durchschauen und zu verstehen, selbst wahnsinnig seien. „Um nicht zu sagen: Sie sind selbst gestört und gehören in Behandlung!", fügt er hinzu und lacht sonnig. Mehr noch: Wozu wir die Wahnsinnigen denn auch verstehen müssten?, fragt er mich. Wir wollten uns doch gar nicht in ihrer Welt aufhalten, oder? Sobald wir Wahnsinnige verstehen würden ... fingen wir dann nicht automatisch an, mit ihnen zu kooperieren? Das aber sollten wir nicht. Wir müssten die Wahnsinnigen vielmehr in unsere Welt holen, diese aber vorher sehr gewissenhaft überprüfen. Das sei das Ziel, nichts sonst. Nach diesem Maßstab will mein Junge arbeiten. Aber verstehen, nein, wirklich verstehen würden wir so viele nie, nicht die Wahnsinnigen und nicht die, die sich für normal halten.

Ich bin angetan von dem, was er da sagt. Er wird ein umsichtiger Arzt werden, einer, der sich seiner Fehlbarkeit bewusst ist und deshalb nicht aufhören wird, auch sich selbst immer wieder zu überprüfen. Wenn ich auch etwas skeptisch bin, ob er bei der Prüfung seiner Welt objektiv vorgehen kann. Er ist ein Mann. Seine Welt sieht anders aus, als die Welt einer Frau. Ist ihm das klar?

Er bejaht, als ich ihn danach frage. Es wäre ihm klar, natürlich, versichert er mir.

Ich denke dennoch, dass der blinde Fleck bleibt.

Aber womit er Recht hat: Unsere Zeitgenoss*innen werden wir nie restlos verstehen, nicht die vermeintlich Normalen, nicht die vermeintlich Irren. Und in der Männerwelt zu den Frauen zu gehören ist ein schwelendes Irresein. Warum gelingt es manchen Frauen, den Brand in Schach zu halten und anderen nicht? Wir werden es nicht verstehen.

Als ich gestern Morgen in mein Sprechzimmer kam, saß mein Junge bereits da, hatte uns Kaffee geholt, den Tisch aufgeräumt, das Fenster geöffnet. Pünktlich um sechs zur Frühschicht konnte er schon lächeln, sein warmes, unbeirrbares Wesen erfüllte den kleinen Raum.

Ich versuchte, mich zu sammeln – bin ich Schneewittchen, das die Menschen freundlich stimmen muss, damit sie ihr nichts antun oder bin ich eine erwachsene Ärztin, die keine Angst mehr zu haben braucht, und jetzt glücklich über die Gesellschaft eines jungen Mannes ist, der sortiert ausspricht, was ihr immer wieder ungeordnet durch den Kopf ging?

„Guten Morgen, Sie sind immer so pünktlich, das macht Sie mir noch sympathischer!", sagte ich keck, während ich mich in die Rolle der erfahrenen Ärztin einfand. „Menschen fühlen sich geachtet, wenn man sie nicht warten lässt. Immer pünktlich zu sein, also Achtung vor dem anderen zu zeigen, ist eine gute Voraussetzung fürs medizinische Fach."

Er strahlte mich an, schneeweiße kräftige Jungenzähne blitzten, es vergnügte ihn, von mir gelobt zu werden, und ich wusste plötzlich ganz genau, dass ich nicht mehr Schneewittchen bin, nie wieder sein werde. Ich bin die Ärztin, die ein Lob austeilen darf und dadurch erreichen kann, dass ein Mensch wie dieser bedachte junge Arzt sich wohl fühlt.

Das waren Sommerwochen! Ich spürte mich durch die Bewunderung meines Jungen von Tag zu Tag ruhiger und sicherer werden, und umgekehrt. Trifft man auf einen Menschen, der mit Verstand gesegnet ist, so glaubt und hofft man plötzlich wieder auf den Verstand der gesamten Menschheit.

Mein Junge redete ausführlich mit den Patient*innen, wollte wissen, wer genau sie nachts besuchte und bedrängte. Wir besprachen uns, ich versuchte zu ergründen, warum diese dämonischen Gestalten auftauchten, warum sie in unseren Patient*innen eine leichte Beute sahen.

„Wir werden nicht dahinter kommen, warum die Gespenster Einlass begehren!", warf mein Junge jedes Mal ein, „beratschlagen wir also lieber, wie man diese unliebsamen Gäste loswerden kann, wie man es hinkriegt, ihnen die Tür nicht mehr zu öffnen."

Er hatte bestimmt Recht.

Wir entwickelten ausgeklügelte Regieanweisungen, wie mit diesen Erscheinungen umzugehen sei, stellten klar, wo die Gespenster eigentlich hingehörten, wie man es bewerkstelligen konnte, sie in ihre düstere Welt zurückzuschicken und die Türen hinter ihnen zu schließen, ein für alle Mal.

Ich lernte hinzunehmen, dass es diese Ungeheuer gab. Wichtig war nur eins: sich vor ihnen zu schützen.

Einmal erzählte uns ein Patient, dem der Chefarzt eine schwere Borderline-Störung diagnostiziert hatte, der nach Meinung meines Jungen aber schizophren war, dass sein toter Bruder immer in seiner Nähe wäre. Wir besprachen uns darüber in meinem Büro. Ich gab meinem Jungen zu bedenken, dass Schizophrene möglicherweise gar nicht verrückt wären, sondern lediglich über einen Sinn verfügten, der uns Normalen fehlte. Wer konnte endgültig sagen, dass dieser Bruder eine Halluzination war? Er war doch anwesend für den Patienten. Vielleicht wären wir diejenigen, denen etwas fehlte, nämlich der entscheidende Sinn.

Diese Überlegung hatten bereits andere vor mir angestellt. Auch mein Junge, wie er gestand. Aber so sehr ihm diese Idee auch gefiele, sie brächte weder uns noch die Hellsichtigen auch nur einen Schritt weiter. Wir hätten ja keine Möglichkeit, uns diesen fehlenden Sinn anzueignen und waren uns in der westlichen Welt deshalb darüber einig geworden, dass Tote nicht mehr körperlich anwesend sein konnten. Also müssten wir dem Sehenden beibringen, seinen Bruder entweder fortzuschicken oder aber uns Defizitären zu verschweigen, dass er da sei. Aber warum ein paar Menschen Tote sahen, die meisten Menschen aber nicht, könnten wir nach dem momentanen Stand der Wissenschaft noch nicht begreifen. Alle bisherigen Erklärungen dazu seien nichts als hilfloses Gerede.

Darauf konnten wir uns einigen.

Er wich kaum von meiner Seite, wollte mir jeden lästigen Handgriff abnehmen; abends saß er in meinem Büro am Schreibtisch und tippte gewissenhaft alles, was er den Tag über rasch notiert hatte, in seinen kleinen Computer, nicht ohne es vorher mit mir noch einmal genau durchzusprechen. Dann, wenn es an den Feierabend ging, ein zartes, verlegenes Aufblitzen in seinen Augen. Manchmal Erröten. Mein Junge rieb sich verlegen die Hände. Mein schöner Junge. Wenn wir schließlich nebeneinander durch die langen Irrenhausflure schritten, stellte ich mir vor, wie es wäre, mit ihm irgendwo hinzugehen, wo wir ungestört wären. Plötzlich käme alles zu Tage, was ihn sonst noch ausmachte. Das Menschliche, Verlangende, Bedürftige.

Ich fürchtete mich davor.

Unten, vor der Kliniktür, verabschiedete ich meinen Jungen. Es durchzuckte ihn kurz, dann nahm er es hin.

Ich lernte viel in diesen Wochen.

Als das neue Semester auf der medizinischen Hochschule begann, ging mein Junge zurück nach Lübeck.

Morgens kam ich ins Büro, in dem niemand auf mich wartete. Der leere Raum war ein so erschreckender Anblick, für einen Moment war ich bestürzt. Ich war ja ganz allein! Und das hier, für jeden sichtbar! Ich verspürte einen kurzen, heftigen Fluchtimpuls. Raus aus der Kleinstadt. Dann fiel mein Blick auf die Vase voll herrlicher Blumen, auf den Brief, in dem mein Junge sich in ungekünstelter Weise für die Wochen mit mir bedankte, ich fand mich wieder in der Wirklichkeit ein.

Ich war wehmütig, aber hoffte, endgültig zur Ärztin geworden zu sein.

Ich hatte begriffen, dass ich weiterhin hilflos bleiben würde, wenn ich nicht aufhörte zu glauben, die für verrückt oder nicht für verrückt Erklärten verstehen zu müssen.

Gestern Morgen beim Frühstück hörte ich im Radio, dass in Berlin eine kranke alte Frau im Schlafsaal einer Obdachloseneinrichtung gestorben war.

Wegen Mietschulden war die Wohnung der 70-Jährigen zwei Tage zuvor geräumt worden, obwohl alle Beteiligten wussten, dass die alte Frau weder Angehörige noch eine neue Bleibe hatte. Das Amt überwies seit Monaten keinen Pfennig mehr an die Vermieterin, obwohl es mit dieser Aufgabe betreut war. Ein Fehler, wie jetzt eingeräumt wurde. Das Attest eines Arztes, das die Räumung aus gesundheitlichen Gründen verbat, wurde ignoriert.

Der Radioreporter stand vor der betreffenden Wohnung. Sprach mit gesengter Stimme. Ich saß da, ganz starr, und lauschte, wie er den Lebenslauf der Verstorbenen vortrug, als sei das eine lästige Pflicht. Ein übliches Frauendasein ihrer Zeit beschrieb er: Arbeit, dann Pflege der Eltern, zum Schluss Armut. Aber warum die eine Frau dadurch krank wurde und eine andere das durchhielt – wer würde das je begreifen?

Nachbar*innen der Verstorbenen hatten sich um den Reporter versammelt, auch die Eigentümerin der Wohnung. Sie beeilte sich klarzustellen, dass Frau F. nicht nur mit der Miete im Rückstand gewesen sei, sondern vielmehr auch den Hausfrieden gestört hätte. Das war das Stichwort.

„Verrückt ist sie gewesen!", verkündete jemand, ohne sich vorzustellen.

„Ja, gemeingefährlich verrückt!", stimmte ein anderer ebenfalls anonym ein.

„Abwaschwasser hat sie mir auf die Türmatte gekippt", empörte sich eine weitere Stimme.

„Nicht nur Ihnen!"

Ähnliches mehr sei vorgekommen. Medizinische Hilfe hätte sie sich erst geholt, als bereits alles zu spät gewesen wäre. Aus ihrer Wohnung habe es gestunken, als würden Tiere darin verwesen.

Da hast du deine Großstadt!, dachte ich.

Sie träfe keine Schuld am Tod ihrer Mieterin, lautete soeben das Fazit der Wohnungseigentümerin. Jemand hätte Hilfe schicken müssen, natürlich, sie aber sei dafür nicht zuständig gewesen.

Ich schaltete das Radio aus. Alle Rädchen im Großstadtgetriebe hatten funktioniert.

Als ich in der Klinik ankam war der unwürdige Tod der alten Frau auch hier Thema. Meine drei neuen Praktikanten, van Aaken, Dalibor und Sägemüller, saßen im Ärzt*innenruheraum. Als sie mich durch die Glastür kommen sahen, sprangen sie auf und folgten mir in mein Büro. Sie hätten am Morgen Radio gehört. Ich wurde mit Fragen bestürmt. Es war bekannt, dass ich in Berlin gelebt und ehrenamtlich in einer Straßenambulanz gearbeitet hatte. Berlin stand hier für die zeitgemäß gnadenlose Welt. Kämpfe oder stirb. Wie weit es in Berlin noch kommen sollte, wollte van Aaken von mir wissen. Ob die Menschen dort schon zu meiner Zeit so verroht gewesen wären, fragte Dalibor. Ob Einzelne überhaupt noch etwas ausrichten könnten in der Anonymität der Großstadt? Es ist eine Eigenart vieler Menschen, zu meinen, dass nur weil man seine Nachbar*innen kennt, sie auch automatisch liebt und auf sie Acht gibt. Ich versicherte den drei angehenden Ärzten aber, dass mich die Geschichte ebenfalls entsetzte. Und ob Einzelne überhaupt noch etwas ausrichten könnten? Natürlich hätte ich mich auch schon dabei erwischt, mir diese Frage zu stellen, damals, in der Straßenambulanz. Mehr noch: Wie meine Straßenkinder denn später einmal mit ihren Mitmenschen umgehen würden, falls sie überhaupt ein Erwachsenenalter erreichten? Ob es lohnend wäre, sich an diesen verlorenen Geschöpfen abzuarbeiten? Doch jedes Mal hätte ich bereits im nächsten Moment meine Überlegungen als Zeichen dafür enttarnt, dass ich mich selbst schon mit der Perfidie infiziert hatte, entscheiden zu dürfen, ob sich ein Leben und damit die Sorge und Pflege darum ´lohnen´ würde oder nicht. Würde es uns zustehen, die Frage zu stellen, ob es lohnenswert wäre, sich eines anderen Menschen anzunehmen, egal ob er jung und verlassen oder alt und verwirrt war?

Die drei jungen Männer schüttelten synchron die Köpfe.

So hätte ich damals also meine Arbeit fortgeführt, hätte mich glücklich geschätzt, dass ich sie machen durfte und in der Lage war, zu erkennen, dass sich die Verbesserung eines Lebens lohnte, immer, selbst wenn man es nicht mehr zum wirklich Guten ändern konnte.

Es war einen Moment still, schließlich nickten van Aaken und Dalibor wieder synchron, Sägemüller sagte: „So lange es Menschen wie Sie gibt, die immer wieder und wieder stillschweigend ehrenamtlich zu reparieren versuchen, wird das allgemeine rücksichtslose Benehmen nur zunehmen."

Ich sah den jungen Burschen an, er hielt meinem Blick stand. Entschlossen, herausfordernd. So jemand ging zum Praktikum an ein Krankenhaus in der kleinen Stadt, anstatt da hinein zu schnuppern, wo die großen Räder gedreht wurden? „Kämen unsere Zeitgenoss*innen dadurch, dass plötzlich niemand mehr reparieren würde, zur Besinnung?", gab ich ihm zu bedenken. „Müssten vielmehr nicht noch mehr Kinder und alte Leute auf der Straße und in ihren Wohnungen verelenden? Zu Menschen wie Ihnen, die ich bewundere, sagte ich immer: „Her mit euren Gebrauchsanweisungen zur Rettung der Welt, und bis die fertig sind, kümmere ich mich um die, die auf der Strecke bleiben."

Sägemüller schaute beschämt zu Boden, entschuldigte sich, er hätte mich kritisiert, ohne vorher nachzudenken. So sah ich das nicht. Ich versicherte ihm, wie erfreut ich über einen jungen Arzt wäre, der innerhalb der Hackordnung, wie sie im Krankenhaus herrschte, den Mut aufbrächte, ohne Umschweife seine Meinung zu sagen, auch wenn die unbequem wäre. Das hatte zur Folge, dass nun van Aaken und Dalibor heftig erröteten, sich offenbar für ihr Schweigen schämten, was natürlich ebenfalls nicht von mir beabsichtigt gewesen war, jedoch vielleicht zukünftig nicht zum Nachteil der beiden angehenden Ärzte sein würde.

Buttermann hat keine Schwester abgekriegt in diesem Sommer und ich tippe, auch nicht im letzten oder dem davor. Dafür brüllt er die jungen Frauen zusammen, wann immer sich die Gelegenheit bietet. Sein ohnehin zu nervösen Rötungen neigendes, teigiges Gesicht bekommt ein Stich ins Violette. Das Augenlid zuckt.

Aber Buttermann hat ein Ferienhaus in Timmendorfer Strand. Dort verkehre die Hamburger Schickeria, klärt er mich auf. Insgesamt herrsche dort ein anderes Niveau als in Neustadt: Schicke Boutiquen an der Strandpromenade, abends könne man fein essen gehen. Eine Bar, in der man im Sommer ausgefallene Leute träfe, gebe es natürlich auch. „Nautic Club!" Er lässt beim aussprechen des Barnamens ein genüssliches Schmatzen verlauten.

Es ist Dienstagmorgen, wir trinken im Büro einen Kaffee, bevor es los geht. Buttermann verrät mir, dass er am kommenden Wochenende nach Timmendorfer Strand zu fahren beabsichtige. Und dass ich so wissbegierig und ambitioniert sei, schätze er sehr.

Ich ahne was.

Und es kommt.

Für meinen Ehrgeiz wolle er mich belohnen. Mich übers Wochenende mit nach Timmendorfer Strand nehmen. Die Arbeit solle natürlich nicht zu kurz kommen, er habe etwas vorbereitet, er habe neueste Forschungsergebnisse zum Borderline-Syndrom unterhaltsam zusammengefasst, darüber sollten wir in angenehmer Atmosphäre, beispielsweise am Strand, diskutieren.

In Sekundenschnelle läuft ein Film bei mir ab, ich kann mich nicht mit Familie herausreden, auch nicht mit einem Partner, mein Privatleben ist für jeden frei einsehbar, man braucht nur an die Tür des Appartements 21 im Schwesternwohnheim zu klopfen oder Frau Hinz zu befragen.

Es bleibt mir nichts anderes übrig, als die Wahrheit zu sagen, oder fast die Wahrheit.

So bedanke ich mich tadellos höflich für die Einladung, füge hinzu, dass ich meine Wochenenden aber momentan aus privaten Gründen lieber allein verbringen würde.

Buttermann sieht mich an, ein langer, intensiver Blick ist das, der besagt, dass ich hiermit meine letzte Chance, einem Unglück zu entgehen, verspielt hätte.

Das Mädchen hat endlich wieder geschrieben. Zu meinem Vorschlag, mich um Hilfe zu kümmern, kein Wort. Sie sei mit der ganzen Familie im Urlaub. Grüße mich aus Cornwall. Es wäre tolles Wetter. Im Hotel gebe es einen kleinen Hund. Weiches, weißes Fell, ganz lieb, die Gäste dürften mit ihm spielen.

Ich bemühte mich, erleichtert zu sein. Sie schrieb, wie es für eine Elfjährige, die aus dem Urlaub berichtet, üblich ist. Dennoch, die SMS konnte nicht darüber hinwegtäuschen, dass irgendetwas nicht stimmte.

Der Nachmittag verstreicht, in einer halben Stunde wird das Abendessen ausgeteilt. Die Patient*innen auf der Offenen sind unruhig, unterzuckert, rastlos; es wäre sinnlos, ausgerechnet jetzt mit ihnen sprechen zu wollen. Respektlos wäre das geradezu. Buttermann ist respektlos. Ganz bewusst oder weil er sich nicht die Mühe macht, nachzudenken? Ich werde nicht dahinter kommen, soviel habe ich gelernt, werde auch die Beweggründe derer, die sich für normal halten, nie restlos verstehen. Stattdessen bin ich betreten, ja, fast beschämt, wenn ich Zeugin werde, wie jemand, der sich zum Psychiater ausbilden ließ, zu dieser Stunde gedankenlos ins Zimmer der Kassenpatient*innen oder ′Kasse′, wie diese von Buttermann so liebevoll wie einfallsreich genannt werden, platzt. Ganz so, als öffnete er die Tür zum Käfig der Labormäuse. „Ja, hallo, warum ist Frau Maus denn so nervös? Hat′s noch kein Fresserchen gegeben? Ein Fresserchen ist wichtig, wie? Kriegt aber viel zu große Wichtigkeit, wenn den ganzen Tag über nichts los ist, glaub′s mir! Na, einmal Blut abnehmen geht noch. Nein, den zu niedrigen Blutzuckerspiegel ziehen wir nicht vom Ergebnis ab. Gehört doch zur Krankheit. Ein normaler Mensch hat nach über sechs Stunden Fasten auch einen zu niedrigen Blutzuckerspiegel, aber er benimmt sich deshalb noch lange nicht wie eine durchgedrehte Labormaus. Ein normaler Mensch kann sich zusammenreißen, das unterscheidet ihn von der Verrückten. Also jetzt nicht rumgezappelt, sondern stillgehalten!"

Herr Maus ist auf meiner Station übrigens etwas seltener anzutreffen als Frau Maus. Herr Maus liegt häufiger im Kreiskrankenhaus, auf der Station für innere Medizin oder Magen-Darm-Leiden. Wenn Herr Maus nämlich über komische Symptome klagt, wird erst mal gründlich gecheckt, ob denn all seine Organe so arbeiten, wie sie sollten. Bei Frau Maus aber können es nur die Nerven sein. Da braucht man keine kostbare Zeit zu vergeuden. Die Mäusinnen-Symptome sind einfach zu unspezifisch.

So halten die Doktor*innen das, rechnen sich aber selbst zu den Normalen. Mehr noch. Meinen, sie seien hervorragende Ärzt*innen. Meinen das deshalb, weil sie so eifrig sind. Leidenschaftlich interessiert an der Verrücktheit wären sie, erklären mir die Kolleg*innen mit einer Mischung aus Einfalt und Dünkel beim Mittagessen in der Kantine und schieben sich ein Eckchen Kalbsbraten zwischen die Kiemen. Kauen bedächtig. Tunken die Kartoffel in die braune Soße, aber so, dass es nicht spritzt. Solange sie es schaffen, die Verrücktheit unter ihre Kontrolle zu bringen, oder zumindest noch die kleinste Aussicht auf diesbezüglichen Erfolg besteht, schmeckt es den Kolleg*innen zu jeder Mahlzeit. Buttermann sitzt mir gegenüber, seine Augen leuchten vor Redlichkeit während er den Fettrand von seinem Schweinsbraten absäbelt. Entzieht sich die Verrücktheit aber seiner Kontrolle, will plötzlich und unvermutet die Labormaus eines Morgens nicht mehr mitspielen, wird eine Widersacherin aus ihr. Buttermann hält triumphierend die Gabel, auf die er den nutzlosen Fettfetzen spießte, hoch. Problematisch, dieses kleine Miststück. Will ja gar nicht gesund werden. Alles Leid selbst verschuldet.

Muss auf die Geschlossene, hilft nichts. Muss fixiert und videoüberwacht werden, man trägt schließlich die Verantwortung für die Restmenschheit. Buttermann selbst ist und bleibt der Immergleiche. Isst drei Mahlzeiten am Tag, ohne dabei mit dem Essen herum zu matschen. Geht auf die Toilette, ohne danach die Kacke an die Wände zu schmieren. Greift keine unschuldigen Menschen an. Fiele ihm natürlich gar nicht ein. Er hat sich im Griff. Ein hervorragender Arzt ist Buttermann, wie sich ja gerade wieder zeigte. Schnell und genau durchschaut er die Problematik des Neuzugangs, diagnostiziert Borderline, für diese Erhellung reicht in der Regel ein kurzer Wortwechsel, oder auch ein Wortwechsel, der nicht zustande kommt, weil die Maus völlig unterzuckert ist; das Mittagessen wurde ja schon um elf Uhr ausgeteilt, die Frühschicht muss schließlich vor der Übergabe an die Nachmittagsschicht aufnehmen, wer erbrochen, nichts gegessen oder mit seinem Essen geworfen, gespielt oder es auf den Fußboden gekippt hat.

Ich bin beliebt geworden bei den Frauen Maus. Weil ich nachmittags um viertel nach fünf niemanden bequatsche oder aushorche. Versuchte ich aber plötzlich ebenfalls ein Verhör, nachdem es sechs Stunden außer reichlich Medikamenten nichts in den Magen gab, würde Frau Maus alles daran setzen, sich zu konzentrieren und mir zu antworten. Weil sie mich mittlerweile mag und deshalb keinesfalls enttäuschen will. So sind die Frauen Maus. Denen, die sie mögen, zu gefallen, ist wichtiger als essen, Ruhe haben, ernst genommen werden. Jede Herrschaft, die nicht offensichtlich diktatorisch sein will, bedient sich vermutlich dieses Tricks. Die Untertanin macht das auf Dauer verrückt. Gegen wen soll sie sich wehren?

„Auf Station 3, unserer Geschlossenen, liegen die ... na, ich sag es mal ganz rustikal ... die Gemeingefährlichen", klärte mich Buttermann an meinem ersten Arbeitstag auf. „Ich will heute mal Gnade vor Recht ergehen lassen und erspare Ihnen eine Besichtigung, das wird sowieso nicht Ihr Terrain sein."

Immerhin, die Gemeingefährlichen genießen das Privileg, dass kein Buttermann um fünf Uhr nachmittags mal eben in ihr Zimmer latscht. Da müsse man einen kräftigen Pfleger mitnehmen, bei den Gemeingefährlichen sei im Übrigen mit Therapie oder kurzfristiger Medikation eh nichts mehr zu machen, weiß Buttermann zu berichten. Da gehe es nur noch darum, dass sie weggesperrt blieben, um niemandem zu schaden. Diese Unverfrorenen könnten sich nie wieder zusammen reißen oder anpassen, empört er sich. Nichts sei da zu machen. Die kosteten nur Steuergelder.

Einmal, es ist wohl erst wenige Jahre her, arbeitete hier eine Ärztin, die, wie es heißt, laut gefragt hätte, warum diese Geldkoster*innen überhaupt am Leben erhalten werden würden. Wofür? Für wen?

Der Ärztin wurde gekündigt, aber ihr Echo hallt dennoch bis heute in den Fluren nach. Immer wieder wird hinter vorgehaltener Hand über sie berichtet. Schaurig schön war die Frau offenbar in den Augen einiger Kolleg*innen und Schwestern. Eine schwarze Iris auf der rechten Seite habe sie gehabt, wird berichtet, pechschwarz, die Pupille wäre nicht zu sehen gewesen. Wenn das nichts zu bedeuten hätte! Dass sie aufgrund ihrer Äußerungen über kranke Menschen entlassen wurde, wäre nach heutigen Maßstäben eine richtige Entscheidung gewesen, sicher, aber was sie gesagt hatte ... als vollkommen verkehrt wollte man das nun auch nicht hinstellen. Zumindest eine Diskussion darüber müsse gestattet sein. Zumindest das.

Mir ist von dieser legendären Teufelin von der ersten Woche an berichtet worden, ab dann immer wieder. Meistens sind es Schwestern, die wissen wollen, was ich von der Theorie hielte, sogenannte gemeingefährliche Irre einfach friedlich einschlafen zu lassen. Ich stelle stets die Gegenfrage, wie die Teufelin denn zu der Annahme gekommen wäre, ein Leben müsse nützlich für andere sein. Sei ihre eigene Leidensgeschichte bekannt gewesen? Habe man es dem Mädchen, das sie war, so beigebracht? Wenn ja, wie?

Statt einer Antwort stets betretene Gesichter. Und der Geist der Teufelin spukt weiter durch die Flure der Stationen.

Und dann gibt es in dieser Anstalt noch die Station 1 mit stets frisch gestrichenen, lachsfarbenen Wänden. In Einbettzimmern liegen die Patienten, denen der Chefarzt um 22 Uhr die Hand schüttelt und eine gesegnete Nachtruhe wünscht, trotz allem. Mich braucht man dort nicht. Man ist selbst in der Lage, die Zimmer angemessen leise und voller Respekt zu betreten, und zwar dann, wenn die Patienten satt und ausgeschlafen sind. Auf Station 1 liegen Männer, die sich durch übermäßige Verausgabung in ihrer anspruchsvollen beruflichen Tätigkeit einen nichtorganischen Schaden zugezogen haben und jetzt absolute Ruhe brauchen.

Halb sechs. Am Fahrstuhl scheppert der Küchenwagen. Ich werfe kurz einen Blick in den Aufenthaltsraum, auch in Zimmer, deren Türen offen stehen. Man hört, dass das Abendessen endlich unterwegs ist. Große Erleichterung. Lächeln. Bei jeder älteren Patientin, die mich anschaut, geht mir noch immer ein Schauer den Rücken hinunter. Das könnte sie sein, denke ich, die alte Frau, deren Habseligkeiten einfach auf die Straße geräumt wurden. Ich werde das Bild nicht mehr los.

In einer zweiten Version der Geschichte lebt die Frau noch. Irgendwer hat sich verantwortlich für seine Nachbarin gefühlt, sie in ein Krankenhaus gefahren, wo sie um zwanzig vor sechs Hagebuttentee, einen Teller belegter Brote und einen Apfel bekommt, zu verzehren in einem sauberen Bett. Dazu dreimal am Tag einen Pillencocktail.

Im Schwesternzimmer wird leise flüsternd erörtert, ob sich das alles überhaupt noch lohnt.

Auch diese zweite Version der Geschichte gefällt mir nicht.

Wie wird man geisteskrank? Indem man die Hässlichkeiten und Dummheiten der Menschen um einen herum für richtig hält und zulässt?

Van Aaken, der seit ein paar Monaten auf seinen Studienplatz wartet und mir so lange zur Hand gehen möchte, ist soeben in die Kantine gesaust, um uns ein paar belegte Brötchen zu organisieren.

Ich lege mal eben die Beine hoch, nehme mir die neue Ausgabe des *Deutschen Ärzteblatts* vor; dort lese ich, dass möglicherweise eine ´falsche´ Frau Doktor in Deutschland unterwegs sei. Ich bin erschrocken, auch verwirrt, bestürzt. Ist der Artikel ernst gemeint? Er schwappt hin und her zwischen Sorge und Ironie.

Was soll das?

Und was soll man vom *Deutschen Ärzteblatt* halten? Das Kollegium in jeder bisherigen Klinik teilte sich diesbezüglich in zwei Gruppen auf. Die, die einfach nur helfen wollen, blättern das Magazin durch; die, die es ernst meinen mit ihrer Karriere, lesen das *Deutsche Ärzteblatt* nicht. Verschlungen und zigmal wiedergekäut werden die Artikel in internationalen Publikationen, beispielsweise im *New England Journal of Medicine*, und dort steht kein Wort zu einer ´falschen´ Frau Doktor in Deutschland, wie ich sogleich feststelle. Was Eingang in dieses Blatt findet wird vor der Freigabe bewertet, heißt es unter den Kolleg*innen.

Die ersten zehn Minuten der Mittagspause verbringe ich damit, das soeben Gelesene zu sortieren:

In Deutschland herrscht Ärzt*innenmangel, zumindest wenn es darum geht, Kassenpatient*innen in kleinen ländlichen Krankenhäusern zu versorgen. Und da kommt eine Frau und will helfen. Die Kolleg*innen gehen in renommierte Großstadtkliniken, eröffnen Privatpraxen oder wandern aus. Nordeuropäische Länder sind besonders beliebt; meine jungen Ärzt*innen im Praktikum haben fast alle vor, Deutschland zu verlassen.

Aber eben diese Frau will bleiben.

Auch wenn anderswo viel besser bezahlt wird und die Arbeitszeiten familienfreundlicher sind, wodurch das Arbeitsklima ungleich angenehmer wäre, wie meine Praktikant*innen zu berichten wissen. Jeder von ihnen kennt einige, die bereits im Ausland praktizieren. Die Ausgeflogenen würden gar nicht dran denken, zurück nach Deutschland zu kommen. Die deutschen Verhältnisse im Gesundheitssystem kämen ihnen aus der Ferne betrachtet nur noch absurder vor. Im Ausland erfahre man ungleich mehr Wertschätzung, müsse nicht monatelang streiken, um mehr als einen Hungerlohn zu verdienen, auch nicht die Patient*innen vernachlässigen, es seien nämlich genug Kolleg*innen da.

Kurzum, hinter den Landesgrenzen beginnt das Paradies. Dort hielte man zusammen, ganz fest, Dreistigkeiten von höherer Stelle hätten auf diese Weise keine Chance.

Sobald ich das höre, frage ich mich immer, warum einem fern der Heimat etwas gefällt, was man zuhause stets zu verhindern versucht.

Van Aacken ist noch nicht wieder da. Vielleicht gibt es keine Brötchen mehr, das Mittagessen haben wir ja bereits verpasst. Er wird doch nicht etwa meinen, sich ohne etwas Essbares nicht zurück trauen zu können?

Ich blättere unkonzentriert im *Ärzteblatt* weiter, abgesehen von dem Artikel über die ′falsche′ Frau Doktor lamentiert man über die Auswander*innen. Mittlerweile müsse man in einigen Kliniken ganze Stationen schließen, weil niemand passend qualifiziertes mehr da sei. Ein paar Krankenhäuser gingen dazu über, Ärzt*innen aus Osteuropa anzuwerben. Einige seien zwar bereit zu kommen und für kleines Geld zu arbeiten, aber es mangele an Sprachkenntnissen, und so käme es immer häufiger zu „unschönen Zwischenfällen und Missverständnissen".

Die Lage sei noch nicht bedrohlich, aber als ernst dürfe man sie mittlerweile bezeichnen. Doch oberstes Gebot bliebe, dass so wenig wie möglich von alledem an die Bevölkerung gelange. Nicht, dass sich noch so etwas wie ein Krankenhaustourismus in besser organisierte Länder entwickeln würde.

Und ähnliches Palaver mehr.

Ich bliebe im Land, erkläre ich meinen Praktikant*innen übrigens immer auf Nachfrage. Ich verspürte weder Hass noch Ekel vor armen Menschen. Ich sei Ärztin geworden, um zu helfen. Und zwar allen Menschen. Ansonsten hätte ich einen anderen Beruf gewählt. Meine angehenden Mediziner*innen nicken beeindruckt und wollen dennoch auswandern. Sollen sie, es kann ihnen schließlich auch niemand verbieten. Gehorsam, gerne durch das Einreden von Schuld, kann man nur von Habenichtsen fordern.

Aber was ist mit dieser Frau Doktor, die unbeliebte Stellen annimmt, jedoch noch nie eine Universität von innen gesehen hat?

Es wäre nur ein Verdacht, wird im *Ärzteblatt* betont. Mehr dürfe man dazu auch gar nicht schreiben, solange nichts bewiesen sei.

Man will seriös bleiben.

Van Aacken betritt das Büro. Brötchen habe es nicht mehr gegeben. „Dann gönnen wir uns eben eine Packung Butterkekse frisch aus dem Kantinen-Automaten!" Außerdem hat er zwei Fläschchen Orangensaft im Gepäck.

Er legt die Beute auf dem Tisch ab, sein Blick fällt aufs Ärztemagazin. Sofort große Heiterkeit. Ob ich den Artikel über die Hochstaplerin gelesen hätte?

Ich nicke verhalten.

Van Aacken reißt kichernd die Kekspackung auf, bietet mir daraus an. Die Meldung sei nicht nur brisant, sondern berge im Falle von Verbreitung regelrechte Gefahren, findet er. Ein Beispiel: Einige Krankenhäuser müssen die ´falsche´ Frau Doktor ja schon an Patient*innen heran gelassen haben, werden Herr Müller oder Frau Sommer mutmaßen, falls sich die Angelegenheit aus dem *Deutschen Ärzteblatt* heraus und in die Morgenzeitung herein schleichen würde. Letzte würde betonen, im *Ärzteblatt* schriebe man, es seien noch keine Patient*innen zu Schaden gekommen. Frau Sommer staunt. Wenn kein Krankenhaus die ´falsche´ Frau Doktor eingestellt, sondern stattdessen sogleich die Polizei gerufen hätte, müsste man doch nichts betonen! Van Aacken lacht schallend.

Ich tue so, als denke ich darüber nach.

„In die Tagespresse durchsickern wird die Angelegenheit", ist sich van Aacken sicher. „Meinen diese *Ärzteblatt*-Redakteure, ihre Leser*innenschaft wäre ein hermetisch abgeschlossener Zirkel ohne Familie und Bekannte?"

Ich esse einen Butterkeks.

Van Acken ist nicht mehr zu halten. Frau Sommer und Herr Müller ließen sich nicht hinters Licht führen! Dass die Krankenhäuser mit der Betrügerin unter einer Decke steckten, ruft er mit hochgeschraubter Stimme, nämlich der Stimme von Frau Sommer aus. Und weiter, in noch höherer Tonlage: „Warum haben die Krankenhäuser nicht sofort Polizei und Presse geholt? Irgend so ein Papparazzi würde noch rasch ein paar Fotos von der Betrügerin schießen, eine Minute bevor sie von der Polizei in Handschellen abgeführt und ins Gefängnis gebracht werden würde. Wo also sind die Fotos? Es gibt keine? Ja, was ist denn da los, was wird da gespielt?"

„Herr Müller dürfte nunmehr fassungslos sein", ergänze ich, nur, um auch etwas zu sagen.

Und van Aaken: „Was denn sonst? Normal wäre: Ein paar Tage Schlagzeilen, Müller und Sommer hätten ihre Köpfe geschüttelt, gedacht: was manchen Leuten so einfällt, unfassbar! Müller oder Sommer kämen auf so eine wahnsinnige Idee gar nicht: sich als Ärzt*in ausgeben? Glaubt man´s noch? Müller und Sommer hätten dazu überhaupt keine Zeit neben Kindern, Haushalt, Büro und Zweitjob. Aber manche Leute ... ungeheuerlich! Körperverletzung sei so etwas doch, oder? Könne man jetzt überhaupt noch mit ruhigem Gewissen in ein deutsches Krankenhaus gehen? Unwahrscheinlich, dass nur eine einzige Frau im Land auf die Idee käme, Ärztin zu spielen, bei den vielen Arbeitslosen!"

Müller und Sommer kriegen es jetzt doch ein bisschen mit der Angst zu tun, denke ich, sage das aber nicht.

Mein Praktikant blickt auf die Uhr, öffnet unsere Orangensaftflaschen, beginnt, sich restgrinsend über die Butterkekse herzumachen.

Der *Ärzteblatt*-Redakteur wagt am Ende seines Artikels übrigens einen Hauch von Ironie. Eine Frau Doktor, die vorgäbe, erfahren zu sein, der deutschen Sprache mächtig und außerdem bereit sei, für deutschen Lohn zu arbeiten, dürfe ja gar nicht falsch sein, schreibt der Mann.

Wird man die Frau also enttarnen wollen?

Abends klopft es an meine Wohnheimtür. Ich vermute gleich, dass es eine der Schwestern ist, ich kenne sonst niemanden in der Stadt, die mich besuchen wollte.

Ich öffne, Oberschwester Elisa steht vor der Tür. Wirkt verlegen, fast ängstlich. Ich weiß sofort, dass irgendetwas nicht stimmt. Oberschwester Elisa ist tadellos zuverlässig und sehr korrekt. So jemand klopft nicht ohne wichtigen Grund unangemeldet an die private Tür einer Vorgesetzten, abends um neun schon gar nicht.

Ich versuche, ruhig und ahnungslos zu wirken. Doch mein Atem geht schnell, ich kann es nicht ändern.

Elisa arbeitet erst seit drei Jahren im Krankenhaus, wie ich hörte. Sie ist also noch kein Urgestein, das immerhin beruhigt mich etwas. Vielleicht braucht sie nur dringend einen Rat. Doch sie wohnt nicht im Schwesternheim, sondern zusammen mit ihrer Tochter am Stadtrand, hat also einen Weg machen müssen, um mich zu sprechen. Das wiederum steigert meine Nervosität.

„Guten Abend!", sagt sie artig und entschuldigt sich erst mal, dass sie einfach ohne Voranmeldung vorbeikommt, in Norddeutschland sei das ja nicht üblich, das wisse sie natürlich. Aber ... hier lächelt sie verschmitzt ... in Afrika doch schon, oder?

„Ach, das hat sich herumgesprochen ..."

Elisa entschuldigt sich schon wieder, beeilt sich zu versichern, dass sie nicht vorwitzig sein wollte. Aber eine Ärztin, die schon in Afrika gearbeitet hätte ... so etwas würde sich natürlich herumsprechen, weil es nicht alltäglich sei, hier in der Provinz.

Ich bitte sie herein, frage, wo sie denn ihre Kindheit und Jugend verbracht hätte und verschweige ihr, dass ich nie in Afrika war.

Elisa erzählt von ihrem Heimatdorf in Oberbayern, auch, dass sie seit fünf Jahren hier im Norden leben würde, zunächst bei Verwandten in Hamburg untergekommen wäre. Dann fand sie die Stelle in unserer Klinik. Im bayrischen Dorf sei es ihr zu eng geworden, als sie, ledig, ihre Tochter zur Welt brachte. Die Kleine sei behindert, leide am Down Syndrom; im Dorf wäre von Gottes Strafe gemunkelt worden. Immer lauter.

„Das glauben Sie aber doch nicht, oder?", frage ich.

Sie stutzt einen Moment, erklärt dann, sie sei so froh und dankbar, dass man hier anders darüber dächte und ihr eine gute Arbeit mit Aufstiegsmöglichkeiten gab. Mit dem Gehalt, das sie daheim als Gemeindeschwester verdiente, hätte sie sich sowieso nichts leisten können.

„Ich verstehe ... wird ihre Tochter denn sorgfältig betreut, während Sie arbeiten?"

Elisa bejaht das. Sehr sorgfältig sogar, sie müsste sich keine Sorgen machen, könnte ein ganz normales Leben führen, sich um ihr Fortkommen kümmern. Dafür sei sie dankbar, versichert sie noch einmal.

„Sie sprechen aber perfekt hochdeutsch!", stelle ich verblüfft fest.

„Naa!" Dass sie auch anders könne, erklärt sie mit breitem süddeutschen Dialekt und lacht ausgelassen.

Ich biete ihr einen Platz auf dem Sofa an, ihrer Heiterkeit nach zu urteilen, birgt der Besuch weitaus weniger Zündstoff als befürchtet. Doch plötzlich bin ich dennoch verlegen – eine Ärztin wohnt in einem bescheidenen Appartement im Schwesternheim, hat kaum Möbel, das, was rumsteht, ist nicht sonderlich chic, ein Sofa aus einem nordischen Einrichtungshaus, drei Regale mit Büchern und Rock-CDs, ein Bett in einer Zimmernische, vor der ein indisches Seidentuch hängt. Wie wirkt das auf eine Frau wie Elisa?

Ihr gefällt es bei mir ganz offensichtlich, sie schaut sich um und lächelt, wahrscheinlich ohne es zu merken. Mir gefällt es hier auch, aber ich betrachte mich stets auch durch die Augen meines Gegenübers, und aus dieser Perspektive sieht es hier nicht aus wie zuhause bei einer Ärztin, sondern vielmehr wie zuhause bei einer Studentin. Ich könnte mich etwas teurer einrichten, sicher, aber das hätte möglicherweise ein ungutes Gefühl zur Folge. Vielleicht auch Angst. Anhand meines bescheidenen Lebensstils kann ich später, wenn es sein muss, belegen, dass ich nicht prahlen und prassen sondern helfen wollte.

Elisa macht es sich auf dem Sofa gemütlich, ich verschwinde in der Küchenzeile und schaue nach, ob noch Getränke im Kühlschrank stehen. Es ist alles da.

„Möchten Sie Mineralwasser, Cola oder Wein?"

Elisa trinkt Mineralwasser. Sie würde zwar lieber ein Glas Wein trinken, gesteht sie, müsse aber gleich zur Nachtschicht. Langsam kommt meine Gelassenheit zurück. Elisa ist nicht extra durch die ganze Stadt gefahren, um mich zu sprechen, sie ist vielmehr auf dem Weg zur Arbeit mal eben hereingeschneit. Weil das in einem bayrischen Dorf so üblich ist, wenn man etwas loswerden will, was zwar nicht wirklich dramatisch ist, einen aber dennoch bekümmert.

Ich stelle Gläser und die Wasserflasche auf den kleinen Tisch und geselle mich zu Elisa aufs Sofa.

Wir trinken ein paar Schlucke, dann setzt Elisa mich betont ruhig davon in Kenntnis, dass es auf unserer Station Ärger gegeben habe.

„Frau Doktor, Sie wiesen mich ja vorletzte Woche an, den Patient*innen nicht mehr gewohnheitsmäßig abends ein Schlafmittel zu verabreichen. Sie forderten uns Schwestern auf, durch genaue Beobachtung und mit Hilfe von Gesprächen zu entscheiden, ob die Patient*innen es überhaupt brauchen oder nicht."

„Ja, das ist richtig."

„Wir haben es so gemacht und fanden, viele brauchen es nicht, können auch ohne Medikamente schlafen."

„Prima, genau das meinte ich."

„Doktor Buttermann hat sich aber letzte Nacht furchtbar aufgeregt. Wollte wissen, ob es lediglich ein Versäumnis wäre, dass die Schlafmedikation seit einer Woche in die meisten Patient*innenakten nicht eingetragen wurde oder ob all diese Leute keine Medikamente bekommen hätten.

Sie schliefen alle tief und fest ohne Medikamente, habe ich Doktor Buttermann versichert. Schlafmittel wären lediglich bei vier Frauen auf der gesamten Station nötig gewesen. Aber Doktor Buttermann wurde trotzdem sehr unwirsch, fragte, ob wir Schwestern nun ebenfalls verrückt geworden wären. Seit wann wir entscheiden würden, was die Patient*innen einnehmen sollten."

So. Der gute Buttermann also wieder. Er ist einer, der nichts mehr hasst als seine Hilflosigkeit. Warum nur können die verdammten Irren sich nicht so verhalten, dass er sie versteht – diese Frage scheint ihn zu quälen und zu peinigen und nicht mehr loszulassen. Und Schlafmittel brauchen sie natürlich alle.

„Was haben Sie Dr. Buttermann geantwortet?", frage ich Elisa.

Sie schaut mich verlegen an. Sie sei sich nicht sicher gewesen, ob sie hätte sagen dürfen, dass ich die Order gegeben hätte. Es wäre ihr gleich ungewöhnlich vorgekommen, dass eine Ärztin so etwas anordnet. Gut wäre die Idee, das ja, auf jeden Fall, aber ungewöhnlich. Seit sie hier arbeitete hieß es doch immer: Die Patient*innen bekommen ein Schlafmittel, immer, und ohne dass sie gefragt werden! Sie können selbst nicht einschätzen, ob sie es brauchen oder nicht.

Elisa macht eine Pause, dann: „Ich finde Ihre Idee gut, ehrlich. Viele spüren wegen der Schlafmittel Wechselwirkungen mit ihren anderen Medikamenten oder werden morgens kaum wach, aber das war den Ärzt*innen immer egal. Deshalb habe ich Ihre Anordnung befolgt. Den Patient*innen geht es morgens besser, sie sind nicht mehr so durcheinander, brauchen also auch nicht gleich wieder ein Medikament gegen ihre Verwirrtheit."

„So ist es, Elisa. Mit einigen Medikamenten schafft man Zustände, die man wiederum mit anderen Medikamenten behandeln muss. Das Elend der angeblich Verrückten wird am Laufen gehalten und wer sich freut, ist die Pharmaindustrie."

Elisa nickt, als sei sie ganz meiner Meinung.

Ich dagegen bin ein wenig befremdet. Warum meint Elisa, dass sie meine Anordnungen den anderen Ärzt*innen verheimlichen muss? Ich will sie das fragen, bremse mich im letzten Moment. Ich werde erst mal hören, wie es weiterging.

Sie berichtet, sie habe Buttermann gesagt, dass die Schwestern selbst entschieden hätten, denen, die von selbst schlafen könnten, nichts mehr zu geben. Daraufhin sei der Doktor explodiert.

Ich bin einen Moment sprachlos. Warum hat Elisa das getan? Normal in so einem Fall wäre: Befehl von oben. Frau Doktor hat es so angeordnet. Ist Elisa eine Frau, die auf Eigenverantwortung pocht? Eine, die nicht als Befehlsempfängerin dastehen will? Das würde mir allerdings gefallen. Dennoch, ich bin verunsichert.

„Elisa, ich bin beeindruckt von Ihnen!", sage ich trotzdem, weil ich anderen gern gute Absichten unterstelle, solange das Gegenteil nicht bewiesen ist. „Sie sollen aber meinetwegen keinesfalls Ärger bekommen, womöglich ihre Stelle verlieren."

„Das wäre furchtbar", bestätigt Elisa, „ich habe eine sechsjährige Tochter!"

„Das weiß ich ja. Deshalb. Was hat Buttermann daraufhin gesagt?"

Elisa druckst.

„Raus damit, keine Scheu!"

„Er sagte, wenn er noch einmal erleben würde, dass wir Schwestern unsere Kompetenzen überschreiten, hätte das ernsthafte Konsequenzen für uns. In einem Krankenhaus würden die Ärzte entscheiden, und nur die."

„Aha", murmle ich. „Ich werde das gleich morgen regeln, keine Sorge."

„Aber dann stehe ich als Lügnerin da, weil ich Sie gedeckt habe."

„Nein, ich werde dem Kollegen sagen, ich hätte die Entscheidungsbefugnis Ihnen übertragen. Und genauso war es ja auch."

Elisa strahlt. „Das würden Sie für mich tun?"

Ich bin noch verblüffter. „Natürlich werde ich das tun. Was denn sonst?"

„Und wie machen wir weiter?" Sie grinst gespielt verschwörerisch. Nein, Elisa hat vermutlich keine bösen Absichten. Es geht ihr wie mir um das Wohl unserer Schutzbefohlenen.

„Ich habe die Entscheidung Ihnen überlassen, wie ich schon sagte. Tragen Sie die Schlafmittel in Gottes Namen in die Akte ein, aber entscheiden Sie dennoch weiter, wer eins braucht und wer nicht! Wer zu uns kommt leidet schon genug und muss nicht auch noch als Giftmüll- schlucker herhalten."

„Frau Doktor, Sie wissen, dass dann bei jeder Inven- tur Medikamente übrig sein werden!"

„Was keinesfalls ein Grund sein darf, das Zeug ohne Notwendigkeit an die Patient*innen zu verfüttern. Spülen sie es im Klo runter, von mir aus."

Elisa grinst. Steht auf. Sie muss los, ihre Schicht be- ginnt gleich.

Als sie gegangen ist, wird mir klar, dass ich von einer Mitarbeiterin verlange, dass sie lügt und betrügt.

Ich stehe am Fenster, schaue Elisa hinterher, die auf- fallend leichten Schrittes Richtung Klinik strebt.

Lügen sind im Allgemeinen verpönt. Doch umso hö- her in der jeweiligen Hackordnung Lügner*innen stehen, umso leichter wird ihnen verziehen. Bei Ranghöchsten wird das Lügen, wenn erkannt, lediglich konstatiert, bis- weilen mit süffisantem Lächeln. So kommt es darauf an, wer wen anlügt. Lügt Buttermann eine Krankenschwester an, zieht das nicht allzu schwere Konsequenzen nach sich, meistens gar keine. Ich aber habe eine Kranken-

schwester angestiftet oder sogar aufgefordert, Buttermann anzulügen. Wird sie erwischt, lächelt kein Mensch,
süffisant schon gar nicht. Eine Krankenschwester gefährdet durch ihre Lüge Menschenleben, wogegen Buttermann durch eine Lüge Menschenleben schützt.

Und wird Elisa überhaupt in der Lage sein, überzeu-
gend zu lügen?

Ich habe einen Fehler gemacht, befürchte ich.

Elisa war an jenem Abend von der Klinikdirektion zu
mir geschickt worden.

Sie hatte mitgespielt, ich war darauf hereingefallen.
Hatte Elisa mit eingeplant, dass ich ihr Drucksen, ihre
Verlegenheit, ihr Pochen auf Eigenverantwortung falsch
deuten würde? War es eine perfekt konstruierte Lüge?
Oder war ich einfach zu gutgläubig?

Im Streit um die Schlafmittelvergabe, den Kollege
Buttermann angezettelt hatte, und in dem es, wie mir jetzt
klar wurde, nicht um das Wohlergehen der Patient*innen,
sondern um das Buttermannsche Rechthaben ging, hatte
ich den kürzeren gezogen.

Ich nenne es bewusst ´den Kürzeren gezogen´, weil
ich in unserem Krankenhaus schon häufig beobachtet
hatte, dass es nicht unter der ärztlichen Würde war, Kolleg*innen aus dem Weg zu räumen, indem man sie austrickste oder hinterging. Solche Praktiken bewiesen
Durchsetzungsfähigkeit und Stärke, las ich zudem in
einer der sogenannten meinungsbildenden deutschen
Zeitungen. Menschen, die andere austrickste und hinter-
gingen, könnten sich eben auf das Wesentliche konzentrieren, seien überlegt und gut sortiert. Früher habe man
sie Psychopath*innen geschimpft, heute wisse man, dass
wir alle von solchen Charaktereigenschaften profitieren
könnten, nicht nur im Beruf, sondern auch im Alltag. Für
Psychopath*innen sei wegen ihrer weitgehenden Angst-

freiheit alles möglich, was sei daran falsch? Psychopathie wirke als Karriere-Turbo.

Der Artikel schloss mit der Aufforderung, sich bei den nun Rehabilitierten eine dicke Scheibe abzuschneiden.

Offenbar las Buttermann ebenfalls meinungsbildende Zeitungen.

Aber Elisa? Sie war doch weit davon entfernt, mit mir in einen Wettstreit um Fachwissen treten zu wollen. Elisa war zuverlässig und gewissenhaft und befolgte die Anweisungen derer, die meinten, es besser zu wissen als sie, und hinterlistig war sie auch nicht, nein, das wollte und durfte ich nicht glauben.

Wie konnte sie sich nur für so eine Vorstellung hergeben?

Ich grübelte über diese Frage während einer gesamten schlaflosen Nacht und ließ bis zum Morgen außer Acht, dass Elisa erpressbar war. Herrlich, wie ich es gefunden hatte, eine so selbstständig denkende und couragierte Mitarbeiterin zu haben, klammerte ich völlig aus, wie mir im Morgengrauen endlich aufging, dass Elisa sich in ihrer Lage in einer Kleinstadt nichts erlauben konnte, gar nichts, ob sie wollte oder nicht.

Es war der perfide Teil des Plans gewesen, gerade sie für die Sache einzuspannen. Sie, die doch unendlich dankbar war, dass man ihr hier in der kleinen Stadt ein normales Leben ermöglichte, trotz der Strafe Gottes.

Aber ich greife voraus. Der Reihe nach.

Am Morgen nach Elisas Besuch, kaum in meinem Sprechzimmer angelangt und noch bevor ich bei Buttermann und unserem Chefarzt vorsprechen konnte, um klar zu stellen, dass ich es war, die die Order gegeben hatte, Schlafmedikamente nur noch bei Bedarf zu verabreichen, wurde ich per Haustelefon zur Klinikleitung gerufen. In diesem Moment ahnte ich noch nicht, dass Elisa am Abend zuvor von dort aus zu mir geschickt worden war.

Was ist geschehen?, versuchte ich auf dem Weg zum Leitungsbüro zu konstruieren, um mich zumindest irgendwie auf das Gespräch vorzubereiten. Dass es etwas mit Elisa und ihrem Besuch am Vorabend zu tun hatte, auch mit den Schlafmedikamenten, war mir allerdings gleich klar. Aber als ich durch die weiß getünchten Irrenhausflure lief, wollte oder konnte ich aber noch nicht wahrhaben, dass Elisa sich hatte benutzen lassen. Vielmehr befürchtete ich, man hätte sie noch am selben Abend in flagranti im Waschraum erwischt – beim Herunterspülen von Schlafmedikamenten. Nun wollte man zu dem Vorfall zunächst einmal alle Ärzt*innen, die mit ihr zusammen arbeiteten, hören.

Ich beschloss, in diesem Fall sofort klipp und klar zu gestehen, dass ich sie angewiesen hatte, die Medikamente zu vernichten. Keinesfalls durfte Elisa wegen mir ihre Stelle verlieren.

Schon als ich die Tür des Direktionsbüros hinter mir schloss begriff ich, dass die Dinge nicht für Elisa schlecht aussahen, sondern für mich.

„Setzten Sie sich, Frau ... äh, wie immer Sie heißen ...!"

Der Ton war schroff bis respektlos. So sprechen Doktor*innen für gewöhnlich nicht miteinander. Kann man sich nicht leiden, weil man meint, die Kollegin würde ein Symptom besser begreifen oder läge sogar grundsätzlich richtiger in ihrer Diagnosestellung wird der Ton vielmehr betont korrekt und überhöflich.

Davon war hier nichts zu hören.

„Ihnen ist klar, dass Sie eine unserer Mitarbeiterinnen dazu aufgefordert haben, zu lügen und den Patient*innen Schaden zuzufügen?" Der Chef betonte das Wort ´unserer´ auf unmissverständliche Weise. Ich begriff schnell. Elisa war nicht mehr länger auch meine Mitarbeiterin.

Sie wurde sogleich ausdrücklich gelobt, weil sie Zweifel an meinen Anordnungen gehegt und sich aus diesem Grund sofort den ´echten´ Ärzt*innen anvertraut hätte. Außerdem verdiente sie nach Meinung des Chefs erst recht Anerkennung dafür, dass sie bereit gewesen wäre, dabei zu helfen, mich zu überführen. Auch die Mitarbeiterin Hinz hätte sich diesbezüglich verdient gemacht.

Ich fand es sinnlos, in dieser Situation eine Diskussion über die Notwendigkeit von Medikamenten für Patient*innen, die von selbst schliefen, anzufangen. Ein Chefarzt wie er hätte vermutlich nicht das geringste Interesse gehabt, sich über Bagatellen wie ein paar Schlaftabletten, und ob man sie schlucken sollte oder nicht, zu unterhalten. Es gab für einen Mann wie ihn Wichtigeres, als ein paar Leute, die den Tag über ein wenig verwirrt waren, weil man ihnen ein paar unnötige Medikamente verabreicht hatte. Alles andere war wichtiger als fehlbehandelte Irre.

Dennoch wurde jetzt gefachsimpelt – und zwar über mich und meine Anwesenheit in dieser Klinik.

Unter anderem wurde mir vorgeworfen, dass ich die Gefährdung von schwer kranken Menschen billigend in Kauf genommen hätte. Ob der Chefarzt das sagte, weil ich nicht wahllos Medikamente ausgeben wollte, weiß ich nicht. Auch die Frage des Wissens oder Nichtwissens bezüglich meiner Identität vom ersten Tag meines Hierseins an wurde nun von ihm erörtert, und zwar so wirre und verdreht, dass ich nichts davon hier wiedergeben kann, weil nichts von dem, was der Mann sagte, Sinn machte.

Zusammenfassend kann ich sagen, dass er mir – so wie ich es verstand – mitteilte, die Klinik hätte lediglich wegen des allgemeinen Ärzt*innenmangels im Lande nicht erkennen können, dass ich die falsche Frau Doktor sei, die seit Monaten gesucht werden würde. Aber vielleicht hatte ich ihn auch einfach falsch verstanden.

Was er hingegen sehr klar artikulierte war, dass das Kollegium heute Morgen auf der extra dafür einberufenen Konferenz nach reiflicher Überlegung zu dem Schluss gekommen sei, darauf zu verzichten, Meldung bei der Polizei über die paar Wochen meiner Mithilfe zu machen. Mir zuliebe.

Ich schwieg die ganze Zeit.

Benni hat ein wenig prägnantes Bild bei mir hinterlassen. Ich weiß bloß noch, dass er schwerfällig war. In jeder Hinsicht. Schwerfällig, aber lieb und gutmütig. Wir waren beide in der Vorpubertät, er ein Jahr älter als ich, es war harmonisch mit ihm, geruhsam. Streit gab es nicht. Auch akzeptierte er, offenbar ohne jede Eifersucht, dass seine Mama mich abends häufig zum Essen mitbrachte und während der gesamten Mahlzeit nur Augen für mich hatte. Vermutlich war im Vorfeld darüber gesprochen worden.

Als ich mit 17 von Zuhause fortging, brach auch der Kontakt zu Benni und seiner Familie ab. Ich musste alles hinter mir lassen. Auch oder gerade diese Familie, die mir so wohl gesonnen war. Ich wollte, oder besser: ich konnte unmöglich noch länger ihr bedauernswertes Mädchen sein.

Danach haben wir uns nicht mehr gesehen oder gehört. Benni beabsichtigte damals, Kommissar zu werden. Um die Bösen zu verhaften. Herrje, die Bösen, wer soll das sein?

Sein Vater wünschte sich, dass er Jura studierte und Anwalt würde, aber Benni meinte, der Beruf des Anwalts wäre nicht das Richtige für ihn, den wenig Angriffslustigen, und mit dieser Erkenntnis mochte er wohl nicht ganz danebengelegen haben. Ob Kommissar das Richtige für ihn war, maßte ich mir nicht zu beurteilen an.

Was mich damals ganz gefangen nahm, war die Wohnung, in der die Familie lebte. Die Abende in der riesigen labyrinthartigen Altbauwohnung unterm Dach in der Glockengießerstraße habe ich nie mehr vergessen. Erst recht nicht den Treppenflur des alten Ganghauses. Dunkel, endlos. Es roch wie in einer alten katholischen

Kirche. Bennis Mama bemerkte mein Erschaudern und nahm mich bei der Hand. Wir stiegen empor, vorbei an allen Küchen, die jeweils außerhalb der Wohnungen auf halber Treppe mit einem Fenster zum Flur lagen. Ich hatte das noch nie irgendwo gesehen. Benni kannte es nicht anders und erzählte mir einmal, bei seinen Freund*innen zuhause beschliche ihn ständig das Gefühl, es spielten sich Geheimnisse ab. Und zwar in den Küchen, in die er keinen Einblick hatte.

Seine Mama, warm, lebhaft, das braune Haar immer zu einem dicken Zopf geflochten, drückte mich lachend an sich, wenn wir endlich das verwinkelte Treppenhaus bezwungen hatten und oben angekommen waren, wo die Sonne durch eine schmale Dachluke fiel. Ab jetzt tat ich, als sei dies hier meine Familie. Ansonsten hätte ich die nun folgenden Stunden, während denen deutlich wurde, was für eine Arschkarte ich gezogen hatte, nicht ertragen. Perfekt gelang mir mein Spiel nie. Ich blieb das Mädchen, dem man es für ein paar Stunden schön machen wollte, obwohl Benni und seine Eltern es mehr oder weniger erfolgreich vermieden, wohltätig zu wirken.

Ich, das zu schützende fremde Element, lief durch die verwinkelte Wohnung, die an eine Rekonstruktion im Museumsdorf erinnerte. Parkettböden, Schiebetüren mit Glaseinsätzen, die Decken tief. Verzierte Kachelöfen, die noch in Betrieb waren. Und immer wieder führten schmale Gänge in neue kleine Zimmerchen und Kammern. Zunächst sagte ich Benni guten Abend. Er bat mich in sein Zimmer, wo er um diese Zeit am Schreibtisch saß und seine Schulaufgaben machte. Ich strich währenddessen durch sein Reich, kroch unter dem großen Holzbalken hindurch in den Turm, ein weiteres kleines Zimmer, in dem die runden Wände mit Postern gepflastert waren. Jimmy Page hing, seine Doppelhalsgitarre bearbeitend, über der Dachluke. Daneben Rockmusiker, die ich nicht kannte aber kennenlernte, weil Benni mir ihre Schallplatten vorspielte. Ich stand im Turmzimmer, stellte es mir als mein Zimmer vor, war Bennis Schwester, träumte durchs Dachfenster in den Lübecker Abendhimmel, bis Benni seine Schreibtisch-Klemmleuchte auf mich richtete. „Spot an!" Ich sähe aus wie Schneewittchen aus dem Märchenbuch, ob ich das wüsste?

Ich hatte es schon häufig gehört.

Ich weiß noch, wie ich Jimmy betrachtete, der seine Gitarre liebkoste, während seine dunkle Mähne ihm ums Gesicht fegte, dann an Bennis strahlende Mama dachte, und mich fragte, wie ein Junge, der ein solches Leben geschenkt bekommen hatte, auf die Idee kam, Kommissar zu werden, um Böse zu jagen, ja überhaupt begreifen konnte, dass es Menschen auf der Welt gab, die als böse galten.

Wir wurden zum Essen gerufen. Über drei schmale Holzstufen gelangten wir hinauf in eine letzte Ebene unter dem Dach. Die Wände waren schräg, ein Erwachsener konnte gerade eben stehen. Bennis Vater, ein bärchenhaft korpulenter Schreiner wie aus dem Bilderbuch, war gerade dabei, ein Blech duftenden Streuselkuchen aus dem mit Holz beheizten Ofen zu ziehen. Er begrüßte auch mich, als gehörte ich mit zur Familie, und ich versuchte, mein Spiel lückenlos weiterzutreiben.

Abends gab es hier ein opulentes Mahl, da beide Eltern über Tag arbeiteten. Meistens eine Suppe, ein Fischgericht, danach selbstgebackenen Kuchen, Kirschgrütze, süße Sahne und Tee mit braunem Kandiszucker.

Ich habe noch immer den Geschmack von all diesen Leckereien auf der Zunge. Es waren verwirrende Abende. Wunderbar, und doch schämte ich mich die ganze Zeit fürchterlich. Wie dachten diese Leute über mich? Natürlich wussten sie Bescheid. Aber sie versuchten ihr Bestes, es mich nicht spüren zu lassen. Wie alle Eltern der Welt fragten sie, was ich später einmal machen wollte, und als ich antwortete, ich wollte mich anstrengen, damit es meinen Mitmenschen besser ginge, stellten sie auch diese Frage nie wieder.

Abends, wenn es an den Heimweg ging, brachte Bennis Vater mich häufig hinunter. Ich konnte es nicht lassen, unterwegs in alle Küchen zu blicken, in denen um diese Stunde abgewaschen und aufgeräumt wurde. Bennis Vater amüsierte das. Was man gemeinhin als Privatsphäre bezeichnete und es doch nicht achtete, wäre hier öffentlicher Raum. Ich sollte ruhig hinschauen, das täte man in diesem Haus so. Die Küchenfenster zur Treppe verbargen nichts.

Im ersten Jahr, wenn Benni mich hinunter brachte, wollte er mir den dicken Dettmann aus dem 1. Stock zeigen. Den müsste ich sehen! Ich war glücklich, wenn Benni mich nicht wie ein armes Geschöpf behandelte, sondern wie eine Kameradin, mit der man Blödsinn anstellen konnte.

So lachte ich mit über Dettmann, der es geradezu genießen würde, von morgens bis abends in seiner Küche zu sitzen und damit im öffentlichen Interesse zu stehen. Die Küche sei seine Bühne, Dettmann der Star im Haus zum Anfassen. Auf einem cordbezogenen Sessel würde er thronen, unter dessen Beine Holzklötze genagelt waren, damit Dettmann einen besseren Blick ins Treppenhaus hatte. Den Sessel beschrieb Benni als flaschengrün vor Schmutz. Aber mit einem Küchenstuhl, einem Barhocker gar wäre Dettmann nicht gedient gewesen. „Der Mann ist so dick, dass jeder Küchenstuhl unter ihm zusammenkrachen würde. Blieb ich als Junge auch nur eine Sekunde zu lange vor Dettmanns Küchenfenster stehen und starrte fasziniert auf seinen unfassbar riesigen, schwabbeligen Bauch, den selbst seine zeltartigen Hemden nicht mehr verdecken konnten, hob das Dettmann-Wut-Gebrüll an. Ich sollte sofort machen, dass ich weiterkam oder würde eine Tracht Prügel beziehen wie noch nie. Natürlich war das eine leere Drohung, mehr als das.

Dettmann hätte mindestens zehn Minuten gebraucht, um sich aus seinem Sessel zu befreien; mich durch das enge Treppenhaus zu verfolgen wäre ein Ding der Unmöglichkeit gewesen. Dettmann war nie höher als in den ersten Stock gelangt!"

Wir kamen in den ersten Stock, starrten durchs Küchenfenster, der Sessel war so wie beschrieben, nur Dettmann fehlte ausgerechnet um diese Zeit immer. Ich sah ihn nie. Heute ist mir klar, dass er uns gehört und deshalb seine Küche geräumt hatte. Star hin oder her, aber auf diese Weise wollte er nicht vorgeführt werden.

Bennis Mutter tupfte sich eines Abends die Tränen aus den Augenwinkeln, denn Dettmann war am Vortag gestorben, wie sich herausstellte. Vermutlich sei er an seinem Übergewicht zu Grunde gegangen. Sie überzeugte sich davon, dass wir alle mit dem Essen fertig waren, fügte dann ehrlich betroffen hinzu, zuletzt habe der Mann sich kaum mehr bewegen können, schlief wohl auch auf seinem Küchensessel, morgens und abends wäre ein Pfleger gekommen. Wie er zu den Tages- und Nachtzeiten, wenn der Pfleger nicht da war, seine Notdurft verrichtete, wollte sich Bennis Mutter nicht vorstellen. Ich lauschte atemlos, aber dieses eine letzte Geheimnis war auch in diesem Haus nicht zu lüften. Doch ich weiß noch, wie überglücklich ich war, dass es in den Augen dieser Familie noch einen Menschen gab, der bemitleidenswerter war als ich. Tatsache war, dass dem seligen Nachbarn ab dann verboten wurde, sein Küchenfenster zum Treppenhaus geöffnet zu halten. Die Mieter*innen hätten ihn aber weiterhin freundlich-familiär gegrüßt, nur eben durch das geschlossene Fenster.

An jenem Morgens soll er tot im Sessel gelegen haben.

Gleich darauf war das nächste Unikum eingezogen, das weibliche Pendant zu Dettmann, Dettfrau, wie sie schnell im ganzen Haus hieß. Benni und seine Eltern nahmen auch das hin und bemühten sich, diese Frau ebenso herzlich aufzunehmen.

Einmal, als wir in Bennis Zimmer saßen, gestand ich ihm, dass ich wünschte, ich hätte auch so eine Mutter wie er. Nicht nur für ein paar Abende die Woche, sondern von vorne herein. Ich verschwieg ihm, dass ich die Abende in seiner Familie häufig quälend fand, beschämend. Denn wenn ich mir vorstellte, ich müsste auch an diesen Abenden bei mir zuhause sein, in der bedrückenden Stille, weil die Mutter schlief und mein Vater noch nicht von der Arbeit zurückgekehrt war, schnürte sich mir die Kehle zu. Da zog ich die Beschämung vor.

Benni nickte, sagte nichts, offenbar war er instruiert worden, nicht mit mir über das Thema Familie zu sprechen. Er schaute mich aber an, als könne er sich gar nicht vorstellen, dass es auch anders sein konnte, als bei ihm zuhause.

Und da in Bennis Leben offenbar auch weiterhin alles glatt gelaufen war, ist er jetzt Kommissar.

Gestern stieß ich auf einen Artikel in den Ostseenachrichten: Beamte und die Vereinbarkeit von Familie und Beruf. Bernhard B., Lübecker Kommissar, kam zu Worte; das Foto zeigte ihn und Kolleg*innen mit ihren Familien. Ich erkannte Benni sofort. Mein erster Impuls war, weiterzublättern, alles damalige, was so furchtbar schambesetzt war, nie mehr in mein Leben zu lassen. Dann fiel mir ein, wer ich heute vorgab zu sein. Und als eben diese wollte ich der Familie jetzt entgegen treten.

Sobald ich umgezogen bin, werde ich Benni anrufen, seine Telefonnummer habe ich sofort im Internet gefunden.

„Ärztin sind sie auch ... das passt", findet der Projektmanager oder Senior*innen-Unternehmer – wie auch immer die genaue Berufsbezeichnung des smarten Geschäftsbürschchens lautet.

Mir ist es stets lieber, wenn andere Menschen meinen Wechsel ins ärztliche Fach beurteilen. Ich bin befangen, wenn es um eine richtige Selbsteinschätzung geht. Was ich jedoch erkannt habe: In den Arbeitsbereichen, in denen ich mich vorher versucht hatte, konnte ich nirgendwo etwas zum Besseren wenden. Ich bin mit 17 als Kindermädchen nach Frankreich gegangen, so weit weg wie möglich vom Elternhaus, zu desertieren war mein einziges Ziel, darauf habe ich mich vorbereitet, wie meine Altersgenossen auf ihren Schulabschluss. Ich wurde nach einem Jahr entlassen, meine Arbeitgeber*innen waren der Meinung, ihr Sohn würde von mir vernachlässigt werden und ihre Tochter bevorzugt, dabei hatte ich beide Kinder exakt gleich behandelt. Zurück in Deutschland versuchte ich, mich als Haushaltshilfe zu verdingen. Nirgendwo konnte ich irgendjemandem helfen oder auch nur eine einzige Verbesserung durchsetzen, überall hieß es, ich hielte mich zu sehr mit den Kindern oder Großeltern der Familie auf, während man sich weder im Küchenfußboden spiegeln könnte, noch die Gläser von mir akkurat in der Vitrine aufgereiht worden wären.

Ich kam irgendwann darauf, dass von einer Ärztin derartige Ordnungszeremonien nicht erwartet würden.

Aber das interessiert das Geschäftsbürschchen sicher nicht.

Er blättert gerade durch einen seiner Ordner, auf dessen Deckel „Alt." steht. „Alt." ist hier möglicherweise ein Kürzel für ´Senior*innen mit Ersparnissen´.

Die würden mehr und mehr zu einer Unternehmung mit sozialem Anspruch werden, erklärte mir der junge Mann bereits letzte Woche am Telefon. Anderthalb Jahre zuvor hätte er deshalb zwei leer stehende Fabriketagen gekauft, sie innerhalb von zwölf Monaten in zwei geräumige, senior*innengerechte Wohnungen umgebaut. Die Sache liefe. Auf beiden Etagen seien die jeweils vier komfortablen Zimmer mit Bad plus Mitbenutzung der Gemeinschaftsräume und der Wohnküche vermietet. Selbstverständlich gäbe es auch helle, angenehme Räumlichkeiten für das Personal, lockte der Jungunternehmer. Und wie sich gezeigt hätte, müsste eine Leiterin her. Nicht nur für den Verwaltungs- und Personalkram, dafür sei natürlich schon jemand da, nein, es bestehe außerdem Bedarf an einer Chefin für die ´menschlichen Belange´. Die alten Herrschaften sollten in seiner Wohnanlage so liebevoll umsorgt werden als lebten sie bei ihren eigenen Kindern, aber zudem sollten sie eben auch so aufmerksam bedient werden, als seien sie Tag und Nacht von einem Heer von Butlern und Stubenmädchen umgeben. Aber keine Sorge, beeilte er sich, zu versichern, mit Problemfällen hätte ich es bei ihm nicht zu tun. Gar nicht. Seine Klient*innen seien allesamt unter 80, könnten halt nicht mehr allein kochen oder unter die Dusche steigen. „Drei Witwen, drei Witwer, und nicht zu vergessen unsere zwei ledigen Herren", das Bürschchen giggelte, „´Hagestolz´, hat man dazu früher wohl gesagt. Die Damen und Herren sind alle gut beisammen, keine ernsten Gebrechen, nur die üblichen Wehwehchen. Na schön, einer der Herren hatte vor Jahren einen Schlaganfall. Nun geht er am Stock, aber sonst hat er sich wieder prima berappelt. Die Kriegsphase, in die meine Herrschaften hineingeboren wurden, war schon das Schlimmste, was diese Leute je erlebt haben. Gut, natürlich war das schlimm genug ... aber je nachdem, wie die Familie aufgestellt war ... also, ich meine damit ... ähm .... ja ..."

Er hatte sich jetzt etwas verfahren, wusste nicht so recht weiter, also wechselte er das Thema.

In seiner Stellenanzeige hieß es übrigens etwas verschlüsselt, dennoch unmissverständlich, dass ein Facharztzertifikat oder Doktortitel der Bewerberin zum Vorteil gereichen würde.

Männliche Bewerber wären auch unter den Interessenten gewesen, wollte das Bürschchen mir am Telefon weiß machen. Er habe sie aber von vorne herein aussortiert, obwohl er es eigentlich nicht dürfte, diese komischen neuen Gesetze würden das verbieten. Es bliebe deshalb unter uns, ja?

Ich versprach es, Dankbarkeit in der Stimme, wie es sich für eine Untergebene gehört, die mit dem Chef ab sofort ein Geheimnis teilt. Dass sich männliche Ärzte – gar mit Doktortitel – beworben hatten nahm ich übrigens nicht an.

Ich jedenfalls würde mich über die Stelle sehr freuen und lasse das jetzt, wo ich dem jungen Mann gegenüber sitze, auch durchblicken, wie es sich in meiner Lage gehört. Ein Pokerface im Bewerbungsgespräch wird einer Frau nicht als Professionalität ausgelegt, auch nicht als gute Taktik, sich und ihre Fähigkeiten so gewinnbringend wie möglich zu verkaufen. Es lässt den Chef höchstens darauf schließen, dass eine entsprechende Dosis Beruhigungsmittel eingenommen wurde, um überschießende Aufregung zu bekämpfen. Falls nicht vorher bereits der Eindruck entstanden ist, mit dem emotionalen Haushalt der Bewerberin stimme irgendetwas nicht.

Ich fühle mich ganz gut.

Seit meinem Abschiedsgespräch in der Neustädter Nervenklinik sind sechs Wochen vergangen.

Ich packte meine Sachen zusammen, nur raus aus der Kleinstadt, in die ich doch nie ziehen wollte, ich hasse Kleinstädte. Obwohl ich mir mit der Abreise sogar ein bisschen Zeit hätte lassen können. Einen Tag nach meiner Freistellung erhielt ich einen Brief von der Klinikdirektion, man bat mich freundlich, innerhalb der nächsten drei Monate mein Appartement im Schwesternwohnheim zu räumen. Wenn es mir möglich wäre.

Drei Monate plus Aufschub für den Fall, dass ich keine Bleibe fand? Eine gnädige Frist, wenn man bedenkt, wie lange ich in jener Anstalt tätig war. Warum diese Mildtätigkeit? Befürchteten die Doktor*innen, ich würde, sobald unter Druck gesetzt, etwas in die Welt hinaus posaunen? Was denn? Meine Damen und Herren, worum glauben sie denn, ginge es mir? Um meine Reputation? Sie haben nichts begriffen!

Drei Monate Gnadenfrist, lächerlich, ich würde vorher gehen, hatte meine Sachen schnell gepackt und die Stelle in Kiel bald in Aussicht. Sollten Buttermann und Kolleg*innen sich von mir aus nachts schlaflos von einer Seite zur anderen wälzen, dabei mutmaßen, ob ich, empört über den Rauswurf, singen würde! Ich sang nicht, ich pfiff auf bange gewährte Gnade.

Übrigens war mir noch nie im Leben Gnade zuteil geworden, und immerhin – dieser Umstand hielt mein Rückgrat stabil.

Zum letzten Mal saß ich auf meiner Student*innen-Couch, schaute durch die Balkontür hinunter in die kleine Stadt. Es war ganz leise, hier wie dort, alle Schwestern in den Zimmern ringsherum hatten Dienst, waren emsig dabei, ihre Zeitgenossen, die nicht mehr in der Lage waren zu funktionieren wie gefordert, ruhig zu stellen.

Ich stand auf, und mein Leben begann von neuem.

Gerade eben schleicht sich ein Lächeln ins Gesicht des Senior*innenunternehmers; er überfliegt noch einmal auf die Schnelle das Empfehlungsschreiben meines letzten Arbeitgebers in Manchester.

Ich schätze, Bürschchens Englisch ist nicht sonderlich gut, im Schreiben steht nichts außergewöhnliches, nichts, was einem ein derartiges Lächeln ins Gesicht zaubern würde. Es steht lediglich das übliche darin, das, worauf eine Arbeitnehmerin ein Recht hat, wenn sie stets brav mitspielte und sich nichts zu Schulden kommen ließ.

Ich war eine ordentliche und zuverlässige Mitarbeiterin, steht da. Doch ich habe das Zeugnis voller Stolz über den Tisch gereicht – es kann also nur das Beste darin stehen, und so lächelt das Bürschchen, als könne er die unbedingte Empfehlung, die nirgendwo zu lesen ist, tatsächlich verstehen.

Zu meiner Gehaltsvorstellung kämen wir sofort, kündigt er gerade zum zweiten Mal an. Und nickt zustimmend, stellvertretend für mich.

Dass ich in Manchester mehrere Jahre Ärztin für Alterspsychiatrie war, gefällt ihm so gut, dass er es mehrmals ganz leise vor sich hin spricht.

„Habe ich Sie also richtig verstanden, Heimweh nach good old Germany trieb Sie zurück nach Hause?", will das Bürschchen wissen.

Ich tue so, als wäre mir dieser Umstand ein klein wenig unangenehm.

Er aber findet solche Gefühle völlig nachvollziehbar. „Tja, die Briten", tröstet er, „ein Völkchen für sich. Spleens und schlechte Ernährung. Dazu der ewige Regen. Das kann Leute schon etwas ... wie sagt man da ... odd machen."

Er nickt wohlwollend, giggelt gut gelaunt und lässt noch ein paar Klischees über Engländer*innen vom Stapel. Offenbar kennt er England besser als ich, ich war bislang nur einmal für wenige Wochen im Urlaub dort. Ich möchte nicht mehr daran zurückdenken.

Den Stempel auf meinem Empfehlungsschreiben aus Manchester habe ich aus dem Internet heruntergeladen und aufs Zeugnis gescannt.

Einen neuen Personalausweis und alle übrigen nötigen Papiere ließ ich wie immer in Potsdam von meinem Stammkopisten anfertigen.

Bei einer Frisörin war ich ebenfalls. Ich trage jetzt eine Ponyfrisur. Dazu eine randlose Brille und ganz schmal gezupfte Augenbrauen.

„Alleinstehende Ärztin, die gerade von einem längeren Auslandsaufenthalt zurück kommt, sucht Wohnung", lautete die Überschrift meiner Annonce in der Kieler Tagespresse, nachdem ich die Stellenausschreibung für die Senior*innen-WG in einer überregionalen Wochenzeitung gesehen und beantwortet hatte. Eine Wohnung fand sich bald, das Bürschchen meldete sich auch. Denkt ja, nur Engländer*innen seien odd.

Warum ich von der verregneten Insel ausgerechnet nach Kiel gegangen wäre? Wegen der neuen Stelle oder aus persönlichen Gründen, oder weil sich das eine mit dem anderen überschnitten und dann gut zusammengefügt hat?

Ich will mich dazu äußern, aber der Jungunternehmer ist schon woanders. Schwärmt von seiner Geburts- und Heimatstadt Kiel. Ist offenbar soeben spontan zu dem Schluss gekommen, mein Zuzug nach Kiel sei die Konsequenz einer Erleuchtung dort im trüben, verregneten England. Wen interessiert da noch meine Antwort?

Im Übrigen konnte er nach eigener Angabe bereits nach ein paar Minuten während unseres ersten Kontakts am Telefon nicht mehr von mir lassen. Er hatte mir ein paar Fragen zu meiner Auffassung über Flexibilität, Überstunden und dauernde Erreichbarkeit auch am Wochenende und im Urlaub gestellt, die er sich umgehend allesamt selbst beantwortete. Wir müssten uns unbedingt persönlich kennen lernen, fand er daraufhin.

Und jetzt, vis-à-vis, fragt er mich, ob ich mir vorstellen könne, wie schwer es heutzutage sei, Personal zu finden. Top ausgebildetes Personal, natürlich, dem aber auch klar sei, dass man in der Pflege nun mal nicht verdienen würde wie an der Börse. Nein, das könne ich mir nicht vorstellen, versichert er mit Nachdruck, bevor ich etwas sagen kann. Er zahle mittlerweile überdurchschnittlich gut, notgedrungen, sonst kriege man ja heutzutage niemanden mehr ans Arbeiten.

Ich will etwas dazu sagen, aber er lässt mich nicht.

„Top Mitarbeiter*innen erkenne ich schon während eines ersten Telefonats", verrät er mir stattdessen. Zwinkert mir zu. „Tadellose Umgangsformen sind für diese Stelle übrigens lebenswichtig." Was er unter tadellosen Umgangsformen versteht, wird deutlich, als er, ungefähr Mitte dreißig, der Ärztin Mitte vierzig versichert, dass sie für ihr Alter noch auffallend attraktiv sei, was nicht von Nachteil wäre, „damit wir uns richtig verstehen, Frau Doktor, nicht wegen mir, sondern wegen der Leute ..."

Er kommt aufs Thema zurück. In seiner WG lebten Senior*innen, die ein bisschen was auf der hohen Kante hätten. Dazu gehöre Personal, das den Damen und Herren jeden Wunsch von den Augen ablesen könne, eben sensible, top ausgebildete Leute.

Dass ich das gut verstehen würde, gelingt es mir zu antworten, offenbar aber zu vorwitzig.

„Die alten Herrschaften haben ihre Ticks und Zimperlein, sicher, das ja!", bringt er mich wieder zum Schweigen. Seine Senior*innen seien aber natürlich nicht die Klientel für ein gewöhnliches Altenheim. Multi-Millionär*innen wären sie nicht, nein, natürlich nicht, sie hätten eben ein bisschen was zurückgelegt, gutbürgerlicher Mittelstand, der es sich jetzt noch mal nett machen wollte. Der Unternehmer giggelt wieder ein bisschen. „Und da kommen wir!"

Aber ´Fabrik´ hieße sein Laden bitte nur inoffiziell, nur zwischen ihm und mir, ja?

Ich warte, darf antworten, bestätige: „Selbstverständlich. Nur zwischen uns."

Dienstagnachmittag.

Als ich wieder auf die Straße trete, bin ich Chefin für menschliche Belange, oder kurz: fürs Menschliche.

Das steht nicht im Arbeitsvertrag, wurde von meinem neuen Boss aber mündlich so formuliert. Offiziell bin ich die Geschäftsführerin seiner betreuten Senior*innen-Wohngemeinschaft. Nachdem er noch eine weitere Stunde über Themen wie die Bedeutung einer ästhetischen Umgebung für das Wohlbefinden sowie vermindertes Geschmacksempfinden im Alter geredet hatte, außerdem über England und seine Bewohner*innen, wobei ich die ganze Zeit nicht einmal zu Worte kam, stand er plötzlich auf. So ruckartig und unvermittelt, dass ich sofort darauf gefasst war, nun mit den Worten „Mein endloses Gerede war ein Entgegenkommen! Ich wollte Ihnen damit nur eine letzte Chance geben, sich freiwillig zu stellen!" verhaftet zu werden.

Aber nein, er blickte mir in die Augen und flüsterte, nicht ohne eine gewisse Theatralik: „Nachdem wir beide jetzt eine Stunde lang so bereichernd über existenzielle Themen philosophiert haben, kann ich nicht mehr von Ihnen lassen. Ich bin kein Mensch, der geduldig abwarten kann, seien Sie nachsichtig und geben Sie mir doch bitte gleich eine verbindliche Zusage!"

Die gab ich ihm, erklärte, ohne unterbrochen zu werden, dass ich mich freuen würde, in seinem Unternehmen arbeiten zu dürfen, was nicht gelogen war. Ich fügte außerdem hinzu, dass ich glücklich wäre, meine in England gesammelten Erfahrungen in Sachen Alterspsychiatrie und -gesundheit in seiner Senior*innenwohnanlage umsetzen zu können, was nicht ganz der Wahrheit entsprach.

Dann endlich kam er lächelnd damit raus, dass wir noch über mein Gehalt sprechen sollten.

Er fragte mich nicht nach meinen Vorstellungen, sondern nannte die Summe, die er zu zahlen bereit war.

106

Kein männlicher Arzt hätte eingeschlagen, jede Chefin fürs Menschliche aber schon.

Das Mädchen ist aus dem Urlaub in Cornwall zurück. Ich habe mir Cornwall daraufhin noch einmal im Internet angesehen. Palmen, Meere von Blumen, vermutlicher Geruch nach Südsee bei erträglichem Klima.

Es hätte wunderbar werden können für ein Kind.

Es war ein Albtraum.

Das Mädchen schreibt, ihr Vater hätte die Mutter überredet, für eine Urlaubsreise Deutschland zu verlassen. Er wollte nach England fahren, um Golf zu spielen. Die Großmutter wäre auch mitgekommen, wegen des Knieleidens der Mutter, und damit der Vater auf den Golfplatz gehen könne. Die Mutter hätte zuerst Angst gehabt, so weit zu verreisen. Die Großmutter auch, sie sei der Meinung, dass viel gestohlen würde in Ferienhotels außerhalb Deutschlands. Und währenddessen werde in Deutschland eingebrochen. Oder es würden viele Häuser brennen. Die Großmutter des Mädchens erkläre, die Leute, die zuhause blieben, besäßen kein Geld für einen Urlaub, weil sie Asoziale wären, schliefen ein, ihre brennenden Zigaretten auf dem Aschenbecherrand. Die Zigaretten fielen schließlich auf den Bettvorleger, der finge Feuer und zünde das Haus, dann das Nebenhaus an.

Der Vater hätte jedoch erklärt, dass ein Haus auch niederbrennen und ein Türschloss auch aufgebrochen werden könne, während man im Park spazieren ginge. Die Großmutter bestand dennoch darauf, dass jemand auf das Haus aufpasste.

So zog der Cousin für drei Wochen ein.

Wegen der vielen höflichen und hilfsbereiten Menschen in Uniformen habe England der Großmutter dann doch gefallen, ebenso wegen der Königin und der neuen Premierministerin.

Das Mädchen schreibt weiter, dass sie mir etwas anvertrauen würde, was unter meine Schweigepflicht fiele:

Ihre Mutter habe kein Knieleiden. Sie sei ganz einfach verrückt. Die Großmutter wisse das auch. Trotzdem hätte sie extra für den Urlaub Krücken gekauft, an denen die Mutter gegangen wäre, wenn man das Hotelzimmer verließ. Was an den Abenden im Zimmer los gewesen sei, habe niemand mitgekriegt. Wenn der Cousin in Deutschland nicht bis acht Uhr zu erreichen gewesen wäre, habe die Mutter sofort abreisen wollen. Habe in Windeseile ihre Sachen in die Koffer gepackt, zu Hause sei eingebrochen worden. Der Vater habe die Großmutter geholt und sei währenddessen mit dem Bruder ins Hotelschwimmbad gegangen.

Das Mädchen erzählt, dass die Großmutter Abend für Abend auf die Mutter eingeredet hätte. Zuhause sei alles in Ordnung, ganz bestimmt. Ein junger Mann könnte nun mal nicht den ganzen Abend zuhause bleiben und auf einen Anruf warten. Die Mutter habe das nicht glauben wollen. Einmal hätte sie beinahe mit einer der Krücken auf die Großmutter und das Mädchen eingeschlagen. Im letzten Moment wäre es gelungen, ihr die Krücke zu entreißen. Die Großmutter habe sie von da an im Kleiderschrank eingeschlossen und den Schlüssel verwaltet.

Nächstes Jahr solle das Mädchen nicht mehr mit in den Urlaub fahren, sondern zuhause bleiben und auf das Haus aufpassen. Mädchen seien zuverlässiger als Jungen, sage die Großmutter. Jeden Abend um sieben solle die Enkelin auf den Anruf aus dem Urlaub warten. Das Mädchen hofft, bis nächstes Jahr habe ihre Großmutter das nicht wieder vergessen.

Nach dieser Mail beschloss ich, nun endlich etwas zu unternehmen.

Am nächsten Morgen, noch von zuhause aus, rief ich bei der Hamburger Mädchenhilfe an. Bevor ich den Fall schildern konnte bot man eine Übernachtungsmöglichkeit oder Telefonnummern weiterer Beratungsstellen an. Ich nahm die Telefonnummern. Und rief die Hamburger Kinderhilfe an. Schilderte den Fall. Es handle sich um eine Familie mit einer psychisch kranken Mutter. Wie man dem Mädchen helfen könne.

Ich wurde an eine Kollegin weitergereicht, die gab mir eine weitere Telefonnummer. Dort, bei der Erziehungsberatung Hamburg, war man gelassen. Ob ich zur Familie gehörte. Nein? Die Mutter müsse sich selbst melden.

Dass sie das nicht tun würde, wie es aussähe gar nicht könnte, da läge das Problem, gab ich der Frau, die sich mir als Psychologin vorgestellt hatte, zu bedenken.

Sie fragte betont ruhig, ob ich angerufen hätte, um ihr etwas zu erklären oder vielmehr deshalb, weil sie mir etwas erklären sollte.

Ich schwieg verwirrt.

Und sie: Eine psychische Erkrankung der Mutter würde von mir vermutet, wäre aber nicht bewiesen, oder? Ebenso wenig eine Kindesgefährdung. Ansonsten hätten sich ja auch bereits die Angehörigen gemeldet. Mütter wären eben zeitweise überfordert, zählten dann auf ihre Töchter. Für die wäre das ein guter erster Schritt, Solidarität unter Frauen zu lernen.

„Ah so", machte ich.

Die Psychologin ließ sich nicht beirren. Ganz offensichtlich wäre ja bereits die Großmutter helfend eingesprungen und hätte die Lage im Griff. Dass Mädchen in dem Alter Aufgaben im Haushalt übernähmen und somit lernten, Verantwortung zu übernehmen, wäre ebenfalls nicht zu beanstanden. Schlimmer für das Selbstbewusstsein eines Mädchens sei es, so erklärte mir die Frau fachkundig, wenn man die Familie auseinander reißen würde.

Mädchen entwickelten dadurch Schuldgefühle. Und im Übrigen, ich hätte doch vorhin gesagt, einen Jungen gäbe es auch in der Familie. Wie der denn mit der Situation umginge? Ich solle doch bitte so genau wie möglich meinen Eindruck bezüglich seiner emotionalen Verfassung beschreiben.

Ich legte auf.

Schrieb stattdessen eine SMS. Ob das Mädchen noch andere Verwandte hätte.

Es kam zunächst keine Antwort.

„Benni?"

Er braucht einen Moment. Als ich soeben seine Stimme hörte, wusste ich wieder, warum ich ihn damals mochte, jetzt, während er ganz gemächlich nachdenkt, wer ihn da nach der Tagesschau noch aus dem Sessel aufscheucht, fällt mir auch wieder ein, warum er mich häufig auf die Palme brachte.

Schließlich aber hat er ermittelt, wer ich bin. Freude, und zwar ehrlich und aufrichtig. So ist er auch.

„Ach, das gibt es doch gar nicht ... Schneewittchen? Wie geht es dir? Wie hast du mich gefunden? Was machst du jetzt? Wo bist du? In Deutschland?"

„Eine uralte Bekannte", erklärt er ins Off, „ganz überraschend!" Eine weibliche Stimme trägt ihm auf, mich von ihr zu grüßen, ich lasse sie zurück grüßen.

„Ich bin in Norddeutschland", beantworte ich Bennis letzte Frage zuerst. Dann der Reihe nach: „Ich bin jetzt Leiterin einer betreuten Senior*innen-WG in Kiel. Und deine Telefonnummer habe ich übers Internet ausfindig gemacht, nachdem ich dich in einem Zeitungsartikel wiedererkannt habe. Mir geht es sehr gut!"

Wieder Freude. Er findet es offenbar völlig normal, dass ich ihn nach 28 Jahren ohne Lebenszeichen kontaktiere, weil ich den Zeitungsartikel gelesen habe und wieder in seiner Nähe wohne. Ich bin einen Moment befangen. Ob jetzt in seinem Kopf ein Film abläuft, über das Mädchen, das ich war?

Er hat eine Menge Fragen und auch einiges zu erzählen. Ich lasse ihm den Vorrang, erfahre von seiner Frau, Fremdsprachenkorrespondentin. Die gemeinsame Tochter ist gerade sechs geworden, geht jetzt zur Schule, entwickelt sich prächtig. Insgesamt klingt Benni glücklich. Das war schon damals ein bemerkenswerter Zug von ihm. Er ist zufrieden, mit dem, was er hat.

„Und du? Erzähl ausführlich!" Ganz unbefangen ist er.

Ich sei mittlerweile Ärztin, sage ich mit fester Stimme. Viel im Ausland gewesen, vor sechs Jahren aus Kapstadt nach Deutschland zurückgekehrt, hätte es hier aber nicht lange ausgehalten. Nach ein paar Jahren England wollte ich aber nun doch wieder in Deutschland heimisch werden.

„Toll! Und du bist verhei... äh ...", er stockt. Indiskretion gehörte nie zu seinen Schwächen.

„Ich bin ledig."

Da lacht er. „Kannst du dich noch dran erinnern, was Mama damals immer gesagt hat: Lebewesen seien dazu da, sich zu paaren, Nachwuchs aufzuziehen und dann, wenn sie Glück hätten, zusammen alt zu werden. So könne man also festhalten, dass alles Unheil in dem Moment losging, als der Mensch behauptete, ein gewisses Maß an Stress, Unabhängigkeit und die Suche nach einem verborgenen tieferen Sinn hinter den Schicksalsschlägen, die das Lebens austeilte, sei gesund, interessant und nötig fürs Wohlergehen."

Ja, daran erinnere ich mich tatsächlich noch. Es war während jener Abende in der Küche des uralten Lübecker Ganghauses. Benni und ich waren mittlerweile in der Pubertät, und wie! Es ging mit uns durch, auch was die

Frage nach dem Sinn des Lebens betraf. Ich war sowohl gerührt als auch befremdet, als Bennis Mama das sagte. Offenbar konnte sie sich gar nicht vorstellen, dass eben diese Sinnsuche für manche Menschen keine freigewählte Aufgabe war. Aber da sie mit dem Satz schloss: „Man ist wunderbar, wenn man genau das tut, was das Gewissen einem rät", fügte ich ihre Aussagen dem selig-beschämenden Gesamtbild der Abende hinzu. Wenig später, als wir aufs Thema Liebe zu sprechen kamen, erklärte Bennis Mama feierlich, wenn sie ihren Mann bei sich hätte, wäre es ihr völlig egal, wo sie lebten. Selbst am Nordpol in einem Iglu könnte sie es gut aushalten mit ihm. Eben dieser Mann nahm ihre Hand und beteuerte, er würde gern mit ihr am Nordpol in einem Iglu leben, die Dinger seien zwar aus Schnee und Eis gebaut, aber so raffiniert, dass man darin Feuer machen könne. Und nachts würden sie sich zusammen in ein großes Bärenfell kuscheln, flüsterte sie errötend.

Ich weiß noch, dass ich damals dachte, in dieser Familie gäbe es nur Glück und Liebe. Wie wirkte da eine wie ich auf diese drei Menschen?

„Als du schließlich weggingst ohne dich von uns zu verabschieden oder dich jemals wieder bei uns zu melden, hat Mama sich furchtbare Vorwürfe gemacht. Sie habe dich mit ihren Ansichten von uns weggetrieben, befürchtete sie. Wir wären dir zu unmodern gewesen. Und sie hat so oft darüber nachgedacht, wie es wohl mit dir weitergegangen ist. Ich wette, sie freut sich riesig, wenn ich ihr erzähle, dass du wieder da bist und es dir prächtig geht."

Dass seine Familie bezaubernd war, versichere ich ihm und merke, dass ich mich jetzt, wo ich höre, dass man sich um mich Gedanken machte, für mein wortloses Verschwinden schäme. Ich konnte mir damals nicht vorstellen, dass irgendjemand auf der Welt sich um mich scherte, gar sorgte. Ich dachte, Benni und seine Familie wären froh, eine Last los zu sein. Vollkommen absurd kommt mir meine damalige Einschätzung jetzt vor. Es hätte mir doch klar sein müssen, dass gerade Bennis Mama sich Gedanken um mich gemacht hatte. „Deine Mama war umgekehrt beinahe ein Grund, zu bleiben", antworte ich Benni. Ich spüre wie unangenehm mir das Thema ist. Die Erinnerungen an diese fünf Jahre kommen hoch. Ich wehre mich, momentan ist das zu viel für mich. „Und der Papa?", frage ich aber trotzdem noch. Es kostet mich Mühe, meine Stimme nicht zittern zu lassen.

„Ist vor vielen Jahren gestorben. Vor fast zehn mittlerweile."

Ich stelle mir Bennis Mutter ganz allein in der großen verwinkelten Wohnung unterm Dach vor. Augenblicklich krampft sich mein Herz zusammen.

Sie käme gut zurecht, sagt Benni, als könne er Gedanken lesen. Er und seine Frau schauten mindestens einmal die Woche bei ihr vorbei, im Winter häufiger. Seine Mutter habe keine Probleme. Sie wären im ständigen Mail- und SMS-Kontakt mit ihr, sie habe das auf ihre alten Tage noch lernen müssen.

Ich bin nicht überzeugt. Wer ein Problem hat und daran interessiert ist, sich dem wirklich zu stellen, tut dies weder per Mail noch per SMS. Doch ich will mich nicht in Familienangelegenheiten einmischen.

Benni schlägt ein Treffen vor. Erst mal er und ich, was mich erleichtert. Wie soll ich seiner Mutter nach fast 30 Jahren Schweigen entgegen treten?

Benni will nach Kiel kommen, ein gemeinsames Mittagessen? Er könne das gut mit beruflichen Terminen zusammenlegen.

Ich sage zu und bin froh, das Gespräch für heute zu beenden.

Jetzt ist es Abend, ich sitze im Wohnzimmer zwischen noch nicht ausgepackten Kisten in meiner recht kleinen Kieler Wohnung, eine geräumigere war auf die Schnelle nicht zu kriegen. Ich werde später noch einmal umziehen.

Dann eine Mail aus Hamburg.

Sie habe viel Verwandtschaft, schreibt das Mädchen, aber die meisten lebten in der DDR, wo man ja nicht raus dürfte. Eine Tante wohne auch in Hamburg, aber mit der solle nicht über die Mutter gesprochen werden. Die Großmutter habe es verboten. Momentan sei es unerträglich zuhause. Ein paar Mal am Tag räume die Mutter ihren Kleiderschrank aus, packe alles in Koffer und Taschen. Das Mädchen müsse alles immer wieder auspacken und einsortieren, aber ordentlich, sonst würde die Großmutter schimpfen, das Mädchen strenge sich nicht an.

Ich schrieb gleich zurück, es wäre nicht richtig, was da von ihr verlangt werde. „Ich bin dabei, Hilfe zu finden."

Ich blieb auf, wartete auf Antwort, hatte plötzlich die Befürchtung, meine Mail wäre nicht angekommen, schaute im entsprechenden Ordner nach, ob sie rausgegangen war. Angezeigt wurde es nicht, aber das wäre einfach nur ein Fehler in der Anzeige, beruhigte ich mich.

Das Mädchen antwortete nicht. Endlich fiel mir auf, dass es bereits sehr spät war, fast Mitternacht. Ein elfjähriges Kind schlief um diese Zeit natürlich schon.

Ich ging zu Bett und versuchte ebenfalls zu schlafen.

Am nächsten Vormittag telefonierte ich mich von einer Hamburger Beratungsstelle zur nächsten. Bei der Koordination für Kinderwohngruppen wimmelte man mich gleich ab. Ohne Zuweisung wäre nichts zu machen. Ich rief die nächste Stelle an. Und eine weitere. Ob ich die behandelnde Ärztin sei und das Kind zuhause geschlagen werde war überall die erste Frage. Ich verneinte beides. Ich hätte privaten Kontakt zu dem Mädchen.

Ob Drogen und Alkohol im Spiel seien?

Nein, auch das nicht, gab ich an.

Wie die Familie aufgestellt sei, ob staatliche Leistungen bezogen würden.

Als ich antwortete, dass der Vater mittlerer Angestellter und die Mutter Hausfrau wäre, war die Angelegenheit für den Zuständigen erledigt.

„Wissen Sie, was bei uns los ist, Frau Doktor? Wir haben Kinder auf der Warteliste, die zuhause nicht mal mehr etwas zu essen kriegen."

„Alles andere ist in ihren Augen unbedenklich?"

„Was heißt unbedenklich. Es handelt sich um eine normale Mittelschichtfamilie, sagten Sie? Die ist doch sehr wahrscheinlich selbst in der Lage, sich Hilfe zu organisieren. Falls sie überhaupt welche benötigt. Die Großeltern zumindest hätten sich doch schon um Hilfe gekümmert, wenn sie mit der Situation überfordert wären. Das Mädchen muss zuhause viel mit anpacken, gut, das ist vielleicht nicht ganz im Sinne des Erfinders, wenn ich das mal so sagen darf, aber in der Regel haben die Mädchen selbst die wenigsten Probleme damit. Im Gegenteil, es macht sie stolz ..."

Ich unterbrach den Mann, fragte, ob er sich nicht wohl fühlen würde.

Es entstand eine kurze Schweigepause, schließlich räusperte er sich und fuhr in versöhnlichem Ton fort: „Ich weiß nicht, wie Sie sich das vorstellen, Frau Doktor, wirklich! Wir können nicht einfach in eine Familie rein, wenn keine Anzeige wegen Gewalt von Angehörigen, Nachbarn, Lehrern oder behandelnden Ärzten vorliegen. Wir dürfen das gar nicht, verstehen Sie mich richtig. Wir dürfen nicht, selbst wenn wir wollten und Wohnplätze frei hätten."

Damit war die Angelegenheit für ihn erledigt. Beim Abschied konnte er es sich nicht verkneifen, mir zu versichern, dass meine Sorge unbegründet sei, dass Mädchen gerade in dem Alter robuster wären, als man meinen würde.

Zwei Stunden waren vergangen, vollkommen ergebnis- und erfolglos.

Ich machte einen Rundgang durch die Fabrik, zum Glück hatten meine Leute alles bestens im Griff. So kehrte ich ins Büro zurück und schrieb dem Mädchen eine Mail. Sie habe doch sicher einen Kinderarzt oder eine Ärztin. Denen müsse sie sich anvertrauen. Ihnen das erzählen, was sie auch mir erzählt hatte. Und keine Sorge, all diese Leute würden ebenfalls der Schweigepflicht unterstehen. Sie könne natürlich auch mir die Telefonnummer ihrer Kinderärztin schreiben, ich würde mich dann darum kümmern. Sie solle sich das in Ruhe überlegen.

„Warum redet man mit alten Menschen eigentlich wie mit kleinen Kindern?"

Die Frage stelle ich fünf Altenpflegerinnen und drei Altenpflegern. Die acht Leute, deren Chefin ich bin, haben laut ihren Zeugnissen hervorragende Abschlüsse und langjährige Berufserfahrung.

Schweigen, man schaut mich verblüfft an.

„Hat jemand eine Idee?", hake ich nach und erschrecke gleich darauf. Ausgerechnet ich bin soeben dabei, acht gut ausgebildeten Menschen zu erklären, wie sie ihren Job zu machen haben? Mir wird schwindelig. Was fällt mir ein?

Ich stehe in der Küche einer Kieler Wohngemeinschaft für gut situierte Senior*innen und schulmeistere meine Leute. Und niemand beschwert sich?

Nein. Man scheint mir meine Frage nicht im Geringsten übel zu nehmen. Ich will mich entschuldigen, aber stattdessen entschuldigen sich meine Mitarbeiter*innen bei mir.

„Eine Angewohnheit, man merkt es selbst gar nicht mehr. Man meint es gut, redet so, weil Menschen im Alter geistig etwas abbauen und besondere Zuwendung brauchen", wagt der Erste zu argumentieren.

„Klar, es ist lieb gemeint!", bestätigt der Nächste mit gewinnendem Lächeln, „wenn vielleicht auch nicht ganz korrekt!"

„Man möchte damit Fürsorge signalisieren", kommt es vom Kopf der Tafel.

Und ich, beschämt: „Ich schätze Ihre Fürsorge sehr, ich wollte Sie nicht tadeln. Was ich eigentlich meine: Unsere Damen und Herren scheinen mir aber allesamt noch äußerst klar im Kopf zu sein. Wissen wir genau, wie viel oder wie wenig ein alter Mensch versteht?"

Dumme Frage. Natürlich weiß das niemand genau. Aber meine Leute begreifen, worauf ich hinaus will.

„Also, was meinen Sie, wollen wir die Babysprache in Zukunft unterlassen? Denken dürfen Sie natürlich weiterhin, was sie wollen, aber reden können wir mit unseren Bewohner*innen doch wie mit Erwachsenen. Auch wenn Sie glauben, jemand ... wie sagten Sie vorhin ... baut geistig ab. Selbst wenn. Auch mit denen sollten wir reden wie mit Erwachsenen. Erst recht mit denen, die vermeintlich geistig abbauen. Das sind Menschen, die ihr Leben gelebt haben, Kinder groß zogen, Kriege und Krisen miterlebten. Die haben Achtung und Respekt verdient, finde ich."

Ich schnappe nach Luft, lasse die Worte nachhallen. Abgesehen von der belehrenden Hintergrundmelodie sind sie in Ordnung.

Und richtig, sämtliche Mitarbeiter*innen beeilen sich jetzt, zustimmend zu nicken. Zum Glück scheint sich niemand von mir gemaßregelt zu fühlen.

Lily steht auf. „Wir müssen aber auch genug Zeit haben, um sorgfältig und voller Achtung mit unseren Damen und Herren umzugehen."

„Und die haben Sie nicht? Ja, das ist mir schon zu Ohren gekommen. Was also wollen wir tun?", erkundige ich mich, nicht nur aus Gründen der Demokratie, sondern auch, weil ich unsicher bin, ob ich sofort vorschlagen darf, zusätzlich neue Mitarbeiter*innen einzustellen. Würde ich dadurch nicht den Eindruck erwecken, ich traute meinen Leuten zu wenig zu?

Karl druckst. Dann: „Nicht immer haben wir genug Zeit!"

Er ist jemand, der stets die Wogen glätten möchte. Ich kenne nach einem Monat die Eigenarten der meisten schon ganz gut.

„'Nicht immer' ist auch nicht gut, Karl. `Nicht immer´ ist lediglich eine sprachliche Verniedlichung. Da hat niemand was von."

„Wir könnten noch zwei Kolleg*innen gebrauchen!", kommt es endlich.

Allgemeine Zustimmung.

Zwei neue gehen locker. Drei, wenn ich mich bemühe und dem Geschäftsbürschchen ein paar gute Argumente liefere. Die fallen mir fast immer ein. Vor meiner Zeit wurde am Personal gespart, dafür eine PR-Agentur beauftragt, uns 'nach außen darzustellen'. Ich denke, wir stellen uns am besten nach außen dar, wenn sich herumspricht, wie fabelhaft es sich bei uns leben lässt. Der PR-Agentur möchte ich am liebsten kündigen, die kostet im Monat fast halb so viel, wie eine dritte Mitarbeiter*in.

118

Ich werde das aber vorsichtshalber abstimmen lassen, und zwar gleich hier auf der Versammlung.

„Zwei neue Leute kann ich ganz sicher und ohne wenn und aber einstellen. Für einen oder eine dritte müsste ich unserer PR-Agentur kündigen. Wie finden Sie das?"

„Richtig!", heißt es. Auch: „Ich schließe mich an!"

„Was soll eine PR-Agentur denn eigentlich bringen? Wir brauchen viel nötiger neue Kolleg*innen!"

„Aber wir brauchen doch auch ein gutes Image. Denkt dran, die Konkurrenz unter den Einrichtungen ist riesig, das haben sie uns doch damals auf dem Begrüßungsseminar genau erklärt", wirft die Formalistin da ein.

Dass ausgerechnet sie so argumentiert, erstaunt mich nicht. Sie hält meiner Meinung nach zu viel auf den schönen Schein. Beispielsweise durchschaut sie nicht eine der Spitzmaus-Intrigen, vermutlich, weil diese stets perfekt frisiert und gepudert ist und kein Kleidungsstück besitzt, was nicht mindestens so teuer war wie ein Monatsgehalt der Formalistin.

„Wenn niemand bei uns wohnen will, haben wir keine Arbeit mehr", zitiert sie jetzt den damaligen Schulungsleiter, wie sich herausstellt, das Geschäftsbürschchen.

Ich schätze die Formalistin trotz ihres fast schon ungesunden Faibles für Äußerlichkeiten. Sie ist in Sachen Ordnung und Sauberkeit unschlagbar. Ist sich nie zu fein, sofort selbst Hand anzulegen, wenn sie irgendwo wieder einen Schmutzherd entdeckt hat. Ihre Kolleg*innen sind da gelassener. Notieren ihre diesbezüglichen Entdeckungen auf Zettelchen, die sie ins Fach des Putzmanns legen, der aber, wenn mich nicht alles täuscht, weder lesen noch schreiben kann, dies aber nicht an die große Glocke hängt.

„In der Tat, ein gutes Image ist etwas Feines. Aber ein gutes Image erarbeitet man sich selbst. Es am Computer zu entwerfen ist zwar modern, ergibt aber lediglich ein Hologramm, behaupte ich."

Für diese These bekomme ich Applaus.

„Aber trotzdem, jeder soll bei uns frei seine Meinung äußern!", füge ich rasch hinzu, da die Formalistin jetzt verlegen zu Boden schaut. „Stimmen wir doch ab! Geheim?"

Nein, es kann offen abgestimmt werden.

Fünf Stimmen dafür, drei neue Kolleg*innen einzustellen, zwei sind für die PR-Agentur, die Formalistin enthält sich.

Gut, dass sie nicht das Zünglein an der Waage ist. Ich würde sie sonst ermuntern, ihr Abstimmungsverhalten noch einmal zu überdenken. Dennoch werde ich mich ein paar Tage lang mit der Frage quälen, ob es richtig war, ihr zu widersprechen und damit das Abstimmungsverhalten der anderen zu beeinflussen.

Für heute aber bin ich erst einmal froh, den Tag zufriedenstellend gemeistert zu haben. Ich ziehe mich in mein Büro zurück, schließe einen Moment die Augen, atme tief durch. Höre, wie in der Küche alles weitergeht, als wäre soeben eine ganz alltägliche Besprechung mit einer ordnungsgemäßen Chefin beendet.

Später werde ich eine Stellenanzeige in den Kieler Nachrichten aufgeben. Ebenso in den Tageszeitungen der kleinen Ostsee-Ortsschaften ringsherum. Es ist ein ungewohntes Gefühl, das ganz ohne schlechtes Gewissen zu erledigen. Hier entspricht ja alles den Tatsachen: Kieler Senior*inneneinrichtung sucht examiniertes Pflegepersonal.

Mein Büro habe ich mir innerhalb der Fabrik eingerichtet, auf Etage zwei, im ehemaligen Vorratsraum, wo
außer kistenweisen Tageswindeln nichts lagerte. Wir
brauchen keine Tageswindeln. Meine Leute erinnern die
Oldies daran, auf die Toilette zu gehen, und zwar mit
Respekt. Es gibt nichts Taktloseres, als Menschen, die
ein Leben hinter sich haben, wieder wie Kinder zu behandeln.

Die Windeln gab ich zum recyceln ab. Und habe somit ein neun Quadratmeter großes Büro mit kleinem
Fensterchen, in das von acht bis elf die Sonne scheint.

Die Buchhalterin sitzt außerhalb der Fabrik, gegen-
über im Geschäftshaus. Gleich lud sie mich zu sich ein.
„Stellen Sie Ihren Schreibtisch mit zu mir ins Büro, Frau
Doktor. Hier haben Sie die nötige Ruhe zum arbeiten!"

Das mit der nötigen Ruhe glaubte ich nicht. Und keinesfalls wollte ich über mein Privatleben reden müssen,
was nach wenigen Tagen in Zweierhaft so gut wie immer
gefordert wird. Ich entschied mich, in der Fabrik zu bleiben, erklärte der Buchhalterin, dass ich mich um die
Menschen in der WG kümmern wollte, wofür man mich
ja auch eingestellt hatte.

„Das verstehe ich. Natürlich." Die Buchhalterin
klang enttäuscht. Und kam ab sofort mindestens einmal
am Tag zu uns herüber, zur Mittagspause immer. Sie saß
mit am Tisch, wollte aber von unserem Mittagessen nicht
einmal kosten, sondern dekorierte ihren Platz mit ihren
Gürkchen und Tomaten und Knäckebrotscheiben, die sie
dann knackend und krachend verspeiste. Dabei hielt sie
mir in einem fort das Wort, wo ich bei Tisch viel lieber
ein Gespräch geführt hätte, an dem sich auch die Oldies
und Mitarbeiter*innen hätten beteiligen können. Aber die
Buchhalterin wollte lediglich über sich reden, ohne
Atempause, und alle sollten zuhören. Mir kam das so
sonderbar vor, dass ich mich nach einigen derartigen
Mittagessen zu fragen begann, ob sie vom Geschäfts-

bürschchen beauftragt worden war, mich zu überwachen. Ich horchte, während sich ihr Wortschwall über den Tisch ergoss, auf Zwischentöne, konnte aber nichts dergleichen ausmachen. Ich kam zu keinem Schluss. Meine Mitarbeiter*innen waren dazu übergegangen, sich und die Oldies so zu platzieren, dass eine parallele Unterhaltung möglich war.

Zur Logorrhö der Buchhalterin kam während der ersten Wochen zu allem Übel die Befürchtung, meine Crew könnte sich kontrolliert fühlen, wenn ich ständig mit am Tisch saß.

Meine Sorge stellte sich bald als unbegründet heraus, sowohl die eine wie auch die andere. Meine Leute hantieren trotz Aufsicht völlig ungestört. Sie bewegen sich geradezu verstörend unbefangen. Im Vier-Schichten-System rund um die Uhr coexistieren sie mit Chefin und Oldies wie in einer Großfamilie, als wäre es das Alltäglichste der Welt. Mir würde das misslingen, wäre ich nicht zur Kommandantin gemacht worden. Ich erwartete jeden Moment eine Maßregelung, einen Befehl, der, würde ich ihm Folge leisten, bereits im darauffolgenden Moment variiert oder ganz zurückgenommen werden könnte. Ich bewege mich zum zerreißen gespannt, sobald ich unter Aufsicht stehe oder dies auch nur vermute. Weshalb ich mich auch nie zur Assistenzärztin ernannt habe.

In der dritten Woche begriff ich schließlich, dass auch die Buchhalterin nicht beauftragt worden war, mich zu überwachen. Sie ist eine Person, die dem Zwang unterliegt, ohne Unterlass reden zu müssen, mehr nicht. Aus lauter Enttäuschung darüber, dass ich der Einladung in ihr Büro nicht folgte, um mir da unter anderem Berichte über ihren arbeitslosen Mann anzuhören, der es allem Anschein nach wagt, morgens bis acht auszuschlafen und nachmittags ausgiebig an der frischen Luft spazieren zu gehen, kommt sie mit ihren Beschwerden eben zu uns herüber. Fertig.

Meine Crew kennt das offenbar schon zur Genüge. Sobald die Buchhalterin in unserer Wohnküche steht und Witterung aufnimmt, bringen meine Leute sich in Sicherheit. So redet sie dann eben auf unsere beiden Russen ein, zwei schwerhörige 75-jährige Herren, die von morgens bis abends miteinander Schach spielen, nie in ihrem Leben geheiratet haben und nichts auf der Welt mehr schätzen als ihre Ruhe. Als Russe weiß und Russe schwarz werden sie intern nach der jeweils gleichbleibenden Farbe ihrer Spielfiguren bezeichnet. Ihre Namen verweigern sich der westeuropäischen Artikulation. Russe schwarz und Russe weiß verstehen die Buchhalterin nicht. Ihre Hörgeräte liegen zumeist auf den Nachttischen. Ob das aus Unachtsamkeit oder aber bewusst geschieht maße ich mir nicht zu beurteilen an. Zum Schachspielen brauchen die beiden ihre Hörgeräte jedenfalls nicht. Sie manövrieren ihre Figuren ungestört weiter übers Spielfeld, während die Buchhalterin redet und redet. Ob jemand zuhört oder auch nicht ist der dem Anschein nach gleichgültig.

Doch eines Tages gibt sie ohne Vorwarnung auf und bleibt von da an in ihrem Büro.

Benni und ich sitzen bei Oblomov. Aus dem Mittagessen ist ein Brunch geworden, der wird in immer mehr Restaurants angeboten. Die Gäste dürften sich am Buffet ganz individuell ihr Lieblingsessen aussuchen und müssten auch nicht mehr stundenlang auf Kellner*innen warten; mit diesen Argumenten wird einem die unbezahlte Mitarbeit im Restaurant schmackhaft gemacht.

Benni ist jetzt so bärchenhaft dick wie damals sein Vater. Die gleiche Statur, sogar die gleichen tapsigen Bewegungen. Er berichtet aber sofort und nicht ohne

Stolz, dass er soeben stark abgenommen habe. Streicht über seinen Drei-Tage-Bart, die braunen Augen strahlen noch immer Geruhsamkeit aus. Ich hingegen hätte mich überhaupt nicht verändert. Sei noch immer das schöne blasse Mädchen mit dem Ebenholzhaar.

Ich lächle über seinen jungenhaften Charme.

„Nein, ehrlich. Unfassbar. Und Mama freut sich vielleicht, dass du wieder aufgetaucht bist!" Bevor eine zu andächtige Pause entsteht, wendet er sich seinem wachsweich gekochten Ei zu, knibbelt die Schale ab, mit schlechtem Gewissen, denn eigentlich sollte einer, der die Veranlagung zum Dickwerden hat, keine Eier zu Mittag essen, findet Benni. Er sollte überhaupt kein Ei essen, man kann gut ohne Eier leben. Minh würde nie Eier essen. „Sie mag sie nicht – und erledigt. Nur die Dicken, oder die trockenen Dicken, die eigentlich nie wieder so ein Zeug wie Eier und Schokolade und Braten essen sollten, so, wie trockene Alkoholiker*innen keinen Tropfen Schnaps mehr trinken dürfen, können es nicht lassen. Und natürlich mögen sie Eier und dieses ganze Zeug für ihr Leben gern. Grauenhaft!" Er pflücke mit entschiedener Geste das Ei aus dem Becher, steht auf und legt es der Katze des Hauses in den Napf. Sie schnuppert daran, ihre Barthaare vibrieren fein, sie drückt ihre rosa Zunge durch Schalenreste und Eiweiß und schleckt das Eigelb heraus. Den Rest lässt sie liegen.

„Selbst ein Tier ist wählerischer als ein trockener Dicker", stellt Benni fest und setzt sich wieder.

Ich wechsle das Thema, will Näheres über seinen Arbeitsalltag wissen. Er soll mit Genuss essen und nicht denken, dass er sich vor mir für seine Figur rechtfertigen muss.

„Weißt du, das ist alles nicht so aufregend wie im Fernsehkrimi. Aber erzähl du mal. Wie hast du es damals geschafft, dich durchzuschlagen, die Schule fertig zu machen und Medizin zu studieren? War bestimmt abenteuerlich, oder?"

Dass auch das nicht nennenswert aufregend gewesen wäre, weiche ich aus. Tausende von Studierenden müssten nebenbei jobben. Ich biege ab, kriege die Kurve zum Thema junge Leute und Arbeit, erzähle von meinen Mitarbeiter*innen, allesamt erfreulich selbstständig. Was für ein Glück für eine wie mich, die ungern die Gebieterin gäbe.

Das stimmt Benni heiter: Schneewittchen autoritär wäre in der Tat nicht vorstellbar. Es entsteht eine kurze Pause, aber mein vermeintliches Medizinstudium ist vom Tisch. Ich traue mich zu fragen, wie es um die Mama stehe.

Er würde seine Mutter nie weggeben, bemerkt er dazu als erstes. Das sei ausgeschlossen. Selbst wenn es in einer Einrichtung wie meiner noch so ordentlich zugehen würde. „Wenn Mama nicht mehr alleine zurecht kommt, holen wir sie zu uns! Aber im Moment geht es ihr noch blendend."

„Und wer kümmert sich den Tag über um sie, wenn sie bei euch lebt?"

Das würde sich finden.

„Ist deine Frau damit einverstanden?"

Er schaut mich an, als hätte ich ihm eine vollkommen absurde Frage gestellt, über die er jetzt zum ersten Mal nachdenkt.

„Ich wollte mich nicht einmischen", sage ich rasch, weil ich es besser finde, wenn er sich mit dem Thema erst mal allein auseinander setzt, falls er es nicht doch schon getan hat.

Ich frage noch einmal nach seiner Arbeit als Kommissar, weil er es bislang immer wieder geschafft hat, nicht darüber zu sprechen. Er zögert, erzählt Allgemeines. Haupt- oder Oberkommissar ist er nicht geworden, oder noch nicht, bedauert das aber offenbar auch nicht.

Vielmehr spüre ich, dass sein Beruf sich insgesamt nicht mit seiner Vorliebe für Harmonie vereinbaren lässt und ihm überhaupt jeglicher Ehrgeiz fehlt. So ist das mit den gehätschelten Kindern. Sie müssen niemandem irgendetwas beweisen, sie werden dafür geliebt und verehrt, dass sie auf der Welt sind.

Ich hole uns jedem noch einen Becher Tee vom Buffet.

Dann werde ich keck. Wenn man schon mal mit einem Kommissar am Tisch sitzt! Natürlich habe ich unterbewusst schon mit dem Gedanken gespielt, eine diesbezügliche Plauderei anzufangen, seit ich Benni, den Kommissar in der Zeitung sah.

„Sag mal ... ich habe neulich in einem Fachmagazin gelesen, dass eine Hochstaplerin in Deutschland unterwegs sein soll. Eine Frau, die sich als Ärztin ausgibt. Die Polizei wisse angeblich schon Bescheid! Das ist eine Ente, oder?"

Er schaut mich an, zögernd. „Ich bin nicht an dem Fall dran."

„Also stimmt es. Und warum verhaftet ihr die Frau nicht?"

So eine Frage könnten auch nur Ärzt*innen stellen, findet er. „Warum erkennt ihr die Frau nicht und ruft uns an?"

„Ah, verstehe. Und woran sollen wir sie erkennen?"

„Und wir? Sollen wir in Krankenhäusern Wachposten aufstellen oder Videokameras installieren? Ich frag mal vorsichtig: Wollt ihr die Frau nicht erkennen? Wird sie so dringend gebraucht?"

Das weise ich sofort zurück. Wie er darauf käme.

„Weil erstens händeringend Ärzte gesucht werden in Deutschland und zweitens falsche Zeugnisse und Empfehlungsschreiben eben einer genauen Prüfung nicht standhalten. Und die Prüfung müsste stattfinden, wenn bekannt ist, dass eine Hochstaplerin im Land unterwegs ist."

„Ist das denn bekannt?"

„Wie gesagt, es ist nicht mein Fall. Aber soviel ich weiß ist Infopost an alle deutschen Krankenhäuser rausgegangen."

„Ach, schau an. Genauer bitte!"

Er wüsste auch nicht viel Genaueres. Dann: „Na, schön, Schneewittchen, vielleicht ist es ja gar nicht so schlecht, wenn ich dich darüber informiere, was bei euch schief laufen könnte. Trotzdem: Inoffiziell."

„Was denn sonst. Außerdem habe ich, wie du weißt, seit gefühlten hundert Jahren in keinem deutschen Krankenhaus mehr gearbeitet."

Das scheint Bennis Zunge endgültig zu lockern. Eine Vermutung sei, dass die Kliniken ganz bewusst so täten, als wüssten sie nichts Genaues.

„Also keine Anzeigen von den Klinikleitungen?"

„Doch. Aber inkognito und Wochen später. Hier, so ... ein Krankenhaus in Hamburg meldet anonym über den Server der Stadtverwaltung, dass möglicherweise eine falsche Ärztin bei ihnen gearbeitet habe. Eine Gesundheitseinrichtung in Neustadt, Schleswig-Holstein meldet, dass der Verdacht bestünde, eine falsche Ärztin hätte bei ihnen gearbeitet. Ebenfalls über den Server der Stadtverwaltung. Es wird in Neustadt nicht mal gesagt, dass es sich bei der `Gesundheitseinrichtung´ um ein Krankenhaus gehandelt hat."

„Natürlich nicht, die haben dort ja auch nicht so viele Krankenhäuser vor Ort." Ich versuche ein Lächeln.

Benni aber: „Also, mal Spaß beiseite. Ich will nicht behaupten, dass uns da jemand einen Bären aufbindet. Aber es steckt irgendetwas anderes hinter der Sache. Was, wissen die Kollegen noch nicht. Möglicherweise geht es um irgendeinen Abrechnungsbetrug, den man nicht melden will oder vielmehr nicht melden kann, warum auch immer nicht. Oder was noch Größeres. Das eigentliche Problem soll anscheinend über den Umweg falsche Ärztin ans Licht kommen."

„Verstehe ich nicht", sage ich wahrheitsgemäß.

„Ich erkläre es dir aus Sicht der Kriminalpsychologie ohne viel Fachlatein: Eine Frau würde sich aus geschlechtsspezifischen Gründen nicht als Ärztin ausgeben. Eine solche Tat ist männlich. Oder sagen wir es ganz korrekt: es ist noch nie vorgekommen, dass eine Frau so etwas durchzieht. Diese Art von Hochstapelei war bislang männlich."

„Aber Politikerinnen lassen sich doch auch Doktorarbeiten schreiben."

„Das ist etwas anderes. Sie riskieren damit nicht, ihren Mitmenschen Schaden zuzufügen, zumindest nicht direkt. In allen bisher bekannt gewordenen Fällen, bei denen es um die betrügerische Aufwertung der eigenen Fähigkeiten im Praktischen ging, waren die Hochstapler männlich. Von Frauen, die in eine höhere Bildungsschicht heiraten und sich fürs Hochzeitsfoto so neben den Doktorgatten stellen, als gehörten sie schon immer dazu, soll hier nicht die Rede sein."

„Aha", mache ich beeindruckt.

„Und wie gesagt, es ist nicht ausgeschlossen, dass die Frau erfunden wurde. Worum es wirklich geht, gilt es herauszufinden. Möglicherweise ist die Pharmaindustrie involviert. Dort herrschen mafiöse Zustände, da ist Vorsicht und Codierung geboten. Es würde passen. Wir sollen auf irgendetwas aufmerksam werden. Aber ohne, dass jemand sich durch konkrete Hinweise in Gefahr begibt. "

„So. Habt ihr eine Spur, ich meine, in die Pharmaindustrie?"

„Es ist nicht mein Fall und wenn es eine Spur gäbe, dürfte ich es dir nicht sagen. Momentan wird das Ganze so gehandhabt: Es besteht der Verdacht, dass es die Frau gibt, also werden Kollegen in norddeutsche Kliniken geschickt. Was allerdings für die Katz ist. Bei Nachfrage wurden überall die Zugbrücken hochgezogen: ´Aber bei uns arbeitet doch keine falsche Ärztin, was fällt Ihnen ein?´. Und natürlich hat auch niemand irgendeine Mail über den Stadtserver abgeschickt."

„Irgendjemand will euch vorführen und später eine Reportage darüber schreiben!"

„Das ist ebenfalls nicht ausgeschlossen."

Das Mädchen hat noch nicht wieder geschrieben. Sechs Wochen sind seit meiner letzten Mail vergangen. Seither keine Antwort von ihr, nichts. Ich war ein paar Mal kurz davor, ihr noch einmal zu schreiben. Ob sie schon mit ihrer Kinderärztin gesprochen hätte. Ich schrieb nicht. Hatte Angst, sie zu bedrängen. Beschloss, noch eine Woche zu warten. Dann noch eine. Meine Sorge wuchs.

Heute Mittag, während der Pause, als Marie mir auf Facebook ein Foto ihres neuen Liebhabers zeigte und ihm einen Gruß von uns beiden zukommen ließ, kam mir eine Idee. Es war zumindest möglich, anhand von Postings einen ungefähren Eindruck zu gewinnen, wie es dem Mädchen ging. Da ich selbst kein Facebook-Profil unterhalte, bat ich Marie, sie möge doch einmal nachschauen, ob meine kleine Nichte in dem Netzwerk zu finden sei. Ich hätte sie so lange nicht gesehen, mein Bruder und ich würden uns nicht vertragen. Marie war sofort dabei, wollte alles über die Kleine wissen. Das wollte ich auch, erklärte ich ihr betrübt. Marie drückte mich herzlich, wie es ihre Art ist, gab dann den Namen meiner angeblichen Nichte in die Suchleiste ein. Es wurden ein paar Profile von Frauen und Mädchen eingespielt, die Gesuchte aber war nicht darunter.

Unser Mitarbeiter*innenzimmer ist behaglich: die Wände in warmem Beige gestrichen, die Bodendielen naturbelassen und geölt, eine ergonomische Liege mit Musikanlage am Kopfteil gibt es auch, man kann ein Mittagsschläfchen darauf halten oder einfach mal nicht ansprechbar sein. Das Geschäftsbürschchen hat abgesehen von genug Personal wirklich an alles gedacht, das muss man ihm lassen.

Allerdings habe ich bislang noch nicht erlebt, dass irgendjemand das Zimmer nutzt. Selbst die Nachtschicht hält ihr Nickerchen im Liegestuhl. Im Sommer auf dem Balkon, im Winter in der zentral gelegenen Küche, wie ich hörte. Das schöne Personalzimmer ist verwaist. Hin und wieder gehe ich hinein, um Staub zu wischen; unser Putzmann kümmert sich nur ums Grobe.

Das WG-Leben spielt sich auf dem Balkon oder in der großen Wohnküche ab, meine Mitarbeiter*innen wollen da sein, wo alle sind, ihr Ruheraum ist zu weit ab vom Schuss und staubt immer wieder ein.

Und die alten Ladys lieben es, wenn Goldschopf oder Karl mit ihnen in der Sonne sitzen oder ihnen gar den Kaffee auf den Balkon servieren. Die Augen werden feucht vor Entzücken. Zu besseren Zeiten der Ladys waren Jungen Prinzen. Und die bedienen keine Frauen. Weibliche Domestiken sind fürs Bedienen zuständig, damals wie heute, das ist noch immer nicht der Rede wert, aber wenn Prinzen sich herablassen ...

Die Prinzen gehen mit dieser Torheit sehr gewandt um. Lassen sich nichts anmerken. Am Nachmittag nehmen sie ihren Stammplatz auf der Hollywoodschaukel ein, die alten Ladys werden unter dem großen Sonnenschirm platziert, samt Papier und Farben und Pinsel, der gesamten Bob Ross Ausstattung eben. Die neue Lehr-DVD wurde am Vorabend angeschaut, nun wird nachgemalt. Es entstehen Meere von Farben und Formen. Bob Ross abstrakt, könnte man sagen. Wenn das getan ist lesen die Ladys ein bisschen im amerikanischen Roman, Roth oder Franzen, ihre Töchter schicken diese Bücher, und wie erwartet gefallen den Müttern die beschriebenen familiären Disharmonien nicht. Aber zufrieden sind sie damit dennoch. Wo sie ja schon dachten, in der eigenen Familie liefe alles schief.

Derweil plaudern die zwei Prinzen gemächlich schaukelnd in codierten Sätzen über neue Szenekneipen in Kiel, aber viel lieber in Hamburg, über Zügellosigkeiten des vergangenen Wochenendes, darüber, was daheim im gemeinsamen Leben und Haushalt nach Feierabend an Arbeit anfällt.

Spitzmaus und die Tätschlerin sind immer mit draußen. Blinzeln hingerissen unter ihren Sonnenhütchen hervor, verstehen zum Glück nicht, worüber ihre Lieblinge da reden, es würde ihnen vermutlich nicht gefallen.

Hin und wieder soll ein Prinz welke Arme mit Sonnencreme bestreichen oder den Liegestuhl dem Schatten hinterher rücken. Und natürlich das entstehende Gemälde oder eine Romanstelle kommentieren. Die beiden Jungs tun es, und nehmen souverän lächelnd Dank und eine zärtliche Streicheleinheit entgegen. Dann wenden sie sich wieder Themen ihres gemeinsamen Lebens zu. Ich beobachte das häufig, ich bin gerührt. Die beiden Kinder, die die Prinzen einst waren, haben zweifellos erfahren, dass es selbstverständlich ist, aufeinander Acht zu geben.

Letzte Woche kam die Tätschlerin nach so einem hinreißenden Balkonnachmittag zu mir ins Büro, mit geröteten Wangen und geheimnisvollem Blick.

„Sagen Sie mal, Frau Doktor, die beiden jungen Männer können es doch bestimmt gebrauchen? Wollen Sie das bitte für mich regeln?"

Ich begriff nicht sofort. Wie sich gleich darauf herausstellte, beabsichtigte die alte Lady, Karl und Mark ein bisschen was von ihren Ersparnissen zu vermachen, die beiden hätten sich das verdient. Ich sollte das Geld zunächst verwahren.

Auf meine Frage, ob sie selbst Kinder habe, antwortete die Tätschlerin, ihre Töchter würden bedauerlicherweise nicht verstehen, dass sie einer Familie des gehobenen Mittelstandes entstammten. Wollten sich nicht binden, keine Kinder kriegen, stattdessen partout einer Erwerbsarbeit nachgehen. Arbeiten! Als ob Arbeiten für jeden das Heil auf Erden wäre. Keine Frau in der Familie der Tätschlerin hätte je gearbeitet, um Geld zu verdienen, warum denn auch? Als gäbe es nichts zu tun, was wichtiger wäre. Gerade im Wohltätigkeitsbereich brenne heutzutage die Luft. Aber diese verqueren Hühner von Töchtern?

„10-Stunden-Schichten im Marketing. Marketing! Überaus schick diese Bezeichnung, nicht, Frau Doktor? Früher hat das ´Verkäuferin´ geheißen, davor Krämerseele. Aber nun gut, sollen sie eben verkaufen, oder: Marketing betreiben, dann brauchen sie ja mein Geld nicht.“

Ihr Sohn, ebenfalls erwerbstätig, habe seinen Anteil übrigens bereits bekommen, als Schenkung, damit er keine Erbschaftssteuer zahlen müsse.

Ich unterbrach sanft den Redefluss der alten Lady, indem ich erklärte, dass ich für Erbschaftsangelegenheiten nicht zuständig sei, und auf keinen Fall Geld von ihr entgegen nehmen dürfte, um es meinen Mitarbeiter*innen auszuhändigen. Sie sollte sich die Angelegenheit bitte noch einmal in aller Ruhe überlegen, und dann gegebenenfalls einen Notar konsultieren.

Die Tätschlerin schnaubte, strafte mich mit einem verächtlichen Blick, der besagte, dass sie genau das gemeint habe – Weiber, die unbedingt arbeiten müssten und glaubten, ihnen gehöre dadurch die Welt. Dann zog sie ab, nicht ohne mir betont höflich einen erholsamen Feierabend gewünscht zu haben.

Ich saß da, mein Herz klopfte laut. Ich war wieder das Mädchen, das dachte, alles richtig gemacht zu haben und gar nicht wusste, wofür es denn beschimpft wurde. Wie sollte das Mädchen beim nächsten Mal verfahren, um nicht wieder gescholten zu werden? Es gab keine verlässlichen Regeln. Auf ein und dieselbe Tat folgte mal eine Maßregelung, mal eine Strafe, mal geschah gar nichts ...

Vorbei. Ich werde es mit der Tätschlerin aufnehmen. Und wenn ich im ersten Moment, nachdem die Tür hinter ihr zufiel, deutlich sah, wie ich zum Telefonhörer griff, ihre Tochter anrief, die möge ihre Mutter abholen und woanders unterbringen, so wurde mir jetzt klar, dass Tätschlerins Busenfreundin Spitzmaus auch nicht pflegeleichter war. Und damit den beiden und allen ihrer Art, die eben keine Millionär*innen sind und deshalb zu uns kommen und hier tüchtig aufdrehen, dennoch ein schöner Lebensabend beschieden ist, hat das Geschäftsbürschchen mich eingestellt, die Leiterin fürs Menschliche, an deren Bürotür mindestens einmal am Tag eine der Ladys klopft.

„Wissen Sie, Frau Doktor, ich möchte mich nicht beschweren oder gar Unfrieden stiften, nicht, dass Sie das denken; ich möchte Ihre Beobachtung nur bestätigen. Sie haben es selbst gesehen: Marie ist in einer, ich möchte sagen: recht ramponierten Jeanshose zur Arbeit erschienen", heißt es dann. Ob das denn sein müsste? Mir gefiele es doch bestimmt am allerwenigsten, den Schlüpfer meiner Angestellten erahnen zu können, nicht wahr? Wenn ich doch bitte die junge Frau daran erinnern könnte, was sich gehöre. Meine Bewohnerinnen hätte ich als Rückenstärkung, versprochen.

Oder heute Morgen: Marie im zu engen T-Shirt. Unmöglich! „Nicht wegen mir", beeilte sich die Spitzmaus zu versichern. Aber was Marie damit den jungen Kollegen antäte! Und den älteren Herren erst! Ich verzichtete darauf, ihr zu erklären, dass sich meines Eindrucks nach keiner meiner jungen Männer für Mädchenkörper in engen T-Shirts interessierte, und es mich darüber hinaus freute, dass die alten Knaben wohltuend gleichgültig damit umgingen. Ich hörte mir weiterhin schweigend an, dass Lily am Mittag vom Friseur gekommen wäre, mit für den Spitzmaus-Geschmack zu burschikoser Frisur. Auf die Spitzmaus-Frage, was ihr Mann dazu sagen würde, antwortete Lily, sie lebe doch mit ihrem Sohn, dessen Vater sie kaum kennen würde, zusammen. Außerdem gebe es im Haushalt neuerdings Kater Petzi. Beide, Sohn und Katze, würden sich nicht an Lilys Frisur stören, oder ihr gar vorschlagen, wie sie ihr Haar tragen solle.

Spitzmaus stand keine zwei Minuten später in meinem Büro und rang nach Luft.

Nicht, dass sie ihre eigene Unterdrückung je heiß geliebt hätte, nein, sicher nicht, gestand sie mir, als ich mich danach erkundigte. Aber was könnten Frauen denn schon ausrichten?

Und jetzt, wenn sie mit ansehen muss, dass meine Mitarbeiterinnen tun, was ihnen gefällt, obwohl sie auch nur Frauen sind, arme Frauen sogar, die für ihr Geld arbeiten müssen, wird Spitzmaus böse. Fühlt sich offenbar bloßgestellt. Wie können Frauen so etwas mit ihr machen?

`Warum funktioniert unter Frauen Solidarität nur nicht?´, wird sie sich fragen, tippte ich.

Und als ich abends eigenhändig den Tee für die Nachttische kochte, statt meine Mitarbeiterinnen dazu anzustellen, wie die Tätschlerin vorschlug, bemerkte diese schnippisch: „Sie denken und handeln sehr modern, Frau Doktor. Sehen wir das richtig?"

Ich erstarrte nochmal, wie das Mädchen, das alles richtig machen wollte, ließ mir aber nichts anmerken, lächelte, bedankte mich für das Kompliment.

Warum führten sich die Ladys so auf?

Ich dachte lange darüber nach, viel zu lange schon wieder und ergebnislos, wie mir schließlich aufging.

Die Ladys würden immer wieder zuschnappen, aufgrund einer Verkettung von Erlebnissen und Ereignissen, die zu entwirren sie nicht in der Lage waren.

Wie hatte mein Junge damals so schön gesagt?

Versuchen wir, die Verwirrten in unsere Welt zu holen, aber nicht ohne diese vorher gewissenhaft zu prüfen.

Ich würde das versuchen.

Was das Mehr-Generationen-Wohnen in der eigenen Familie angeht, scheint sich in den letzten Jahren etwas getan zu haben. Es ist nicht mehr der süßeste Traum, den kostbaren Lebensabend damit zu verbringen, Enkel und Familienhunde zu hüten oder am besten gleich das ganze Haus, während sich die Kinder im Wellnessurlaub oder auf Dienstreise vergnügen.

„Die arbeiten doch bloß noch", beklagt sich nun auch noch die Häsin. Ihre zwei Söhne hätten keine Zeit für sie. Angeboten wurde ihr die kleine Einliegerwohnung bei dem jüngeren der beiden schon, das ja, natürlich, aber sie hätte abgelehnt. Dankend abgelehnt. Was sie bei ihm zuhause denn sollte? Kochen, putzen und aufschreiben, wer angerufen hätte?

„Die besitzen einen modernen Anrufbeantworter, was brauchen die mich!", verkündet die Häsin am Kaffeetisch, für ihre Verhältnisse recht humorig. Nein, bei ihren Söhnen wäre es ihr zu trist, sie würde den ganzen Tag über allein sein, da die Schwiegertöchter ja glaubten, unbedingt arbeiten zu müssen, obwohl ein Verdienst mehr als ausreichend sei. „Meine Schwiegertöchter wollen sich verwirklichen!", verkündet die Häsin, wobei sie das Wort ´verwirklichen´ spöttisch betont. Sie findet es wenig verwunderlich, dass es heutzutage zu wenige Arbeitsplätze gibt. Sie schielt in Richtung Tätschlerin, weil sie mitgekriegt hat, dass die genau derselben Meinung ist. Sie hofft, die Tätschlerin wird sie irgendwann akzeptieren, vielleicht sogar zu ihrer Freundin machen. So ruft die Häsin jetzt aus, weil die Gelegenheit günstig ist, denn selten sitzen alle drei Ladys gleichzeitig am Kaffeetisch: „All die Weiber drängen auf den Arbeitsmarkt! Früher wären wir auf so einen Unfug gar nicht gekommen! Wie haben uns kulturell gebildet. Und wer hat heutzutage noch ein Theaterabo? Wir haben uns organisiert, Basare und Wohltätigkeitskonzerte veranstaltet. Und wer spendet heutzutage noch für arme Leute und deren Kinder?"

Die Tätschlerin verzieht eiskalt keine Miene, also legt die Häsin entschlossen nach: „Kein Wunder, dass es immer mehr verwahrloste Individuen gibt, die Frauen müssen ja unbedingt den Männern die Arbeit wegnehmen und haben keine Zeit mehr für ihre eigentlichen Aufgaben!" Die natürliche Ordnung gerate dadurch immer mehr aus den Fugen. Wenn die Häsin mit ansehen müsse, wie viele Kinder der Unterschicht wieder misshandelt würden, ohne dass die zivilisierte Gesellschaft eingriffe, schwindle ihr.

Die Tätschlerin hört sich das schweigend an, tut aber wie immer, als sei sie wenig angetan von der noch immer hoch attraktiven Häsin. Keine Gnade, so sehr die Häsin sich auch verausgabt. Vielmehr rümpft die Tätschlerin jetzt die Nase. Sippt ein Schlückchen Kaffee, mümmelt ein Stückchen Zitronenkuchen. Ärgert sich augenscheinlich, dass sie diese Weisheiten nicht zum Besten gegeben hat.

Jetzt mische ich mich aber ein, „bedenken Sie meine Damen, dass es doch wirkungsvoller wäre, mit Hilfe von Gesetzen dafür zu sorgen, dass niemand arm ist oder gar Gefahr läuft, zu verwahrlosen."

Och? Wie bitte? Ob ich zuletzt den Kommunismus präferierte? Aufruhr unter den Ladys. Plötzlich sind sie sich einig. Und nein, die Häsin bleibt dabei, für das Wohl der Armen wären Bürgerinnen zuständig. Deren Aufgabe sei es, sich um die zu kümmern, die Hilfe bräuchten.

„Alles andere ist unnatürlich", fügt die Tätschlerin, deren verstorbener Mann Humanbiologe war, gnädig hinzu, und die Häsin nickt strahlend.

Unnatürlichkeit hin oder her, die Häsin nimmt meine oder die Hilfe meiner Mitarbeiterinnen gern und oft in Anspruch.

Mindestens ein Mal am Tag betätigt die hin und wieder recht ängstlich wirkende Lady ihre Notfallklingel am Nachttisch, meistens häufiger. Sie braucht ihre Brille, die auf der Fensterbank liegt. Statt der fünf Schritte zur Fensterbank macht sie fünf Schritte zum Nachtisch, um zu klingeln. Aber nur, wenn die Frauen Dienst haben. Männer möchte sie mit kleinen Handreichungen nicht von der Arbeit abhalten. Da findet sie ihre Brille lieber selbst.

Letzte Woche wünschte die Häsin ihr Mittagessen im Zimmer einzunehmen, währenddessen klingelte sie vier Mal. Weil die Serviette zu Boden gesegelt war. Die Häsin könnte sich nicht bücken wegen des akuten Anfalls von Arthrose im linken Knie. Hätte Angst, dass unnötige Bewegungen ihren Zustand verschlimmern würden.

Marie platze schließlich offenbar der Kragen. Die Häsin hatte sie nämlich auch noch beschimpft, weil sie nicht schnell genug herbei geeilt war. Das Essen war schließlich kalt geworden und musste in der Küche wieder aufgewärmt und nochmals serviert werden. Da es dadurch aber unappetitlich und verkocht aussah, wurde es nicht mehr angerührt.

So ginge es nicht weiter, vertraute Marie ihrem Kollegen an. Karl kam zu mir. Es müsste geredet werden.

Ich versprach es, beruhigte Marie, ermunterte sie, sich beim nächsten Mal gleich an mich zu wenden und erklärte, ab sofort höchstpersönlich für die alte Lady zuständig zu sein.

Ich würde ihr zukünftig selbst zu Hilfe eilen, wenn ihr wieder einmal die Serviette vom Schoß rutscht, beschloss ich. Bis mir eine Lösung eingefallen wäre. Keinesfalls sollten meine Mitarbeiterinnen solche Szenen erdulden müssen.

Es kam anders.

Am darauffolgenden Tag stand auf dem Nachtisch der Häsin eine Glocke, wie Kühe auf der Alm sie um den Hals tragen. Wie sich herausstellte, hatte Karl sie mitgebracht und der Häsin formvollendet überreicht. Sie dürfte die Glocke ab sofort stets bei sich tragen, um bei Bedarf zu läuten, bräuchte also nicht mehr bis zum Nachttisch zu gehen, um nach den Kolleginnen zu klingeln, erklärte er höflich.

Die Häsin betätigte von diesem Tag an nie wieder den Notruf. Die Glocke schon gar nicht.

Das Mädchen schrieb eine Mail. Endlich, ziemlich spät am Abend. Ihr ginge es gut, ihre Großmutter sei mit ihr beim Kinderarzt gewesen, weil ihre Lehrerin einen Termin dort gemacht hätte. Die Großmutter würde zwar der Meinung sein, die Familie bräuchte keine Ärzt*innen, aber wenn die Lehrerin das so anordnen würde, müsste man sich fügen.

`Dieses aufgeblasene Fräulein glaubt, sie ist was Besseres! Das Fräulein hat keinen abgekriegt, und deshalb trägt sie jetzt die krumme Nase hoch. Als ob es eine Auszeichnung ist, keinen Mann zu haben!, habe die Großmutter den ganzen Hinweg über geschimpft. Der Arzt habe eine Medizin, Atosil Tropfen, aufgeschrieben, damit das Mädchen nachts schlafen und in der Schule besser aufpassen könne.

Mich beruhigte diese Mitteilung überhaupt nicht. Ganz im Gegenteil.

138

`Pass auf´, schrieb ich. `Die Tropfen sind Mist. Nimm sie bitte nicht. Kipp sie heimlich weg und fülle die Flasche mit Wasser auf. Bitte sprich mit dem Kinderarzt allein. Ohne deine Großmutter. Erzähl ihm, was du mir geschrieben hast, er wird dich nicht verraten, aber dir helfen. Wenn du dich nicht traust, mit ihm zu reden, gib ihm meine Telefonnummer. Oder schreib mir seinen Namen, ich finde ihn in einem Verzeichnis für Ärzt*innen und rufe ihn an. Aufgeregt und ohne Gruß schickte ich die Mail ab.

Das Mädchen schrieb zurück, dass sie nicht mit dem Arzt reden könne. Die Mutter sei doch verrückt. Ob ich mir vorstellen könne, was passieren würde, wenn das alle wüssten? Ein paar Mädchen aus ihrer Klasse wüssten es ja sowieso schon. Würden sich darüber lustig machen. Das Mädchen schäme sich furchtbar deswegen. Und außerdem würde die Großmutter als Lügnerin dastehen, wenn der Arzt die Wahrheit erführe. Deshalb gäbe es keine andere Möglichkeit als zu schweigen.

Ich schlafe unruhig. Am nächsten Morgen bin ich noch immer nervös, ratlos. Für den Rest des Tages werde ich nicht mehr zur Ruhe kommen, soviel weiß ich bereits jetzt.

Ich sitze in meinem Büro, versuche parallel einen Bericht für das Geschäftsbürschchen zu schreiben und über die Misere des Mädchens nachzudenken, die Tür ist geöffnet, keineswegs möchte ich, dass unter meiner Crew der Eindruck entsteht, ich würde mich abschotten. Dann aber, nach ein paar Minuten, überkommt mich die Sorge, meine Mitarbeiter*innen könnten denken, ich würde die Tür auflassen, um sie zu kontrollieren. Obwohl ich längst weiß, dass sie das nicht denken, gar nicht drauf kommen, weil sie es ganz normal finden, dass immer und überall jemand Chef*in ist, lässt mir die Sache keine Ruhe. Ich kann es nicht ändern, ich springe auf und mache die Tür zu. Hänge ich mich zu tief in Angelegenheiten hinein, die mich nichts angehen? Nein, so ein Unfug! Ich bin die Leiterin, bin hier, um ein wachsames Auge auf die Fabrik und die Menschen darin zu haben. Außerdem steht ein paar Mal am Tag die Häsin im Büro. Sie hat morgens Halsschmerzen, mittags nach dem Essen Magengrimmen und abends eine Allergie. Mit all diesen Beschwerden soll sie nicht vor geschlossener Tür warten, womöglich noch klopfen müssen, bevor sie zu ihrem furiosen Lamento anheben kann. Und was das Mädchen angeht ... auch das geht mich sehr wohl etwas an, denn kein Mensch sonst wird sich um sie kümmern, solange sie zumindest noch mit Hilfe von Tropfen und Pillen wie vorgeschrieben funktioniert.

Ich mache meine Bürotür wieder auf. Fühlte mich dadurch aber keineswegs wohler. Ich soll vernünftige, zuverlässige Menschen beaufsichtigen?

Ich kann nicht weiterarbeiten. Verspüre das Bedürfnis, mich jemandem anzuvertrauen, wünsche mir plötzlich, meine Crew zusammenzurufen und mit ihnen über alles zu reden.

Ich widerstehe dem Impuls. Meine Mitarbeiter*innen würden die offene Bürotür nicht mehr dulden, die geschlossene auch nicht. Sie würden dafür sorgen, dass man mich sofort aus dem Verkehr zieht. Sie würden sich betrogen fühlten. Schließlich nannten sie mich gestern Abend gerecht, kompetent, kurzum ´schwer in Ordnung´, wie ich zufällig mitbekam, als ich in die Küche wollte, wo gerade die Dienstplanbesprechung stattfand. Ich blieb im Flur stehen und hörte Karl feststellen, dass ich zu den wenigen Menschen gehörte, die in der Lage wären, souverän einen Betrieb zu leiten. Niemand widersprach.

Ich lasse die Bürotür auf. Meine Leute zählen auf mich.

Ich schreibe dem Mädchen eine Mail. Frage, ob sie gern zuhause ausziehen würde.

Sofort heißt es, dass sie sehr gerne ausziehen würde. Sie hätte neulich ein Gespräch zwischen ihrem Vater und ihrer Großmutter belauscht. Die Großmutter würde sie und ihren Bruder in der nächsten Zeit zu sich holen.

Senior*innen WG in Kiel Neumühlen-Dietrichsdorf sucht drei Altenpfleger*innen, die mit Freude bei uns arbeiten möchten. Wir sind stets um eine angenehme Atmosphäre bemüht, und ein überdurchschnittliches Gehalt verdient man bei uns auch.

So lautete meine Zeitungsannonce. Zahlreiche Bewerbungen flatterten uns ins Haus.

Heute um elf Uhr gehen die Gespräche los.

Ich habe drei Frauen und zwei Männer eingeladen. Ich bin nervös, ich habe noch nie Bewerbungsgespräche geführt. Wie soll ich beginnen? Auf die Zeugnisse zu sprechen kommen? Die sind bei allen fünf Bewerber*innen sehr gut. Was nicht heißt, dass ich die Leute deshalb ausgewählt habe. Zeugnisse sagen gar nichts, heutzutage schickt einem niemand schlechte Zeugnisse. Nicht deshalb, weil heutzutage jeder gute Zeugnisse vorzuweisen hat, sondern deshalb, weil es heutzutage fantastische Grafikprogramme für jeden Geldbeutel gibt.

Ich spreche aus Erfahrung.

Wonach also soll die Leiterin gehen, wenn sie drei geeignete Mitarbeiter*innen braucht?

Sie hat sich die Fotos in den Bewerbungsmappen angeschaut. Konzentriert über jedes einzelne meditiert. Sie kann einen Menschen sehr wohl nach dem Äußeren beurteilen. Natürlich nicht nach Symmetrie des Gesichts, nach Frisur oder Augenfarbe. Aber nach Mimik, nach Ausstrahlung. Sie hat gelernt, in einem Gesicht zu lesen. Sie tat das jahrelang, zahllose Male am Tag, war sozusagen darauf angewiesen. Andere Orientierungsmöglichkeiten waren knapp.

Was also ist falsch daran, jetzt auf diese Fähigkeit zurückzugreifen?

Ich habe fünf Zeitgenoss*innen mit offenem Blick und entspannten Gesichtszügen eingeladen.

Von denen muss ich nun drei aussuchen, auf die ich mich verlassen kann.

Zur Sicherheit würde ich am liebsten meine Mitarbeiter*innen mit einbeziehen, Lily und Karl beispielsweise, die beiden sind so besonnen. Mir scheint, als wären sie noch nie in die Nähe einer Störquelle geraten. Sie erleben auf einer einwandfreieren Frequenz als ich.

Aber nein, neues Personal auszuwählen ist die Aufgabe der Leiterin; meine Leute, egal wie besonnen sie sind, wären enttäuscht von mir, würde ich mich als unfähig erweisen, Entscheidungen zu treffen. Unmöglich kann ich ihnen die Last irgendeiner meiner Unsicherheiten aufbürden.

Die tadellos gekleidete und frisierte Bewerberin strahlt, als sie mir gleich in der Tür versichert, dass sie mich furchtbar gern begeistern wolle. Sie liebe es, unter Menschen zu sein. Absolut zuverlässig sei sie selbstredend. Und ...

„Das klingt vielversprechend", sage ich, damit sie erst mal Luft holen kann. „Können Sie auch mit Launen und Spleens umgehen?"

Das könne sie sogar sehr gut. Und sie fragt nicht einmal, mit wessen Launen und Spleens sie bei uns umgehen soll.

Ich mag sie sofort, ob wegen oder trotz ihres Auftritts, kann ich nicht sagen. Auf jeden Fall ist sie wahrhaftig. Lebendig wie ein Springbrunnen, trotz ihres sicher unbequemen Kostüms und dem strengen Haarknoten. Eine Fontäne an Lebenslust, die so leichtfüßig, wie sie herein gesprungen ist, nach einer heiteren Plauderei auch wieder entschwindet, um zum nächstmöglichen Termin wiederzukommen und bei uns anzufangen, wenn ich sie ließe.

Als vorne die Etagentür ins Schoß fällt, werde ich etwas ruhiger. Es war ganz einfach.

Der nächste Bewerber gefällt mir auch. Er reicht mir jovial die Hand, setzt sich hin und zwar nach mir, so souverän, als sei das hier sein Büro. Ich mag solche Männer. Sie haben eine wetterfeste Haut. Ich habe die Erfahrung gemacht, dass viel Unschönes einfach an ihnen abperlt, bevor es Schaden anrichten und Gegenreaktionen hervorrufen kann. Wie sehr ich mir wünsche, dass eine Frau einmal so selbstbewusst ist in einem wichtigen Moment.

Der junge Mann hat eine Sportlerkarriere hinter sich, wie er berichtet. Er musste ab einem bestimmten Punkt allerdings abbrechen, nämlich da, wo der Leistungsdruck zu groß wurde. Das gibt er ohne Umschweife zu, was mich beeindruckt. Er schulte erfolgreich um. Berufserfahrung hat er, abgesehen von zwei Praktika im Altenheim und der Leitung einer Senior*innenschwimmgruppe noch nicht, aber ich beschließe spontan, ihn trotzdem einzustellen. Er kann sich und seine Möglichkeiten offenbar gut einschätzen. Ich frage auch ihn, ob er mit den Schrullen seiner Zeitgenossen umgehen könne.

„Ich darf davon ausgehen, dass Sie damit nicht auf Ihr eigenes Verhalten anspielen?", kontert er und schenkt mir ein strahlendes Lächeln.

Ich denke, er wird es mit meinen drei Drachen aufnehmen können.

Ist es tatsächlich so einfach, neue Mitarbeiter*innen zu finden oder bin ich gutgläubig und falle auf ein bisschen mustergültiges Benehmen herein?

Die dritte an diesem Morgen ist wieder eine Frau, Heike, sehr jung noch. Sie möchte die Stelle unbedingt, wie sie leise aber entschlossen bekundet. Sie wäre absolut anpassungsfähig. Würde mich nicht enttäuschen, versprochen.

Das rührt mich auf seltsame Weise an. Irgendetwas bedrängt Heike. Es ist nicht nur die Schwierigkeit, eine gute Stelle zu finden. Ich spüre, dass etwas nicht stimmt, ihr Problem aber gelöst wäre, wenn sie eine gute Stelle finden würde.

Ich kann sie nicht ablehnen, keinesfalls. Was sie im Laufe des Gesprächs schüchtern über die Arbeitssuche berichtet kommt nicht mehr genau bei mir an. Ich habe sie bereits eingestellt, sie wirkt sehr verlässlich und engagiert, aber zerbrechlich, wenn es darum geht, eine Zurückweisung zu verkraften.

Bevor sie geht sage ich ihr, dass sie gern bei uns anfangen kann. Sie bedankt sich, kämpft mit Freudentränen.

Sie wird sich hier zurechtfinden. Auf etwas anderes als das Gefühl können auch studierte Chefinnen nicht vertrauen. Eine Situation wie diese lernt man in keinem Hörsaal.

Die vierte Bewerberin bleibt unentschuldigt fern, den fünften Bewerber halte ich für ungeeignet. Seine Augen bleiben ganz unbeteiligt und starr, als er mir wild gestikulierend erklärt, furchtbar gern immer für andere Menschen da sein zu wollen. Bis vor einem Monat habe er in Oldenburg in einem Heim für Senior*innen mit kleiner Rente gearbeitet, und das zur Zufriedenheit seines Vorgesetzten, wie er ausdrücklich betont. Aber ein Umzug aus persönlichen Gründen habe ihn nun nach Kiel verschlagen.

„Hat Ihnen die Arbeit mit wenig begüterten Menschen gefallen?", interessiert mich.

„Es ist meine Pflicht, als Christ Gutes für arme Menschen zu tun!", antwortet er.

„Ist es Ihre Pflicht als Christ Gutes für Arme zu tun oder ist es Ihre Freude als Mensch, alles dafür zu tun, dass Armut von der Welt verschwindet?", bohre ich weiter.

Er erwidert nach kurzem Zögern, „Gott halte den Menschen an, Gutes für die Armen zu tun."

So schnell gebe ich nicht auf: „Und wenn es plötzlich keine Armen mehr gäbe?"

„Es wird sie geben, solange Gott es gefällt", weiß er. Aber er als Christ hätte stets alle Hände voll zu tun, die Armut zu lindern.

Ich verabschiede ihn so freundlich, wie es mir möglich ist. Er werde von uns hören.

Er reicht mir die Hand, lächelt siegessicher.

Wie bequem doch so ein Gott ist, wie viel Verantwortung er den Menschen abnimmt.

Wenig später werde ich dem Christ einen höflichen Brief schreiben. Ich hätte mich für drei seiner Mitbewerber*innen entschieden.

Ich habe übrigens nie viel darüber nachgedacht, ob es Gott gibt oder nicht. Weil es irrelevant ist. Ich, Mensch, habe die Pflicht, mein Bestes zu geben, das Unheil aus der Welt zu schaffen, statt mich in diesem Punkt auf ein höheres Wesen zu verlassen.

Am Montag fängt die neue Besatzung an: Kassandra, Ken und ma petite Soeur. Ich habe alle drei für den Frühdienst eingeteilt, der bei uns genauso beliebt ist wie in anderen Betrieben, was mich nach wie vor verblüfft.

Mir selbst gefiel es nie, vor dem Morgengrauen aufzustehen, auch dann nicht, wenn ich dafür ab mittags frei hatte. Im Dunkeln aufzustehen hieß für mich immer, wie abgedimmt durch den Resttag zu wandeln. Meinem Hirn fehlten ein, zwei Stunden, es war noch gar nicht vollständig wiederaufgeladen. Der Neustart wurde erzwungen.

Meine Mitarbeiter*innen scheinen solche Heimsuchungen nicht zu kennen, oder sie nehmen sie einfach hin. Alle möchten am liebsten früh anfangen, um mittags Feierabend zu machen. Dann Familie. Nicht selten peinigt die, wie ich immer wieder aus den Unterhaltungen heraushöre. Vielleicht können viele Zeitgenoss*innen ihre Familien also nur im abgedimmten Zustand ertragen. Verstehen könnte ich es. Und auch wieder nicht. Seit ich mein Elternhaus verlassen habe, tat ich mir nie wieder eine Familie an. Ist dieser Verzicht eine Leistung, die die Kräfte anderer Menschen übersteigt? Ist es immer noch einfacher, sich tagein tagaus zu quälen?

Auch die drei Neuen freuen sich auf eine beinahe schon kindische Weise, gleich in der Frühschicht anfangen zu 'dürfen'.

Ich hatte sie gebeten, uns an ihrem ersten Tag wissen zu lassen, worin ihre jeweilige Einzigartigkeit bestehe.

Ich bin immer darauf bedacht, die Spezialität jedes Menschen kennenzulernen, Schattenseiten treten dadurch unwillkürlich zurück. So auch bei meinen Mitarbeiter*innen. Es gibt bei uns begnadete Kuchenbäcker*innen, Turner*innen, Vorleser*innen und eine Meisterin der Ordnung. Wenn ich Bescheid weiß, wer was am liebsten tut, kann ich meine Leute so einteilen, dass stets jede Aufgabe bestens erledigt wird und sich niemand mit unliebsamer Arbeit plagt.

Am Telefon schienen die drei Neuen verblüfft zu sein, dass sie bei uns nichts anfassen sollen, was sie nicht anfassen wollen.

Als sie am Montagmorgen vor ihren neuen Kolleg*innen, den Oldies und der Chefin stehen, wirken sie zunächst verunsichert. Berichten zwar über ihre Talente, aber zögernd, nämlich so, als glaubten sie, ich habe sie verschaukeln wollen, und das versammelte Publikum könnte im nächsten Moment in Gelächter ausbrechen:

„Lieblingsbeschäftigungen? Hier wird gearbeitet, Leute, was habt ihr denn gedacht?"

Doch natürlich passiert nichts dergleichen, wir hören aufmerksam zu. Die Neuen tauen auf, zusehends.

Ken, der aufgrund von Charme und durchtrainierter Figur sofort zum neuen Favorit der Tätschlerin wird, verspricht, zukünftig so oft wie möglich mit den Oldies ins Kieler Stadtbad zu gehen.

Großer Applaus. Spitzmaus und Tätschlerin witzeln und giggeln wie die Teenager. Ein neuer Badeanzug müsse her. Sofort.

Karl und Goldschopf bekunden durch Blicke und Gesten ganz betont Desinteresse an Ken. Also sind er und seine Vorliebe für Schwimmbäder angenommen, wäre da nicht unsere Häsin. „Ins Kieler Stadtbad? Aber doch nicht etwa am Nachmittag, womöglich gleich um 15 Uhr, wenn die täglichen drei Stunden zum Sozialtarif vorbei sind?" Sie habe schon des Öfteren gesehen, wer da aus dem Bad käme. Soviel Chlor könne man danach auf die Schnelle gar nicht ins Wasser kippen. Außerdem: Ihre Haut sei hochempfindlich, ihre Augen ebenfalls. Und ähnliches mehr. Ich unterbreche den Redefluss der Häsin sanft, indem ich ihr versichere, dass gegen einen Stadtbadbesuch am Vormittag oder auch einen Ausflug ins Thermalbad nichts einzuwenden wäre.

Sie schüttelt den Kopf, ist nicht überzeugt, holt ihre Handcreme aus der Tasche ihres Jäckchens und beginnt demonstrativ, die empfindliche Haut zwischen den Fingern zu salben.

Als nächste ist Kassandra dran. Kochen sei ihre Leidenschaft, verrät sie und schielt zu Ken herüber, der davon offenkundig angetan ist. Sogleich kehren Karl und Goldschopf ihm desillusioniert den Rücken zu.

„Wir kochen in Zukunft alle zusammen, wenn ich Dienst habe!", kündigt Kassandra an. Auch das findet

Gefallen bei den alten Ladys. Das Kochen fehle ihnen schon ein wenig, wird wieder einmal bekundet.

In der Fabrik gibt es eine Köchin, montags und freitags kommt sie, kocht für die nächsten Tage vor und friert alles ein. Die Bewohner*innen gieren jedes Mal darauf, mitzumachen. Meistens lässt die Köchin sich nicht darauf ein, könne sie gar nicht, hätte einen genauen Zeitplan, allein sei sie schneller. Große Enttäuschung. So ist es mit Aufgaben, die man erledigen darf, aber keinesfalls muss. All diese feinen Ladys lassen stets durchblicken, dass ihnen früher bei der Hausarbeit eine Frau zur Hand ging.

„Können Sie auch malen?", möchte Spitzmaus aber noch von Kassandra wissen.

„Und zwar mindestens so gut wie Bob Ross?", ergänzt Waldorf. Ihn und die übrigen Mitglieder des Club of Lords lassen die Fähigkeiten der Neuen übrigens bislang kalt. Schwimmen, kochen ... na, und? Waldorf fuchtelt mit seiner Gehhilfe herum, wie immer, wenn er sich langweilt.

Kassandra bedauert, dass sie nicht malen könne.

Spitzmaus kräuselt ihr Mündchen. Sie habe damit auch nicht gerechnet.

Statler schlägt demonstrativ gelangweilt die Morgenzeitung auf.

„Na, noch mal etwas Neues ausprobieren, mein Herr? Zum Beispiel Kochen lernen?", bietet Kassandra ihm an und lächelt bezaubernd.

„Nur weil wir in die Jahre gekommen sind, haben wir doch nicht das Geschlecht gewechselt, gutes Kind!", erklärt ihr Wilhelm II., wackelt mit seinem bereits eingefallenen Hinterteil und macht eine Bewegung, als würde er sich eine Küchenschürze umbinden. Für die Nummer kriegt er sofort Applaus von seinen ergebenen Gefolgsleuten Waldorf und Statler.

Kassandra bleibt cool. Sie wird es mit unseren drei alten Knaben aufnehmen können.

„Und was können Sie am besten?", frage ich Heike.

Sie flüstert verlegen, sie habe keine besonderen Fähigkeiten oder Talente, würde aber gern mit den Bewohner*innen spielen oder spazieren gehen.

„Das ist doch viel!", finde ich.

Der Club of Lords klatscht geschlossen auf ein kurzes Kommando von Wilhelm. Schüchterne Mädchen, die man herum scheuchen kann, sind offenbar ganz nach seinem Geschmack.

Die junge Frau sieht mich verlegen an. Errötet, schaut zu Boden. In diesem Moment finde ich etwas von dem wieder, was sie beim Vorstellungsgespräch vortrug. Sie bat mich mit leiser, fast flehender Stimme, sie einzustellen, denn sie bräuchte den Job so dringend, bekäme momentan Geld vom Amt, dort würde man sie tyrannisieren und beleidigen. Aber sie suchte doch Arbeit, könnte sich aber keine aus den Rippen schneiden! Den Blick hielt sie die ganze Zeit gesenkt, so, wie jetzt gerade.

Mein Unterbewusstsein war offenbar der Meinung, dass eine Bewerberin, die während eines Einstellungsgesprächs so offen über ihre missliche Lage spricht, und das heutzutage, wo man sich so perfekt wie möglich darstellen sollte, auch in Zukunft aufrichtig sein würde. Dass es ihr an Arbeitserfahrung mangelte, da sie erst vor wenigen Monaten ihre Ausbildung zur Altenpflegerin beendet hatte, ließ ich außen vor. Einmal war immer das erste Mal. Außerdem war ihr Praktikumszeugnis sehr gut. Es war sogar ausgezeichnet.

Und jetzt plötzlich habe ich einen Verdacht ... wische ihn sofort zur Seite. Nein, das kann und darf nicht sein ... weg damit! Wie komme ich nur auf so einen Wahnsinn?

Meine Leute machen sich gerade miteinander bekannt.

Ich lasse sie allein, delegiere auch die Oldies aus der Küche.

Die Tätschlerin bemerkt im Flur, mehr gnädig als anerkennend, dass meine Wahl in Ordnung wäre. Die neuen Mitarbeiter*innen könne sie akzeptieren. Auch wenn sie es begrüßt hätte, in den Entscheidungsprozess mit einbezogen zu werden. Ihre Busenfreundin Spitzmaus ist selbstverständlich derselben Meinung. Ich verspreche beiden, sie bei der nächsten Einstellung um ihre Meinung zu fragen. Sie lächeln gütig und ziehen sich in das Spitzmaus-Zimmer zurück.

Ich bleibe noch einen Augenblick im Flur stehen, beobachte die kleine Gesellschaft in der Küche durch den Türspalt. Erleichtert sehe ich zu, wie mit den Neuen getuschelt wird, sie sind aufgenommen. Man wird ihnen jetzt unter anderem stecken, dass ich eine freundliche, ausgeglichene Chefin bin, dass es nie Ärger mit mir gibt, auch nicht, wenn jemandem mal ein Fehler unterläuft.

Ma petite Soeur blickt mir mit unbestimmter Miene hinterher.

Benni und ich gehen noch einmal brunchen. Er habe wieder in Kiel zu tun. Ob das stimmt oder ob er einen Grund braucht, um mich zu treffen, vermag ich nicht zu erkennen. Es ist auch nicht wichtig. Bei jedem anderen Mann könnte man sich diese Frage stellen, aber nicht bei Benni. Er sagt, er liebe seine Frau, und ich glaube ihm. Er will uns einander vorstellen. Er frage sich, womit er es verdient habe, eine Frau wie Minh zu treffen. Nur ein paar glückliche Narren würden in ihrem Leben einer Frau begegnen, die gelassen, schön, warm und klug sei. Seine Männerfreunde säßen immer noch abends beisammen und feiern ihre verhasste Freiheit.

Nicht so Benni.

Selbst wenn seine Frau ihm mit den Jahren gleichgültig geworden wäre, dürfte das für ihn kein Grund sein, mit einer Jugendfreundin anzubändeln. Vielmehr würde er sich damit zufrieden geben, dass seine Angetraute ihn zwar nicht mehr verrückt macht wie während der ersten gemeinsamen Nächte, aber ein Zusammenleben mit ihr dennoch Vorteile bietet, die er auch gleich aufzählen könnte. Einer wie Benni würde diese Annehmlichkeiten nicht auf's Spiel setzen.

So verläuft auch dieser zweite Brunch mit ihm idyllisch, es herrscht keinerlei Spannung zwischen uns. Es ist sogar noch harmonischer als beim ersten Treffen, da Benni nicht mehr meint, sich vor mir für einen Teller voll Schinken, gebackenem Camembert und Avocados rechtfertigen zu müssen.

Und ich überwinde mich und bitte um ein Treffen, bei dem auch seine Mama dabei ist. Das Schamgefühl hat nicht nachgelassen, auch nicht mein schlechtes Gewissen, weil ich fortgegangen bin, ohne mich mit nur einem Wort von ihr zu verabschieden, aber ich möchte mich dem stellen. Als die, die es geschafft hat, sich alleine aus der Scheiße zu manövrieren.

Aber das geht Benni nichts an.

Er wird etwas arrangieren. Sie habe natürlich auch schon nach einem Treffen gefragt, ganz vorsichtig. „Du kennst sie doch."

Ich nicke befangen und wechsle das Thema.

„Erzähl mir doch endlich mal etwas aus deinem Arbeitsalltag!"

„Ach Gott, ja ... Mein Job ist es, die zu jagen, bei denen es weniger gut lief. Laut Polizeipsycho eben die, die als junge Hunde einmal die Beißsperre überwunden haben und nun immer wieder zuschnappen müssen, weil sie befürchten, ansonsten selbst gebissen zu werden."

„Ist die Befürchtung so falsch?", frage ich.

„Na, ja, die ganze Theorie dieses Psycho-Docs ist nicht ganz wasserdicht, wie sich in der Praxis immer wieder zeigt. Wir mussten schon Figuren von der Straße fangen, die die erbärmlichsten Schweinereien veranstaltet haben, aber Mutter und Vater waren immer gut zu ihnen, wie sich herausstellte."

„So. Also nichts von wegen schwere Kindheit – versautes Leben."

Nein, findet Benni, die Theorie wäre zu einfach. „Dennoch scheint sie unzählige Ärzte und Therapeuten zu ernähren."

Dem widerspreche ich nicht. „Und was denkt ihr, ist die falsche Ärztin für eine?", interessiert mich noch.

„Die? Ich würde tippen, sie ist das deutsche Ungeheuer von Loch Ness. Nein, Spaß beiseite, da hat noch keiner ein genaues Psychogramm aufzustellen gewagt. Wir haben einfach zu wenig Info über sie. Aber ich merk schon, du gierst nach Neuigkeiten."

„Ein bisschen, zugegeben."

„Die Neuigkeit ist, dass es nichts Neues gibt. Momentan laufen meines Wissens Ermittlungen in sämtlichen deutschen Kliniken. Bislang waren die Inspektoren überall aber schnell wieder draußen. Hier, solche Sprüche hören sie zum Beispiel in Privatkliniken: Bei uns könnte so etwas gar nicht vorkommen, wir prüfen die Bewerbungsunterlagen zu sorgfältig, da wird im Zweifelsfall auch mal hinterhertelefoniert, ist zwar noch nicht vorgekommen, aber nur deshalb nicht, weil die Papiere immer ganz eindeutig in Ordnung waren. Oder: Irgendjemanden von den Kolleg*innen kennt man immer in der jeweiligen Klinik, und sei es nur vom Hörensagen. Da würde im Zweifelsfall sofort angerufen werden... Und ähnliches Blabla mehr. Am schönsten fand ich persönlich: In eine Klinik wie die unsere würde die Dame sich gar nicht trauen, soviel Grips scheint sie zu haben. Auf Wiedersehen."

Das finde ich auch sehr schön, wie ich Benni versichere.

Er kommt jetzt in Fahrt: „Aber in die kommunalen Krankenhäuser traut sie sich auch nicht rein, wie in deren Führungsetagen versichert wurde. Das wäre dieser Frau Doktor ganz gewiss zu brenzlig. Wegen der Öffentlichkeit."

„Wie, Öffentlichkeit?", frage ich.

„Dieselbe Frage haben die Kollegen wohl auch schon gestellt und bekamen statt einer logischen Erläuterung einen Salat aus wirren Zutaten wie ´die Krankenkassen haben doch ein Auge auf uns´ oder ´es sind ständig Prüfer bei uns im Haus´ serviert. Und in die kleinen Landkrankenhäuser würde die Dame sich deshalb nicht trauen, weil ´hier jeder jeden kennt´."

„Zusammenfassend kann man also feststellen, dass die Ärztin nirgendwo gearbeitet hat, weil sie sich in kein Krankenhaus trauen würde?"

„Du hast es erfasst!", bescheinigt mir Benni. Er frage sich allerdings, was passieren würde, wenn es die Frau wider Erwarten nun doch gäbe und sich der erste Behandlungsfehler mit Todesfolge ereignen würde.

Ich verstehe nicht recht, was er meint. In Krankenhäusern überall auf der Welt passierten jährlich unzählige Behandlungsfehler mit Todesfolge, kläre ich ihn auf. Am Werke seien Ärztinnen und Ärzte mit abgeschlossenem Hochschulstudium. Ungefähr 30 Prozent von denen seien alkohol- oder drogenabhängig. Meistens würde es gelingen, diesen Umstand geschickt zu vertuschen. Falls nicht, dann eben ungeschickt. Und wenn es doch hin und wieder ganz mutige Patient*innen wagten, den Arzt oder die Klinik zu verklagen, würden die hauseigenen Advokat*innen aufgefahren, richtig scharfe Hunde seien das. Meistens könnte man sich gütlich einigen, was bedeutete, dass Patient*innen oder den Hinterbliebenen ein paar Groschen Schmerzensgeld gewährt würden. Der gesamte

Ablauf gestalte sich meistens nicht allzu kompliziert. Weder in den üblichen Fällen, also warum im Falle einer 'falschen' Ärztin?

Das Mädchen schreibt, die Arzneitropfen habe sie gegen Wasser ausgetauscht. Unausgeschlafen sei sie nun weiterhin, würde sich aber in der Schule anstrengen. Ganz bestimmt. Ihre Großmutter hätte nämlich gesagt, wenn sie sich weiterhin so wenig anstrenge auf dem Gymnasium, käme sie eben auf die Realschule. Weil man das Leben sowieso nicht auf dem Gymnasium lernen würde. Das Leben lerne ein Mädchen auf gar keiner Schule, sondern nur dadurch, dass sie sich im Alltag Mühe gäbe. „Schule – Papalapap", habe ihre Großmutter geschimpft, „nur wenn man sich im Alltag anstrengt, kommt man weiter. Vergiss diese Worte deiner Großmutter nie, hörst du!"

Ansonsten sei aber alles gut. Das Mädchen hofft, dass der Umzug zur Großmutter nun bald stattfinden werde.

„Vorher war es hier nachmittags wie im Bazar", weiht mich Lily ein.

Wir sitzen auf dem Balkon, es gab gerade Mittagessen. Die meisten Oldies schlafen jetzt, nur der Club of Lords hockt einträchtig unten im Hof auf der Holzbank um die alte Eiche herum und pafft Zigarren. Man trägt Panama-Hut und trotz der Mittagshitze Jackett. Von Müdigkeit keine Spur bei den Herren. Es wird diskutiert, und da sowieso immer alle drei einer Meinung sind, nämlich Wilhelms Meinung, schallt lediglich gepflegtes Geraune zu uns hinauf.

Ich hingegen schlafe mittags nach dem Essen gern ein paar Minuten, aber sobald ich mich auf dem Balkon in einem Liegestuhl niedergelassen habe, kommt, mit zwei Bechern Kaffee und Keksen beladen, einer meiner Leute, um mit mir zu plaudern. Ich bin gerührt, die Jungs und Mädchen haben keine falsche Scheu vor mir, sie sind respektvoll und dennoch ganz offen. Ich setzte mich im Liegestuhl auf, fühle mich trotz des verhinderten Mittagsschläfchens so wohl, dass mein Befinden umzukippen droht. Sehr großes Wohlergehen ruft bei mir Angst hervor. Was, wenn alles plötzlich wieder vorbei ist?

„Bazar? Ich verstehe nicht, Lily ...“

„Von Montag bis Freitag kamen abwechselnd Händler*innen aus den umliegenden Läden – Buchladen, Drogerie, Klamottenboutiquen, Videothek. Bauten sich und ihren Plunder in der Küche auf, machten ein bisschen Marktgeschrei, haben meist tüchtig was verkauft. Hatte sich schnell rumgesprochen, dass hier einigermaßen begüterte Senior*innen leben. Nach ein, zwei Stunden verschwanden sie wieder, unsere Damen und Herren waren um ein paar Taler erleichtert und die Einkäufe flogen in irgendeine Schrankecke auf nimmer Wiedersehen. Eine Woche bevor du kamst ist uns der Kragen geplatzt. Wir haben die Händler*innen aus dem Tempel vertrieben! Nun rufen die ersten wieder an, nach und nach, ob sie nicht vielleicht doch wieder ... Heute Morgen gerade. Ich sollte dich ans Telefon holen, habe sie aber abgewimmelt: Die Chefin hätte gerade Wichtigeres zu tun.“

„Sehr gut gemacht, Lily. Wenn unsere Herrschaften etwas einkaufen möchten, ist das ein vortrefflicher Grund, auszugehen und sich ein wenig Bewegung zu verschaffen.“

Ich sage das in festem Ton. Unbeirrt. Ich freue mich, dass ich kein bisschen zaudere, zögere, zweifle. Heute Nacht deswegen garantiert nicht wach liegen werde. Unsere Küche ist kein Bazar, und fertig. Lily geht, offensichtlich einverstanden, wieder an die Arbeit. Ich habe eine vernünftige Entscheidung getroffen. Auch wenn die wahrscheinlich bestimmten Leuten nicht gefällt, kann man mich dafür nicht belangen.

Dafür nicht.

Aber kann man mich dafür belangen, dass ich meine Zeugnisse selbst ausstelle, um an eine Stelle zu kommen, auf der ich vernünftige Entscheidungen treffe?

Aus der Sicht vieler meiner Zeitgenoss*innen wäre das denkbar. Es wäre sogar sehr wahrscheinlich. Und ebenfalls anzunehmen ist, dass man mich dafür nicht ins Gefängnis stecken würde, wie einen männlichen Hochstapler. Eine Hochstaplerin dürfte mit an Sicherheit grenzender Wahrscheinlichkeit im Irrenhaus landen. Und zwar auf der Station, auf der die Größenwahnsinnigen mit Hilfe harter Medikamente runtergetuned werden.

Das sind die Aussichten, die dafür sorgen, dass ich nie zur Ruhe kommen werde. Ich habe irgendetwas nicht bedacht, irgendeine dumme Kleinigkeit, über die ich eines Tages stolpern werde. Davon muss ich ausgehen, ansonsten wäre ich in der Tat größenwahnsinnig. Ich muss die Getriebene bleiben, auch, wenn die jahrelang an einem Ort durchhält. Die Getriebene kann ja trotzdem zeitweise glücklich sein, sie ist eben eine trockene Getriebene. Aber wird sie eines Morgens die Augen aufschlagen und wissen wollen, was wirklich war?

Gleich morgen früh will ich die Kieler Händler*innen anrufen, einzeln und ganz unmissverständlich, aber tadellos freundlich werde ich sie davon in Kenntnis setzen, dass die Fabrik kein Marktplatz, sondern eine Wohngemeinschaft ist, die Privatsphäre von acht alten Menschen, die es zu respektieren gilt.

„Sie kämen ja sicher auch nicht auf die Idee, in der Küche einer Student*innen-Wohngemeinschaft Marktstände aufzubauen. Warum also bei uns? Bitte? Wir sind aber doch ... sozusagen ... Geschäftspartner*innen? Und die Kieler Klein- und Großhändler*innen zeigen sich bei Geschäftspartner*innen erkenntlich? Gern sogar? Kleine Vergünstigungen sind nicht nur ein Freundschaftsgarant, sondern halten auch Waren und Geld im Umlauf, schaffen somit Arbeitsplätze? Vergessen Sie das, aber ganz schnell, ich brauche keine Vergünstigungen“, werde ich antworteten, „ich beziehe ein Gehalt, davon kaufe ich mir, was ich brauche. Mein Gehalt ist ordentlich, ausreichend ist es auf jeden Fall. Und Arbeitsplätze schaffe ich dadurch, dass ich freundlich und gerecht mit meinen Mitarbeiter*innen umgehe, wodurch diese gut gelaunt sind und eine Atmosphäre zaubern, in der Altsein, wenn es schon keinen Spaß macht, so zumindest erträglich ist. Das lockt Interessent*innen herbei und sichert somit Arbeitsplätze. Wozu also Geschäftchen und Vergünstigungen? Nein, nein, das lassen wir. Wir kommen mit unseren alten Herrschaften zu ihnen, wenn uns der Sinn nach Shopping steht“, erkläre ich morgen denen, die meine Geschäftspartner*innen sein wollen. Sie müssten lediglich ihre Läden entsprechend gestalten: keine hohen Stufen, keine rutschigen Böden oder genervte Verkäufer*innen. Die Musik bitte nicht zu laut. Die Preise nicht zu unverschämt. Dann werden wir schon von selbst kommen.

So werde ich morgen mit den Kieler Händler*innen reden. So würde ich auch mit ihnen reden, wenn ich eine studierte Ärztin wäre, oder eine Frau, die gelernt hat, mit gesunden Menschen umzugehen.

Die Fabrik wird bekannter, das weckt weitere Begehrlichkeiten.

Aber ich verzichte auch auf andere Transaktionen.

„Bitte keine Pharmavertreter einladen!", habe ich meinen Mitarbeiter*innen aufgetragen. „Wir brauchen deren Pillen und Tröpfchen nicht."

Ich verschreibe das, was die Oldies gewöhnt sind einzunehmen, das, was sie seit Jahren gut vertragen. In der ersten Woche kontaktierte ich ihre Hausärtz*innen und besprach mich mit denen über meine Bewohner*innen. Und bei neu auftretenden Leiden ziehe ich eben diese Hausärzt*innen mit zu Rate. Vier Augen sehen mehr als zwei, rechtfertige ich mich, was allgemein als große Sorgfalt gelobt wird.

Aber all die neu zugelassenen Medikamente, die in bunten Prospekten beworben werden, braucht bei uns niemand, auch wenn diese Schieber*innen und Dealer*innen in ihren Mails und Briefen das Gift anpreisen, als würde es ein für alle Mal Schluss machen mit Krankheit und Tod. Schauderhafte Nebenwirkungen haben diese ausgeklügelten, chemischen Cocktails, sehe ich im Internet, aber meine Oldies sollen sie schlucken, und meine Mitarbeiter*innen sollen berichten, was daraufhin geschieht. Beispielsweise seien Muntermacher für morgens und Beruhigungsmittel für Abends unentbehrlich, will man mir weiß machen.

„Warum wollen Sie den alten Leuten das Leben nicht ein wenig erleichtern und verschönern, Frau Doktor?", wird unter Schniefen und Schnäuzen gefragt.

Ich soll die sein, die den Oldies einen schönen Lebensabend missgönnt? Und warum schniefen und schnäuzen diese Dealer*innen ständig? Keiner von denen kann mit mir sprechen, ohne dass die Nase die paar Minuten Ruhe gibt. Was ist da los? Sind Immunsysteme in den Streik getreten, war das Tempo ihrer Inhaber*Innen auf Dauer zu hoch? Oder schnupfen diese Inhaber*innen

Pülverchen, damit ihre Immunsysteme das Tempo durchhalten?

Ich antworte ruhig und mit drogenfreien Atmungsorganen, bei uns werde man morgens munter, weil es eine Tasse starken Kaffee gebe, und abends von selbst müde, weil tagsüber Aktivitäten und abends Filmvorführungen und Gesellschaftsspiele angeboten würden.

„Ihre Danke-Schön-Städtetrips möchte ich nicht unternehmen, behalten Sie auch Ihre Füllfederhalter und Uhren und Taschen. Bitte kontaktieren Sie mich in Zukunft nicht mehr. Besten Dank!", schreibe ich denen, die mich mit Mails bombardieren, weil ihre geschundenen Nasen ein Telefonat nicht mehr mitmachen würden.

Und irgendwann habe ich genug.

„Am besten gleich den Hörer auflegen, wenn dieses lästige, schnäufelnde Vertreter*innengesindel am Telefon ist", empfehle ich meiner Crew, „mit Höflichkeit komme man diesen Leuten nicht bei. Absagen akzeptieren sie ja nicht, sie rufen an, wieder und wieder, wohl wissend, dass jeder irgendwann nicht mehr kann und aufgibt. So lange lallen und lullen sie uns näselnd ein, sie machen weiter, bis sie ihre widerwärtigen Gifte feilbieten dürfen, sie singen eindringlicher als die Sirenen, und da wir uns kein Wachs in die Ohren stopfen können, bleibt uns nichts anderes übrig, als wortlos den Telefonhörer aufzulegen."

Das ist schwer für meine Mitarbeiter*innen, die allesamt über beste Umgangsformen verfügen. Doch wie sonst ist Menschen, die ihre Umgangsformen abgelegt haben und durch schäbige Machenschaften versuchen, ein paar Krümel vom reich gedeckten Tisch da oben zu erhaschen, beizukommen?

Der PR-Agentur kündige ich auch. Es kommen noch zwei Mails, darin die Frage, ob ich mir diesen Schritt auch reiflich überlegt hätte, worauf ich mit `Ja´ antworte; dann ist Ruhe.

Dafür haben wir jetzt genug Mitarbeiter*innen und rund um die Uhr Unterhaltungsprogramm; Turnen im Hof zur Freude aller Nachbar*innen ringsherum, schwimmen im Thermalbad, malen wie Bob Ross, und am ersten Samstagabend im Monat gehen wir ins Apostel-Gemeindehaus zum Senior*innentanz. Zwar bleiben die Tätschlerin und Russe schwarz und Russe weiß zuhause – ihr sind die Männer dort zu alt, und den beiden Russen ist die Musik zu laut, aber alle anderen Oldies freuen sich stets auf diesen Abend.

Tätschlerin und Spitzmaus ließen sich vorgestern dazu herab, mir zu erklären, dass sie mich zwar nach wie vor recht modern fänden, dass das aber auch Vorteile bergen würde. Zum Beispiel wäre es ja sehr lebendig bei uns.

„Jede Medaille hat zwei Seiten!", fasste Spitzmaus zusammen und zog ihre Busenfreundin eilig mit sich fort. Offenbar befürchtet sie, es könnte ihr sonst ein weiteres Wort des Lobes entfleuchen.

Die Familien unserer Oldies haben mittlerweile ebenfalls mitgekriegt, dass bei uns was los ist, Besuche häufen sich. Jetzt kann man dem alten Vater endlich wieder gegenüber sitzen, ganz ohne schlechtes Gewissen. Dem alten Vater käme nicht im Traum die Idee, bei den Kindern wohnen zu wollen. Bei denen muss es ja öde zugehen, wo die neuerdings ständig hier aufkreuzen.

Sollen sie kommen.

„Ist das in Ordnung, wenn die Angehörigen ständig hier sind?", fragt Heike. „Wie sollen wir uns verhalten, ich meine, wenn ständig ganze Familien durch die Wohnung laufen..."

„Wir verhalten uns einfach wie immer. Oder was meinst du?"

Sie beeilt sich zu nicken. „Natürlich!"

Ich wollte das nie. Andere belehren. Ich träumte nicht eben davon, Leiterin zu sein. Ich wollte einfach nur dafür sorgen, dass die Welt gerechter wird. Aber wenn man Gerechtigkeit durchsetzen will, muss man häufig befehlen, sonst befehlen andere einem.

Ma petite Soeur will beurteilt und belehrt werden. Oft fragt sie: „Sind Sie zufrieden mit mir? Mache ich meine Arbeit gut?" Auch weigert sie sich als einzige, mich zu duzen.

Bei solchen Fragen schießt mir die Schamröte ins Gesicht. Menschen, die es sich zur Aufgabe gemacht haben, für Alte und Kranke da zu sein, ohne dafür mindestens ein Oberärzt*innengehalt einzustreichen, können ihre Arbeit gar nicht schlecht machen. Das wäre ein Widerspruch in sich. Heike fordert mich sehr. Und immer kommt mir dann auch dieser dumme Verdacht. Ich wische ihn zur Seite, antworte ihr, dass unsere Warteliste auf einen Wohnplatz im Wochenrhythmus wachsen würde. Weil wir alle unsere Arbeit ausgezeichnet machten.

Sie schaut mich an, als glaube sie mir nicht so recht, dass auch sie zu den Ausgezeichneten gehört.

Ich habe aber nicht übertrieben. Das Geschäftsbürschchen teilte mir gestern mit, er überlege, ein weiteres Fabrikgebäude hinzuzukaufen. Dasselbe Konzept wie hier. Wohnen auf hohem Niveau in einer großen, liebevollen Familie. Zwei solcher Modelle in Kiel, wenn weiterer Bedarf bestünde, auch drei. Wäre aber erst mal nur so eine Idee. Was ich davon hielte.

Ich antwortete, dass ich eine Menge davon hielte, seine Idee wäre ganz fabelhaft. Unsere Warteliste explodierte, Kiel bräuchte dringend noch eine Senior*innen-WG.

Er gluckste zufrieden. Er habe gewusst, dass die Fabrik ein Erfolgsmodell werden würde. All das habe er mir zu verdanken. Zuletzt würde es sich eben rechnen, mit hoch qualifizierten Leuten zusammenzuarbeiten.

So ähnlich gebe ich das an Heike weiter. Und werde meinen dummen Verdacht nicht los.

„Nein, Sex zwischen den heterosexuellen Oldies findet nicht statt", bestätigte mir Goldschopf auf meine vorsichtige Anfrage. Da unser Putzmann krank ist, habe ich gestern zusammen mit der Formalistin die Zimmer unserer Bewohner*innen gewischt, unter Wilhelms Bett fand ich mehrere leere Präservativschachteln. Ich war verblüfft, nahm Goldschopf zur Seite.

Ein bisschen was in Sachen Sex oder Nicht-Sex hatte er aber dann doch zu berichten: Anfangs, als sich die Kommune zusammenfand, hätte Statler der Häsin den Hof gemacht. Die aber wäre nicht drauf eingestiegen. Hätte sich stattdessen eines Tages Lily anvertraut. `Die Sache´ wäre in ihrem Alter doch sicher nicht mehr gesund, oder? Könnte ja gar nicht.

Lily antwortete laut Goldschopf, vom gesundheitlichen Aspekt betrachtet gäbe es keine Einwände. Wichtig wäre nur, ob man es wollte und mit Lust und Spaß bei der Sache wäre.

Daraufhin soll die Häsin einen roten Kopf gekriegt haben, außerdem einen Anfall akuter Luftnot.

Wilhelm hatte es dann ein wenig später auch noch mal bei ihr versucht, nach Goldschopfs Meinung vor allem deswegen, weil er seinem Kameraden etwas beweisen wollte. Aber auch ihn hätte die Häsin ihrer Gesundheit zuliebe verschmäht.

Und die Tätschlerin liebte Hautkontakt zu jungen Männern, aber das wüsste ich ja bereits.

Das wäre innerhalb der WG schon alles in Sachen Sex, sehe man von schmachtend vorgetragenen Kommentaren ab, sobald bei unseren Fernseh- oder DVD-Abenden ein nackter Körper unter 50 auf dem Bildschirm erscheine.

Was die leeren Schachteln unter Wilhelms Bett beträfe: Wilhelm und Statler gingen einmal die Woche in den Puff, das männliche Pflegepersonal wäre darüber aufgeklärt und um Verschwiegenheit gebeten worden.

„Aha", machte ich trocken und überlegte, ob es die Pflicht der Jungs gewesen wäre, mich ebenfalls darüber in Kenntnis zu setzen. Nein, beschloss ich rasch, jeder hat ein Recht darauf, seine Geheimnisse zu teilen, mit wem es ihm gefällt.

Warum Wilhelm, der sich vor dem Puffbesuch ganz vernünftig mit Präservativen ausrüstete, die Pappschachteln unter seinem Bett verschwinden lässt, vermochte Goldschopf aber nicht zu sagen. Vielleicht findet der alte Herr diesen Ort am diskretesten. Mein Mitarbeiter und ich kamen überein, dass es eigentlich auch nicht wichtig wäre. Unser Putzmann warf die Dinger offenbar immer stillschweigend weg, und erledigt.

Warum Waldorf nicht mit in den Puff ginge, wollte ich noch von Goldschopf wissen.

Tote Hose, verriet der. Seit dem Schlaganfall vor fünf Jahren.

Nun war ich aber doch ein wenig echauffiert. Hätte die Leiterin nicht zumindest das wissen müssen?

Aber nein, auch alte Menschen haben ein Recht auf absolute Privatsphäre.

„Ach, und ... Russe schwarz und Russe weiß ... sind vermutlich ein Paar. Ebenfalls ausgesprochen diskret und ohne Aufhebens darum zu machen."

Dass ich mir das bereits gedacht hatte, vertraute ich Goldschopf an. Wenn ich über Nacht in der Fabrik bleibe höre ich, wie morgens um fünf Russe schwarz aus dem

Zimmer von Russe weiß schleicht. Im eigenen Zimmer
legt er sich dann noch mal zu Bett. Nicht ich und niemand meiner Mitarbeiter*innen hätten ein Problem damit, wenn die beiden Herren sich ganz offiziell ein Dop-
pelbett anschaffen würden, mit den übrigen Oldies würde
ich reden, ihnen den Sachverhalt ganz in Ruhe erklären.
Aber ich spreche die Russen darauf nicht an. Sie gehören
zu der Generation, die sich wegen so eines gutgemeinten
Vorschlags zu Tode schämen würde. So wie es ist, ist es
gut für die beiden. Hoffe ich.

Goldschopf fasste es zusammen: „In Liebesdingen
alles im Lot bei uns."

Möge das so bleiben.

Ich ziehe in eine größere Wohnung an den Stadtrand.

Die Schleswig-Holsteinische Hauptstadt Kiel ist
ebenfalls so beliebt, wie seit einigen Jahren jede Stadt, in
der es mindestens drei Kinos und einen Biosupermarkt
gibt, auch in Kiel ziehen Leute, die trendy sein möchten
und deshalb der Herde folgen, in die Innenstadt, um dort
Stadtgärten anzulegen und abends genüsslich ihre mit
Kohlenstoffmonoxid verpesteten Tomaten und Gürkchen
zu verspeisen. Anders als in vielen anderen Städten gibt
es in Kiels Außenbezirken jedoch Verlockungen – die
gute Seeluft, den weiten Blick. Ab einer bestimmten Kaste wohnt man nicht in Kiel-City. Die Ärztin mit Aus-
landserfahrung und Leiterin einer Einrichtung für gut
betuchte Senior*innen gehört zwar nicht zu den Brahma-
nen, wohl aber zu den Kshatriyas. Sie dürfte sich ver-
dächtig machen, lebte sie dauerhaft beengt zwischen
denen, die die Hoffnung noch nicht aufgegeben haben
und kräftig strampeln, obwohl das, von oben betrachtet,
sinnlos ist.

164

Ich mag diese hoffnungsvollen Menschen nach wie vor. Würde deshalb auch am liebsten in ihrer Nähe sein. Aber Kiel ist zu klein für solche Experimente. Ich müsste um einiges exzentrischer wirken, um mir hier Sondervorstellungen erlauben zu können. Ich hätte als Schriftstellerin oder Malerin herkommen müssen, um mich dann im innerstädtischen Getümmel niederzulassen. Doch ich gelte als gesetzt und ganz meiner Arbeit verpflichtet, wie ich letzte Woche im Lokalteil der Morgenzeitung las.

Ich möchte dieses Mal alles so machen, wie es in den Augen meiner Zeitgenoss*innen richtig ist. Damit ich bleiben kann. Ich miete eine Wohnung in Schilksee an.

Die Möbelpacker tragen meine Kisten in den dritten Stock. Einen Bruch heben sie sich dabei nicht. Für einen nicht sesshaften Menschen aber besitze ich dann doch eine Menge, wie ich feststelle, als meine Matratze, die Bücher- und Geschirrkartons und drei Koffer voll Kleider oben angekommen sind.

Ich unterschreibe die Rechnung, gebe den Männern Trinkgeld.

Die Tür fällt hinter ihnen ins Schloss, das hallt durch die leere Wohnung. Drei Zimmer, Balkon, Wohnküche, Wannenbad. Einen solchen Palast habe ich bislang noch nie bewohnt! Zum ersten Mal im Leben kann ich mir das leisten, mein Gehalt ist einigermaßen ordentlich für eine Ärztin meines Alters und fürstlich für eine Frau Mitte vierzig, die nach der 9. Hauptschulklasse, die sie einmal wiederholte, keine Lehranstalt mehr von innen gesehen hat.

Die Verkehrsanbindung nach Neumühlen-Dietrichsdorf zur Fabrik ist ebenfalls gut.

Am nächsten Morgen, einem Samstag, beschließe ich, noch im Bett liegend, ein paar Möbel zu kaufen. Zögernd, immer noch dieses Provisoriumdenken!

Doch dann, wahrscheinlich, um mir zu verdeutlichen, dass ich dieses Mal bleiben werde, rufe ich mir sofort nach dem Frühstück ein Taxi und lasse mich, die Kreditkarte in der Tasche, nach Kiel-Mettenhof fahren.

Ich schlendere den ganzen Vormittag über durch das skandinavische Einrichtungshaus, suche mir ein breites, weiß lackiertes Holzbett aus, einen geölten Holzschrank, einen Schreibtisch, Regale, ein Leinensofa und eine Kücheneinrichtung. Schließlich heftet sich ein Verkäufer an meine Fersen, bietet mir Beratung an, auch eine Tasse Kaffee. Als ich etwas später meine Bestellung diktieren will, übernimmt der Filialleiter. Mir fällt plötzlich auf, dass ich nur vernünftige Dinge ausgewählt habe. Also entscheide ich kurzerhand, mir eine Freude zu bereiten und etwas zu kaufen, das ich eigentlich nicht unbedingt brauche. Leicht fällt das nicht, ich muss zunächst ein bisschen mit mir kämpfen, rangele hin und her, ´du hast es verdient!´, stellt schließlich eine Stimme in fast herrischem Ton fest. Ich gehorche, wenn auch unter Mühe. Die weinrote Wildledercouch soll es sein! Ich war ein paar Mal um sie herum geschlichen, hatte über die Armlehne gestrichen, herrlich weiches Leder, eine wundervolle Farbe, ein atemberaubender Preis.

Und wenn du demnächst wieder überstürzt umziehen musst? Oder so: Sie schnappen dich und denken, du hättest dich aus Geldgier zur Ärztin gemacht!

Diese Stimme wird nie schweigen.

Wenn ich demnächst überstürzt umziehen muss, antworte ich mir keck, freut sich ein anderer über die Couch. Einer, der sie sich nie im Leben leisten könnte! Und wenn sie mich schnappen sollten und dann noch feststellen, dass ich eingerichtet bin wie eine arme Studentin, komme ich erst recht nie wieder aus der Gummizelle heraus.

Als der Filialleiter schon den Lieferschein unterschreibt höre ich mich sagen: „Und die weinrote Wildledercouch, bitte! Das Leinensofa dafür nicht."

Er lächelt, als habe er bemerkt, dass ich mich erst in dieser Minute für das gute Stück entscheide, dann verkündet er, ein wenig vorwitzig und unüberhörbar stolz darauf, jede und jeden in der Stadt zu kennen, die oder den man kennen sollte:

„Eine hervorragende Wahl, Frau Doktor, eine bildschöne Couch ist das! Ein Einzelstück übrigens!"

Mir wird wieder klar, dass meine Entscheidung, mir eine ärztinnengerechte Wohnung in entsprechender Lage anzumieten, richtig war.

Ich will bleiben. Alles richtig machen dieses Mal und am Ende des Tages der Abendsonne entgegen nach Hause fahren.

Ich will wunderbar sein.

Ist das unanständig unter diesen Umständen?

Benni bleibt dabei, er wird mich seiner Frau vorstellen. Und seine Tochter müsse ich kennenlernen, unbedingt.

Ich spiele mit, obwohl ich die Situation fürchte. Weiß Minh schon Bescheid über mich? Wird sie sich fragen: Hat dieses arme Mädchen jetzt den interessanteren Beruf, die höhere Bildung? Kann das sein? Eigentlich nicht. Und warum ist sie Single? Weil sie einen Knall hat, sich deshalb nur auf Affären einlassen kann und ansonsten behauptet, ihre Ruhe und Freiheit zu brauchen? Interessanter Fall ...

Vielleicht ist alles auch ganz anders: Minh weiß von nichts.

So lade ich Benni und seine Familie nach Kiel ein, hoffe vor allem auf ein Wiedersehen mit der Mama. Einen gemeinsamen Sonntag schlage ich vor: Essen am Hafen, Schiffrundfahrt, Bummel durch die Innenstadt. Eigentlich ist auch das nicht mein bevorzugtes Programm, aber ich weiß, dass den meisten Leute ein durchgeplanter Tag lieber ist, als einfach nur am Kai spazieren zu gehen und dabei in Ruhe zu reden.

Benni findet meinen Programmvorschlag prima. Jetzt beginnen aber erst einmal die Sommerferien und es geht mit Frau, Mutter und Tochter drei Wochen an die Nordsee nach St. Peter-Ording.

Gut, dann treffen wir uns nächsten Monat. Ich wünsche ihm und der Familie erholsame Wochen. Was sich in Sachen falsche Ärztin getan habe will ich aber noch wissen, bevor ich ihn in den Urlaub entlasse.

„Ja, ich weiß, die Sache amüsiert dich diebisch. Uns weniger. Wie ich hörte wurde jetzt eine Empfehlung an alle deutschen Krankenhäuser herausgegeben. Die Zeugnisse von Ärztinnen, die man innerhalb des letzten Jahres eingestellt hat, sollen überprüft werden. Es wird bei den jeweiligen Universitäten und bei den vorherigen Arbeitgeber*innen angerufen, ob alle Angaben in den Bewerbungsunterlagen übereinstimmen. Darüber hinaus wird geraten, Ärztinnen, die innerhalb der letzten drei Jahre eingestellt wurden, zu überprüfen, wenn es Verdachtsmomente gibt."

„Das ist nicht zu viel verlangt, wenn es um die Sicherheit tausender Patient*innen geht.", bestätige ich das Vorgehen mit betont ernster Stimme.

Benni gesteht, dass er die Angelegenheit mittlerweile auch nicht mehr wirklich ernst nehmen könne. Vom vermuteten Skandal in größerem Stil sei auch nichts in Sicht.

„Wie sieht sie eigentlich aus? Und wie alt ist sie?", mache ich weiter.

„Das darfst du mich nicht fragen. Selbst die Personalabteilungen der Krankenhäuser, in denen die Dame mit an Wahrscheinlichkeit grenzender Sicherheit angeb-

168

lich zugange war, sind nicht in der Lage, eine genaue Personenbeschreibung herauszugeben. Oder sie wollen nicht, was ich viel eher vermute, denn ein Bewerbungsfoto müssten sie ja zumindest besitzen."

„Aber eure Zeugnisüberprüfung soll funktionieren?"

„Natürlich nicht. Die Aktion wird als das gesehen und ignoriert, was sie ist: eine Empfehlung. Doch es gibt kein Gesetz, das vorschreibt, eine landesweite Zwangsüberprüfung durchzuführen, solange noch nichts passiert ist."

„Sag mal, wie kam die Sache eigentlich ursprünglich ans Licht?"

Benni zögert, dann sieht er offenbar ein, dass er sowieso schon zu viel ausgeplaudert hat, und es also albern wäre, nicht auch noch diese Frage zu beantworten. „Es ging los mit dem Pressebericht über einen Mordfall in der Berliner Kinder-Freier-Szene. Die Ärztin der Kinder-Straßen-Ambulanz war Erstversorgerin und hätte vor Gericht erscheinen müssen, was sie nicht tat. War vielmehr überhaupt nicht auffindbar, es existierte plötzlich keine Frau Doktor Eflih mehr. Sie war in keiner Jahrgangsdatei der Freien Universität Berlin zu finden, wo sie angeblich Medizin studiert hatte. Und dann, einige Monate später, anonym und fragmentarisch, kam eine Mail vom Gesundheitsamt Hamburg-Altona. Eine Frau, die höchstwahrscheinlich keine Ärztin sei, habe in einer Hamburger Klinik gearbeitet, von wo sie aber aus einem zugeschlossenen Raum floh, als man gerade die Polizei verständigen wollte."

„Oh!", rutscht es mir raus, „durch Wände kann die Frau auch gehen. In der Tat beachtlich."

Und Benni: „Ja, es wird immer besser. Die Berliner Kinderambulanz hatte übrigens nicht ein einziges Papier von ihr, nichts. In dem Laden dürfen Ärzt*innen oder eben Nicht-Ärzt*innen Gutes tun, wie sie vor der Tür stehen. Aber das ist nicht unser Bereich, da müssen sich andere drum kümmern, tun es aber nicht. So wenig Aufhebens wie möglich, bloß nicht die öffentliche Frage heraufbeschwören, warum immer mehr Kinder auf der Straße verwahrlosen."

Er holt kurz Luft, dann: „Ich denke jetzt mal ganz unkonventionell: Unsere Frau Eflih ist eine studierte, orientalische Ärztin, der lediglich die Aufenthaltsgenehmigung fehlt, und die kalte Füße gekriegt hat, als sie vor Gericht aussagen sollte und deshalb nach Hamburg abgehauen ist. Und als man sie dort enttarnte, weiter und weiter gezogen ist."

„Benni, denk mal noch unkonventioneller und lies ihren Namen rückwärts!"

Schweigen. Sekundenlang.

Ich lache, ich kann es nicht mehr zurückhalten.

„Also schön, die Krankenhäuser sollen sich jetzt an die Sicherheitsmaßnahmen halten", verkündet Benni, als er sich wieder gefasst hat, „dann ist der Spuk demnächst hoffentlich vorbei."

Das Mädchen erzählt von ihrem 12. Geburtstag.

Die Mutter habe sie herein gerufen. Könne ja nichts zu Ende bringen. Auf dem Küchentisch habe der Topf voll halb steif geschlagener Sahne gestanden, sämtliches gute Geschirr wäre aus dem Schrank geholt worden, alle drei Services und das Silberbesteck. Das Mädchen war gerade mit ihrem Bruder im Garten der Nachbar*innen gewesen, um die drei Jungen der Katze zu begrüßen.

Das Mädchen musste rein. Habe zunächst den elektrischen Quirl eingeschaltet und die Sahne steifgeschlagen, damit sie in den Kühlschrank konnte. Dann den Ofen wieder eingeschaltet, eine längere Backpause hätte dem Kuchen nicht gut getan. Dann das Besteck sortiert und ein Service ausgesucht.

Die Mutter wäre heulend auf einen Stuhl gesunken. Warum das Mädchen nicht einmal von selbst etwas erledigen könne? Das Mädchen gab ihr keine Antwort. Früher habe sie immer geantwortet, was die Mutter beim letzten Mal, wenn sie heulte, hören wollte, aber sie wolle neuerdings jedes Mal etwas anderes hören oder würde wieder heulen.

Außerdem habe sich das Mädchen beeilen müssen, die Gäste wären für drei Uhr bestellt gewesen: benutzte Töpfe und Geräte rasch ins Spülbecken, am Abend nach der Feier wollte sie sich darum kümmern. Die Mutter wäre mittlerweile wieder ins Bett gegangen. Am Kaffeetisch habe das Mädchen der Großmutter, der Tante und den Cousinen erzählt, die Mutter würde gleich dazu kommen.

Sie wäre nicht gekommen, sondern bis zum nächsten Mittag im Bett geblieben. Wie üblich habe niemand ein Wort darüber verloren.

Das Mädchen schreibt zum Schluss, sie freue sich besonders über drei Geschenke: einen neuen Plattenspieler, eine Suzi Quatro Schallplatte und den Fünf Freunde Band, der ihr noch fehlte. Fünf Freunde und der Zauberer Wu. Ansonsten sei ihr dasselbe wie immer in die Hand gedrückt worden: ein Kinderbügeleisen und ein neues Kinderkochbuch von der Mutter. Aber ihre Großmutter habe beides gekauft, die Mutter könne gar nicht in ein Kaufhaus gehen, ihr würde da immer schwindelig und sie müsse sofort raus und zuhause ins Bett.

So sehr mich diese Mail wieder aus dem Gleichgewicht brachte – ich versuchte mich mit der Aussicht zu beruhigen, dass die Großmutter nun hoffentlich bald ihr Vorhaben, die Kinder zu sich zu holen, wahr machen würde.

So gratulierte ich dem Mädchen zum Geburtstag, „Ich wünsche dir nur das Beste, möge im neuen Lebensjahr alles schöner werden!"

Lily faltet die Zeitung zusammen. „Weißt du was? Ich habe eine Idee!"

Ihre Idee sieht so aus: Ein Tag der offenen Tür in der Fabrik.

Mir stockt der Atem. Für einen Moment habe ich die furchtbare Vision, die in den letzten Wochen immer dann hochgespielt wird, wenn die Mitarbeiter*innen feixend die Überschriften in der Lokalpresse vorlesen. Das klingt dann so: ´Das WG-Leben der Grauen´, ´Die Senior*innen-Kommune 1` oder `Die wilden Alten´. Und ähnlicher Unsinn mehr. Meine Leute werfen die Zeitungen auf den Küchentisch und machen mit der Arbeit weiter, für mich ist der Vormittag gelaufen. Wie lange noch werden sich die Kieler*innen mit Artikeln zufrieden geben, die mal davon handeln, wie unkonventionell es in WGs und somit also auch bei uns zugehen müsste, und mal davon, dass wir möglicherweise eine seriöse Alternative zum herkömmlichen Altenheim anbieten, möglicherweise aber auch nicht.

Wann wollen die Kieler*innen endlich wissen, was tatsächlich bei uns vor sich geht?

„Ruf doch mal bei der Zeitung an und beschwere dich!", schlägt Marie vor.

Das Bild eines Konferenztisches baut sich bei mir auf, drum herum die Kieler Lokalreporter. „So, Frau Doktor, unsere Berichterstattung gefällt Ihnen nicht? Dann lassen Sie doch endlich mal einen unserer Leute rein. Und liefern Sie dem die wahre Story. Und wir meinen tatsächlich die ´wahre´. Nein? Das wollen Sie nicht?"

Hier schließt sich meine nächste Vision an. Die Schlagzeilen ändern sich: Was ist in dieser Kommune los? Wer ist die Frau überhaupt, diese Leiterin? Tut so, als wäre es der Gipfel an Menschlichkeit, gut situierten alten Menschen ein Zimmer zu vermieten. Doch was führt die wirklich im Schilde und wo kommt sie überhaupt her? In England jedenfalls war sie entgegen ihrer

Behauptung nicht. Wir haben recherchiert. Aber nur deshalb, weil sie sich und ihren Laden total abgeschottet hat ...

Mir bricht an dieser Stelle stets der Schweiß aus.

„Lily, du hast Recht, wir müssen endlich die Kieler*innen einladen!", höre ich mich gerade mit dünner Stimme sagen.

Lily meint, dass wenn alle einmal hier gewesen wären und nach dem Rechten geschaut hätten, das wilde Leben der Kommunard*innen langweilig werden würde, und auf den Seiten des Lokalteils wieder die wichtigen Nachrichten erschienen. „Und du hast deine Ruhe!"

Ich zucke zusammen, wage es, zu ihr herüber zu schielen. Nein, das war Fürsorge, sie weiß nichts über mich.

Lily ist so umsichtig. ..."Übrigens, wie findest du die Idee, die Fernsehapparate aus den Zimmern der Oldies zu holen?", fragte ich sie letzte Woche, als ein Monteur unseren Kabelanschluss überprüfte. „Niemand sollte abends stundenlang allein im Zimmern hocken und in die Glotze starren. Wer fernsehen will, kann das zusammen mit den anderen im Gemeinschaftszimmer tun! Und wir schmeißen dort das kleine Gerät raus und kaufen einen dieser neuen Fernsehapparate mit riesengroßem Bildschirm."

Lily gab mir zu bedenken, dass alte Leute unserer Sorte Schwierigkeiten hätten, sich äußerlich auch nur im Geringsten gehen zu lassen. „Besonders unsere Damen zeigen sich höchst ungern unfrisiert und blass. Aber wenn es ihnen mal nicht gut geht, sie nicht in die Öffentlichkeit wollen? Was sollen sie dann ohne Fernseher allein in ihrem Zimmer den ganzen Tag über tun?"

Lily hatte wie so oft recht. Ich ließ die Fernsehapparate in den Zimmern und ging meiner Mitarbeiterin für den Rest des Tages aus dem Weg. Eine Leiterin, die auf so etwas nicht selbst kommt? Bei Lily mussten die Alarmglocken klingeln.

Aber offenbar blieb alles ruhig.

„Ich befürchte, wenn das Leben unserer Kommunard*innen langweilig wird, findet die Journaille einen neuen Hort der Menschlichkeit, um ihre Leser*innen nicht mit der tagtäglichen Unmenschlichkeit zu erschrecken", gebe ich Lily so ruhig wie möglich zu bedenken.

Da kichert sie. Wie es aussieht ohne jeden Hintergedanken. Sie ist eine tadellos zuverlässige, verantwortungsvolle Frau. Und deshalb denkt sie genauso über ihre Chefin.

Die zittert noch immer, versucht, zu sortieren. Unsere Oldies sind nicht arm. Das ist bekannt. Um gut situierte Zeitgenoss*innen darf man ruhig ein bisschen Wirbel machen, selbst wenn sie alt sind. Dagegen würde die Lokalpresse sich höchstens vor Weihnachten, und dann auch nur im gleichen Atemzug mit einem Spendenaufruf für uns interessieren, wenn ich eine Wohngemeinschaft für mittellose Rentner*innen unterhielte, und meine Mitarbeiter*innen kostenlose Dauerpraktikant*innen wären. Nein, nirgendwo liegt irgendwer auf der Lauer wegen mir. Es geht um unsere Wohngemeinschaft.

„Ein Tag der offenen Tür ist genau das Richtige!" versichere ich Lily, setzte noch einen drauf, behaupte, ich würde mich darauf freuen.

Es wird kein Weg daran vorbeiführen. Will ich später einmal hören oder lesen, die falsche Ärztin hätte im Dunkeln operiert? Nein, wer neugierig ist, darf hinschauen, niemand soll später einmal behaupten können, man habe doch nichts von den Machenschaften dieser Frau gehört oder gesehen, sie hätte einen ja nicht hereingelassen. Von wegen. Selbst in mein Büro werde ich die Schaulustigen bitten, bis an den Schreibtisch dürfen sie vorrücken, damit sie eines Tages dümmlich kundtun können, es habe aber doch tadellose Sauberkeit und Ordnung im Büro der falschen Ärztin geherrscht, wie hätte man da irgendetwas ahnen sollen?

„Morgen stellen wir deine Idee den anderen vor, Lily!" sage ich mit fester Stimme und weiß, dass ich heute Nacht kein Auge zu tun werde.

In der Lokalpresse werde ich zur ´Ärztin, die viel herumgekommen ist, besonders in den englischsprachigen Ländern´ gemacht. Für die Leitung unserer Senior*innen-WG wäre ich augenscheinlich die Beste. Nicht nur merke man mir an, dass ich Ärztin aus Überzeugung sei, man höre auch gleich beim Smalltalk mit mir, dass mein Horizont weiter wäre, als der einer Durchschnittsmanagerin aus dem Sozialbereich, die außer der Hochschule und ein paar Einrichtungen noch nichts gesehen hätte von der Welt. Ich aber hätte über viele Jahre hoch aufmerksam aufgenommen, wie es woanders auf der Welt zuginge, insbesondere in den Staaten. Ich hätte alles Positive herausgefiltert und nach Deutschland importiert.

Für solche Charakterisierungen beginnt der Club of Lords, mich zu achten. Artikel, in denen es um meine Person geht, werden mit kleinen Magneten in Herzform an der Kühlschranktür befestigt, von Wilhelm höchstpersönlich. Seine Anhänger stehen daneben und sind augenscheinlich zufrieden. Waldorf klopft mit seiner Gehhilfe auf den Fußboden, bei ihm stets ein Zeichen von Ekstase. Komme ich just in diesem Moment in die Küche, nicken mir die alten Knaben anerkennend zu. Bemerkungen zu meinem ´modernen´ Führungsstil werden immer seltener.

Wie die Lobpreisungen in der Presse über mich zustande kommen, bleibt ein Geheimnis. Bislang habe ich kaum Smalltalk geführt mit den Kieler*innen. Bis zum ersten Tag der offenen Tür werden noch ein paar Wochen vergehen.

SMS von dem Mädchen. Ihr Bruder ist sitzen geblieben. Er würde jetzt Nachhilfeunterricht bekommen und zu den Großeltern ziehen. Nun bekäme sie sein Zimmer, das größer wäre als ihres.

Ich schrieb gleich zurück: Und du? Du bleibst zuhause? Du wolltest doch auch zu den Großeltern ziehen? Und bekommst du auch Nachhilfeunterricht?

Sie antwortet eine Stunde später per Mail. Würde am liebsten auch mit umziehen. Aber sie solle zuhause bleiben. Auf die Frage: Warum? habe die Großmutter ihr auf die Nase gestupst und gesagt: „Warum? Wieso? Weshalb? Ein Mädchen stellt keine dummen Fragen und drängelt sich nicht vor!"

Ihre Großmutter wäre außerdem der Meinung, das Mädchen brauche keinen Nachhilfeunterricht. Solle auf die Realschule gehen. Dieses ganze Theater um Schule wäre übertrieben. Das Mädchen solle sich endlich im Leben anstrengen, sonst würde sie enden wie die Mutter. Ihre Großmutter berichtete, die Mutter habe sich auch nie angestrengt, habe gemeint, es würde ausreichen, schön zu sein. Wie so was ausgehe wäre ja nicht zu übersehen. Könne nicht mehr richtig laufen, die Mutter. Wegen der Knie! Da hätten auch kein Gymnasium und kein Nachhilfeunterricht geholfen.

Das Mädchen schreibt noch, dass jetzt eine Haushaltshilfe kommen würde, drei Mal die Woche, den ganzen Nachmittag. Sie hieße Frau Blume und sei sehr nett. Und sie mache alles, abwaschen, staubsaugen, kochen und wolle noch nicht mal, dass das Mädchen ihr helfe. Das Mädchen solle spielen oder Hausaufgaben machen. Die Mutter bliebe im Bett bis Frau Blume wieder ginge. Manchmal nähme sie das Mädchen mit zu sich nach Hause zum Abendessen. Dort wäre es schön, alle wären so freundlich, dass das Mädchen sich schrecklich für ihr eigenes Zuhause schämen würde.

Der Tag vor dem mir graut rückt unaufhaltsam näher. In Gedanken habe ich schon unzählige Male das Nötigste zusammengepackt, bin zum Hauptbahnhof gefahren, habe mir ein Zugticket nach Potsdam gekauft. Einmal umsteigen in Berlin. Während der Fahrt die üblichen Überlegungen: Wie soll ich heißen, wo komme ich her? Welche Qualifikationen habe ich erworben, und wo.

Während der Fahrt lese ich die Fachpresse. Das Übliche. Es fehlen Ärzt*innen in den Krankenhäusern, besonders in der Provinz. Immer mehr Kliniken schließen. Besonders für alte Menschen könne es in den nächsten Jahren dramatisch werden.

Ich stecke das Ärzt*innenblatt ins Zeitungsnetz. Vielleicht möchte noch jemand hineinschauen.

Denken diese Doktor*innen darüber nach, was sie anrichten? Warum haben sie keine anderen Berufe ergriffen, irgendwas gut bezahltes, wo es nicht in erster Linie darum geht, seine eigenen Befindlichkeiten zurückzustellen?

Ich packe nichts zusammen, fahre nicht zum Hauptbahnhof, ändere auch nicht meinen Namen.

Ich bleibe bei meinen Oldies in Kiel.

In den Staaten war ich nie, auch nicht im Rahmen meiner Zeugniswerkstatt.

Wie kommt die Presse darauf? Wegen meiner Vorliebe für Cowboystiefel? Oder passiert in der Stadt zu wenig Wichtiges? Wenn dem so ist, möchte ich an diesem Umstand nichts ändern.

Und eine Amerikahysterie braucht Kiel auch nicht, entscheide ich, als ich noch rasch vor der Arbeit ein paar ältere Bücherkisten, die die Hamburger Spedition unten im Hausflur gestapelt hat, in die neue Wohnung trage. Also schnappe ich, oben angekommen, die Tageszeitung vom Frühstückstisch und entsorge sie im Altpapiercontainer auf dem Hof, als könne sie damit kein Mensch in der Stadt mehr lesen. Als plötzlich der Sohn des Hausmeisterehepaars neben mir steht und seine Hilfe anbietet, fahre ich zusammen, als hätte ich erwartet, dass jetzt Handschellen klicken. Noch bevor ich mich wieder fangen kann, ist der Junge schon mit einer Bücherkiste die Treppe hoch geeilt. Dann kommt auch sein Bruder dazu und schnappt sich die zweite Kiste. Die beiden Jungen wohnen mit ihren Eltern, sehr klugen und herzlichen Leuten aus dem Iran, in einem Häuschen im Hof, wo sie sich einen hübschen Garten angelegt haben. Letzte Woche gaben sie dort eine Party für mich, alle Nachbar*innen waren eingeladen. Wir sind fünf Mietparteien im Haus, niemand ließ sich das Fest entgehen. Familie Asjadi hatte kleine knusprige Brötchen mit Schafskäsefüllung gebacken, die Nachbar*innen brachten Salate und Kuchen mit, ich steuerte zwei große Schalen mit Bowle bei, eine mit Sekt, eine mit Saft. Während wir im Hof saßen, aßen, tranken und plauderten, war ich die hochwillkommene neue Ärztin aus Amerika. Sämtliche Hausbewohner*innen strahlten mich ununterbrochen an. Auch hier hatte man schon so viel von mir in der Lokalpresse gelesen. Frau Speer aus dem ersten Stock sprach mich auf Englisch an, denn ich sollte mich doch ganz wie zu Hause fühlen.

Herr und Frau Asjadi sind beide Internist*innen, doch über sie steht nichts in der Kieler Lokalpresse. Kein Wort. Hier in Deutschland, wo sie aus politischen Gründen seit fast zehn Jahren leben, haben sie keine Erlaubnis, als Ärzt*innen zu arbeiten. Im iranischen Krankenhaus, in dem die beiden lange Jahre tätig waren, weigere man sich, ihnen ein Zeugnis auszustellen, berichteten sie. Auf Nachfrage der deutschen Behörden wurde im Iran behauptet, die beiden wären dort lediglich Putzkräfte gewesen. Von iranischen Universitätsabschlüssen und Zeugnissen, die die beiden vorlegten, lassen die deutschen Behörden sich nicht beeindrucken. Die könnten nämlich gefälscht sein. Wie sollte man die Papiere denn von hier aus auf Richtigkeit überprüfen?

Die iranische Universität verweigert ebenfalls jede Auskunft.

Warum ist dieser Skandal der Kieler Lokalpresse keine Meldung wert?

Alle Bewohner*innen in meinem Haus wissen Bescheid und sind ein wenig verstimmt über die Angelegenheit, aber nicht übermäßig. Naja, der Islam. Auch die Angestellten im öffentlichen Dienst hätten dort ja offenkundig eine Mentalität, die man hier nun mal nicht begreifen könne. Die Lehrerin aus der Dachgeschosswohnung drückte es während der Party schließlich so aus: „Fremde Länder, fremde Sitten. Aber wie schön, dass wir jetzt doch noch eine beglaubigte internationale Ärztin in unserer Mitte haben!"

Alle Nachbar*innen nickten zustimmend, bekundeten ihre Freude darüber, mit mir Tür an Tür zu wohnen, auch die Asjadis. Sie leben in einem Zustand, wo die Hoffnung noch nicht gestorben ist, wie ich heraushörte, als ich später genauer nachfragte. Als sie vor fünf Jahren im Lotto eine hübsche kleine Summe Geld gewannen, haben sie den Bungalow im Hof gekauft, der vorher als Geräteschuppen und Fahrradgarage diente, außerdem den Zeitungskiosk auf der gegenüberliegenden Straßenseite eröffnet. Da sitzen sie nun umschichtig von morgens bis abends drin und hoffen weiter. Eines Tages werde sich alles klären, vermutet Frau Asjadi. Sie würde in einem deutschen Krankenhaus arbeiten dürfen. Darauf freue sie sich, dafür lebe sie.

Ob sie mit der Angelegenheit schon an die Presse gegangen wäre, interessiert mich. Am besten an die überregionale Presse, rate ich ihr.

Nein, nein, wehrt sie ab, so wichtig sei ihr Schicksal nicht, es sei doch nur eins von vielen.

Der jüngere Sohn stellt die letzte Bücherkiste in mein Wohnzimmer, blickt kurz aus dem Fenster. Auf der anderen Straßenseite winkt seine Mutter ihn in den Kiosk. Es sind Schulferien. Würden seine Eltern als Ärzt*innen arbeiten könnte er jetzt mit seinen Freund*innen an den Strand fahren. Ich schäme mich, stellvertretend für die deutschen Behörden.

Den beiden Jungen drücke ich je einen Fünf-Euro-Schein in die Hand, sie blicken mich an, zurückhaltend wie immer; sie bedanken sich so formvollendet, dass ich nicht erkennen kann, ob es in ihrer Kultur ebenfalls üblich ist, hilfsbereiten Teenagern Geld für eine kleine Vergnügung zuzustecken.

Meine Leute sind seit zwei Tagen fast ununterbrochen in der Fabrik, da schreite ich ein. „Vorbereitungen nur während der Dienstzeit!", ordne ich an. Hat man so etwas schon gesehen: Eine Chefin muss ihre Crew auffordern, Feierabend zu machen!

Wenn alles gut läuft wollen meine Mitarbeiter*innen in Zukunft alle zwei Monate einen Tag der offenen Tür

180

veranstalten. Da reden wir noch drüber. Für den Moment kann ich ihnen aber somit versichern, dass sie alle mal mit in die Vorbereitungen eingebunden werden. Und jetzt ab nach Hause!

Die Oldies zu beruhigen, ist noch schwieriger. Die fidelen unter ihnen wirbeln in der Fabrik herum, räumen und rücken Möbel umher, wir müssen hinter ihnen her springen; Knochenbrüche sind das Letzte, was wir jetzt noch gebrauchen können.

Waldorf geistert seit einer Woche nachts ruhelos durch die Fabrik. Marie, die Nachtdienst hat, berichtet voller Grauen von dem unheimlichen Klopfen der Gehhilfe des alten Knaben in die absolute Stille hinein. Ich bot an, sie für ein paar Nächte zu vertreten, aber das wollte sie keinesfalls annehmen.

Die Häsin liegt im Bett. Sie habe sich einen Infekt geschnappt, obere Luftwege oder Magen-Darm, sie ist sich noch nicht sicher. Auf mich macht sie einen völlig gesunden Eindruck, aber ich halte mich zurück mit meiner Diagnose, bin insgeheim froh über jeden, der das Schlachtfeld freiwillig geräumt hat.

Unsere beiden Russen haben bereits gestern ihre Zimmer abgeschlossen und sich für drei Tage ausquartiert. Sie versicherten mir, dass sie mich und meine Aktivitäten zwar überaus schätzten, aber selbst nicht zum Tag der offenen Tür anwesend sein wollten, der Unruhe wegen. Sie baten mich, im Kieler Maritim Hotel zwei Zimmer für sie zu buchen. Ich tat es, aber nicht ohne Bedenken. Die beiden sind schon recht zittrig, ich kann nicht unterscheiden, ob einer die Unzulänglichkeiten des anderen bewusst ignoriert oder aber nach ein paar Minuten schlichtweg wieder vergessen hat. Wie soll man diese beiden Spaßvögel guten Gewissens allein im Hotel lassen?

Doch als ich heute Morgen dort war, um nach ihnen zu schauen, saßen sie, tadellos in ihre leichten Sommeranzüge gekleidet und nach After Shave duftend, das Haar mit Pomade zurückgekämmt, in der Hotellobby und spielten Schach. Sie unterbrachen kurz ihre Partie, ich trank eine Tasse ihres Lebenselixiers mit – starken schwarzen Tee –, und hatte das Gefühl, dass sie froh waren, als ich mich bald wieder verabschiedete, da vor unserem großen Tag noch so viel zu tun sei. Zuhause angekommen beruhigte mich auch Marie. Den Hotelaufenthalt würden unsere Russen meistern. Hauptsache, niemand wollte irgendetwas von ihnen.

In der Fabrik wird unterdessen der Tischschmuck hergestellt.

Die Häsin ist ganz plötzlich wieder genesen und erklärte sich für die Dekoration zuständig. Sie okkupiert den großen Esstisch in der Küche, meine Mitarbeiterinnen haben jetzt gut aufzupassen: Es wird demonstriert, wie man Blumenkränze flechtet. Keine der jungen Frauen kann das, die Männer schon mal gar nicht, aber von denen erwartet die alte Lady das auch nicht.

Ma petite Soeur hat auf Bestellung der Häsin am Morgen einen Korb voll Wiesenblumen im Kieler Stadtpark gepflückt, ist dafür eine Stunde früher aufgestanden. Ich schlage vor, sie solle sich die Stunde zurückholen, draußen auf dem Balkon im Liegestuhl ein Nickerchen halten, gerade um diese Zeit ist es dort angenehm schattig, aber sie will auf keinen Fall. Dabei zu sein ist wichtiger als Schlaf und Muße.

Auch Goldschopf und Karl gesellen sich jetzt zur Blumenkranzwerkstatt, was die Häsin zutiefst entzückt. Dass die Frauen das Flechten lernen wollen, findet sie natürlich nicht der Rede wert.

Ich ziehe mich zurück, stehe in einiger Entfernung im Türrahmen, schaue zu. Alle machen wie selbstverständlich mit, bewegen sich ausgelassen und ganz ungezwungen. Ich aber kann Familienszenen nur mit einem gewissen Abstand aushalten. Ich wage es nicht, mitzumachen, aus Angst, dass man mir meine fehlende Gewandtheit anmerkt.

Statler reißt mich aus meinen Gedanken.

„Meine Teuerste ..." Er kommt als Abgesandter des Club of Lords, hat in der einen Hand ein ledernes Notizbüchlein, einen Füllfederhalter in der anderen. Es gäbe ein paar wichtige Punkte mit mir zu klären.

Ich höre.

Gut. Erstens: Wer solle die Gäste vorne an der Etagentür in Empfang nehmen?

Ein Dienstmädchen oder einen Butler würden wir dafür nicht engagieren, antworte ich, weil die Frage unausgesprochen nachklingt. Ich könnte das Empfangskomitee sein, biete ich ihm an. Das aber scheint Statler nicht zu schmecken. Gar nicht. Er starrt mich an, schüttelt entsetzt den Kopf, das weiße Haar steht bereits wie elektrisiert. „Sie als Direktorin mit Titel wollen an der Tür Gäste empfangen?"

„Dachte ich mir so, ja!"

„Unmöglich! Wenn dafür kein Personal engagiert wird, muss es eines der Mädchen richten. Die Jüngste. Aber Sie ... unmöglich! Begrüßen: ja, aber empfangen: keinesfalls!"

Ich verspreche es ihm rasch, da ich mich mit solchen Lappalien jetzt nicht aufhalten kann und will. Ich warte darauf, dass es mir heiß und kalt den Rücken hinunter geht, dass die übliche Aufregung von mir Besitz ergreift und die Frage, ob ich mich soeben verraten oder etwas von mir gegeben habe, das einer Ärztin nicht einfallen würde, mich zu quälen beginnt. Ich halte kurze Innenschau, aber nichts regt sich. Der alte Mann ist nicht auf der Höhe der Zeit, und Schluss. Bis vor einigen Jahren leitete er eine Hutfabrik in Familienbesitz über Generationen, nun hat sein Sohn übernommen, und Vater fehlen offenbar seine Untergebenen. Ich habe richtig reagiert.

Ich frage gelassen, was er noch auf seiner Liste stehen habe.

Er blättert eine Seite weiter. Seine Männerfreunde und er wollen wissen, ob die Schlafzimmer gezeigt werden sollen. Aha. Ich sehe ihm sofort an, dass gerade er damit nicht einverstanden wäre. Das wundert mich übrigens kein bisschen. Der alte Knabe hält Ordnung, falls er sie selbst schaffen soll, für völlig überbewertet. Außerdem pafft er nachts heimlich Zigarren, obwohl wir gemeinsam vereinbart haben, dass im Haus nicht geraucht werden soll. Desweiteren liegt Statlers getragene Unterwäsche, wenn er sie überhaupt mal wechselt, stets verstreut auf dem Fußboden seines Zimmers umher, bis meine Mitarbeiter*innen sie aufheben und in die Waschküche tragen. Sein Hutfabrikantengetue hin oder her, er ist ein Ferkel. Außerdem bunkert er Lebensmittel unter der Matratze und vergisst sie dann dort; wir vermuten, dass es sich dabei um ein Nachkriegstrauma handelt. Statler weiß, dass es in seinem Zimmer nicht gerade exquisit riecht, selbst seine Kameraden treten nie ein, sondern warten immer vor der Tür auf ihn. Meine Leute lüften, so oft es geht, aber das hilft nicht viel.

So schlage ich ihm jetzt vor, dass jeweils ein Zimmer bei jedem Tag der offenen Tür gezeigt werden kann, aber natürlich nur von denen, die das auch wollen.

Statler hakt erleichtert auch diesen Punkt ab. Zur Feier des Tages einmal eigenhändig sein Zimmer aufzuräumen und zu lüften, kam ihm offenbar keinen Moment in den Sinn.

Doch nun das in seinen Augen Wichtigste: Laute Individuen, die ein unangemessenes Verhalten an den Tag legten, sollten umgehend vom Anwesen entfernt werden. Das haben er und sein Herrenclub beschlossen.

Ich versichere ihm, dass so ein Vorgehen im Sinne aller ist, ich aber nicht mit Störenfrieden rechne.

Damit ist unsere Unterredung beendet, er vollführt die Andeutung einer Verbeugung und kehrt zu seinen Kameraden zurück, um Bericht zu erstatten.

Essen kriegt ab einem bestimmten Alter eine große Bedeutung, nämlich dann, wenn Sex wegfällt, aber der Mensch sich noch wohl genug fühlt, um sinnlichen Genüssen zu frönen.

Eines der wichtigsten Tagesthemen in der WG ist stets der Menüplan. Selbst wenn irgendwo ein Krieg ausgebrochen ist, ein Attentat oder eine Naturkatastrophe die Welt erschüttert – morgens nach dem Frühstück wird zunächst einmal diskutiert, ob Pfannkuchen mit Apfelmus ein ´richtiges´ Mittagessen ist, weil süß, und ein Mittagessen pikant zu sein hat. Auch stets interessant ist die Frage, ob Vegetarismus lebensgefährlich ist oder Kartoffeln dicker machen als Nudeln oder warum unsere Köchin keine Ahnung von nichts hat. Danach wird ausgiebig das jeweilige Tagesmenü analysiert. Wilhelm hat stets eine Menge dazu zu sagen, war ja bis vor wenigen Jahren Hotelier. Die anderen hören ihm aufmerksam zu, wenn es nur um ihr geliebtes Thema Essen geht.

In Anbetracht dessen fürchte ich mich bereits jetzt vor all den schrecklichen Ereignissen, die völlig unbemerkt auf der Welt geschehen werden, wenn ein noch größerer Teil der Bevölkerung über 65 Jahre alt ist.

Wen wundert es, dass bereits zwei Wochen vor unserem Tag der offenen Tür diskutiert wurde, was es zu essen geben soll. Selbstverständlich wurde dieses Thema ernsthafter und interessierter diskutiert als die bevorstehende Bundestagswahl; sogar der Club of Lords, der sich sonst durchaus politisch interessiert gibt, was bedeutet, am Mittagstisch immer die gleichen unzeitgemäßen Parolen auszurufen, hatte mir zu verstehen gegeben, dass unserer Köchin keineswegs die Essenszubereitung für diesen repräsentativen Tag anvertraut werden dürfte. Sie sei eine Frau fürs Alltägliche, da auch recht ordentlich, wie man mal neben allen Beschwerden einräumen müsste; für einen Anlass wie den bevorstehenden aber sei sie vollkommen untauglich.

Die alten Ladys beschlossen daraufhin, die Verantwortung fürs Essen zu übernehmen. Das Delegieren ebenfalls. Damit waren die alten Knaben einverstanden. Unter der Bedingung, dass sie nicht helfen müssten.

Gestern wurde mit dem Backen und Kochen begonnen.

Tätschlerin und Spitzmaus haben sich nach kurzer Absprache selbst zu Küchenchefin und Vizechefin ernannt, die Häsin darf erste Offizierin sein. Zwei meiner Mitarbeiterinnen erweisen sich sogleich als ungeeignet, dem Führungsstab zur Hand zu gehen. Spitzmaus kam tief empört aus dem Supermarkt zurück. Heike und die schöne Marie hatten sie begleitet, wussten nicht, wie eine rote Beete aussieht. Vor dem Gemüseregal hätten sie auf die kleinen grau-braunen Knollen gestarrt, sie aber nicht identifiziert. Bis Spitzmaus ungeduldig und mit zittrigem Finger darauf deutete, wie Marie es jetzt in meinem Büro nachstellt.

'Na, da, ihr dummen Dinger!', hätte die Lady dabei gezetert.

Für die 'dummen Dinger' musste sie sich später auf meinen ausdrücklichen Wunsch hin bei den beiden jungen Frauen entschuldigen.

Die schöne Marie gesteht mir, sie dachte, rote Beete seien rote Scheiben mit Riffeln drauf.

„Ja, richtig, aber erst dann, wenn sie gekocht, geschnitten und in Essig eingelegt wurden!", flüstere ich ihr rasch zu, bevor Spitzmaus, die keine drei Meter entfernt steht, vollkommen die Beherrschung verliert.

Abends war die gnädige Frau um einiges nachsichtiger. Am Obststand angekommen sollte Ken, der die zweite Einkaufstour begleitete, eine reife Ananas auswählen. Geduldig erklärte Spitzmaus ihm, woran man den Reifegrad erkennen würde. Als schließlich das richtige Exemplar im Einkaufswagen lag, soll der junge Mann laut vor allen staunenden Kund*innen ringsherum gelobt worden sein.

Draußen hakte sich Spitzmaus bei Ken unter, die schwere Tüte voll Obst vertraute sie Lily an, die auch mitgegangen war, aber bis zu diesem Moment nicht beachtet wurde.

Am großen Küchentisch wird jetzt geschnitten und gerührt, hier tatenlos herumsitzen und Kaffee trinken ist bis übermorgen verboten. Wer nicht helfen will, muss in sein Zimmer gehen, soll auch dort essen. So befiehlt es die Häsin, für ihre Verhältnisse recht rabiat. Wilhelm, Statler und Waldorf wollen weder Gemüse schnippeln noch in ihren Zimmern bleiben, so baue ich ihnen einen Klapptisch in meinem Büro auf. Während sie Zeitungen durchblättern und sich gegenseitig versichern, man könne keine dieser roten Parteien wählen, wobei Waldorf jedes Mal bestätigend mit seiner Gehhilfe auf den Holzfußboden klöppelt, sitze ich an meinem Schreibtisch, tue so, als würde ich arbeiten, stelle mir aber die Diskussion zwischen den drei Herren vor, nachdem bekannt wurde, dass man mich wegen Betrugs und Urkundenfälschung weggesperrt hätte.

„Kann denn niemand mehr Mayonnaise rühren heutzutage?", schimpft die Tätschlerin in dem Moment aus der Küche.

Waldorf reißt einen obszönen Witz, als sei ich gar nicht anwesend.

Karl lenkt ein, wie ich höre. Die Mädchen könnten vieles heutzutage deshalb nicht mehr, weil sie ständig auf ihre Figuren achten würden.

Als ich in die Küche komme, um sicherzustellen, dass sich alle vertragen, nutzt die Tätschlerin gerade die Gelegenheit, Karl zu zeigen, wie man gekonnt Mayonnaise rührt. Sie lässt drei Eigelb in die Schüssel gleiten, das Öl in dünnem Strahl langsam dazu, dabei nimmt sie die Hand des Pflegers mit dem Schneebesen darin, lässt diesen hin und her tanzen, immer schneller und entschlossener. Die Augen der alten Dame leuchten, Karl gerät in den Hab-acht-Modus.

Ich kehre wieder in mein Büro zurück, Karl ist meiner Einschätzung nach in der Lage, sich allein gegen Missbrauchsversuche zu wehren.

Am Morgen unserer großen Vorstellung wird ein Kalbsbraten zubereitet. Einen Braten kennen meine jungen Leute nur noch aus Filmen und Geschichten, ihre Eltern sind Vegetarier*innen oder berufstätig oder arm.

Die Häsin bleibt den ganzen Vormittag über am Ofen sitzen um den Braten zu beaufsichtigen und zu begießen, sie sitzt da und teilt jedem, der in die Küche kommt, ihre Sorge um das Gelingen des Bratens mit. Wirklich ernsthaft besorgt ist sie, und das macht die Kinder der Berufstätigen, Vegetarier*innen oder Armen fassungslos.

Es wird ein glücklicher Vormittag in der Fabrik, wenn da die Anspannung nicht wäre.

Die Frage, ob alles so weitergehen wird, bedrängt mich. Werden wir für immer die Familie bleiben, die ich nie hatte und auch nie vermisst habe, und der ich auch jetzt zwiespältig gegenüberstehe, weil Familie doch, sobald zur geschützten Institution erklärt, zur heimlichen Brutstätte allen Übels wird.

Es gibt wieder keine Antwort. In meinem Leben war von Anfang an auf nichts Verlass. Und ich selbst sorge dafür, dass sich daran nichts ändern wird.

Im größten Trubel kommt schließlich diese Mail. Ich zögere, warum ausgerechnet jetzt? Ich ziehe mich dennoch in mein Büro zurück.

Ich habe gestern meinen Bruder bei den Großeltern besucht. Wir saßen im Garten, es gab Eis und Kuchen. Dann hat Großvater jede Menge Gänseblümchen und Grashalme mit dem Rechen zusammengetragen, Großmutter pickte sich ein paar Blüten und Halme heraus, bevor sie den Rest mit der Schubkarre zum Komposthaufen fuhr. Großvater geht nie zum Komposthaufen, weil es da stinkt und schmutzig ist. Das mag er nicht. Als Großmutter alle Abfälle weggeräumt hatte, setzte sie sich mit mir an den Holztisch auf der Veranda, breitete Blumen und Halme aus, suchte die schönsten Exemplare aus und flocht einen Blütenreif. Als der Reif fast fertig war, wurde ich immer aufgeregter, denn die Mutter hätte jetzt aufgegeben, alles in den Müll geschmissen, weil ihre Augen zu schlecht sind für so eine Arbeit und ihr der Kopf davon weh tut. Sie hätte mich gefragt, warum ich sie so eine Bastelarbeit machen ließe, ich wüsste doch, dass ihre Finger juckten, wenn sie feuchtes Gras anfasste. Sie wäre aufgesprungen und hätte sich für den Rest des Tages im Schlafzimmer eingeschlossen.

Aber Großmutter ist anders. Sie machte den Blumenreif fertig. Zum Schluss wurde das immer kniffeliger, und zwei Versuche, den Reifen zu schließen, gelangen ihr nicht. Der dritte Knoten hielt dann. Großmutter sagte: „Na, bitte, man muss sich nur anstrengen, es oft genug versuchen, dann schafft man alles!", und setzte mir den Blumenreif aufs Haar.

Auch mir erlaubt Großmutter bei allem, was ich tue, mehrere Versuche. Ich bin jetzt auf der Realschule, da zwar auch nicht sehr konzentriert, aber kann auch noch auf die Hauptschule gehen. Das wäre nicht schlimm, sagt Großmutter. Sie ist momentan nicht sehr streng. Nur eines darf ich bei ihr immer noch nicht: Auf eine ganz bestimmte Frage mit der Wahrheit antworten. Wenn sie mich also fragt, ob zuhause alles in Ordnung sei und es der Mutter gut gehe, sage ich immer ja. Bisher.

Gestern habe ich auf ihre Frage nicht gelogen. Ich habe die Wahrheit gesagt: „Überhaupt nichts ist in Ordnung. Die Mutter liegt entweder den ganzen Tag im Bett oder heult."

Ich habe dafür von meiner Großmutter eine Ohrfeige bekommen, zum ersten Mal. „So etwas darfst du nie wieder sagen, hörst du?", rief sie. „Mit so einem Gerede kannst du deiner Mutter doch nicht helfen, bist du so dumm, das zu denken?" ...

Mir stockt der Atem. War das so?

Aber wir wollen uns doch nicht erinnern! Keinesfalls wollen wir das, wir löschen das alles gründlich aus unseren Köpfen. Wer würde sich denn auch um unsere Beschwerden scheren?

Ich bin ganz starr.

Wir wollen alles vergessen und geben das Staffelholz an unsere Töchter weiter, oder an die Enkelin, falls eine Handlangerin außer Betrieb gerät.

Doch ich habe gar keine Zeit, mich diesem Grauen hinzugeben. In der Küche fällt scheppernd etwas zu Boden, Glas klirrt. Die Häsin kommt in mein Büro geschossen, hält den blutenden Zeigefinger hoch, hat sich geschnitten, weiß nicht, ob ihre letzte Tetanus-Impfung noch ausreichend Schutz bietet. Ist kreidebleich, hält ihren Finger jetzt umschlossen, als könnte er auch noch abfallen. Alles, was mich gerade noch entsetzt hat, schüttle ich ab wie ein Hund das Schmutzwasser nach dem Gestrampel im brackigen See, und stehe parat. Wende mich der Häsin zu, beruhige sie, hole den Verbandskasten vom Regal. Die Formalistin kommt ins Büro gestürzt, ist der Blutspur, die die Fingerwunde auf den hellen Laminatboden getupft hat, gefolgt. Ich gebe Entwarnung, und da hält sie auch schon den Putzlappen in der Hand. Ma petite Soeur möchte informiert werden. Die Tätschlerin schmeißt in der Küche die Kaffeemaschine an, Marie geht Kuchen holen. Mit so viel Beistand ist die Häsin zufrieden und verlässt mit verbundenem Finger mein Büro, um sich erst mal verwöhnen zu lassen.

Was für ein Glück, dass meine Schwestern und ich in jedem Moment, sogar in einem Moment wie diesem, so tadellos funktionieren!

Wenige Stunden später. Halb fünf. Alles ist bereit.

Unser großer Küchentisch dient als Buffet. Es gibt Kartoffelsalat, Heringssalat, heiße Würstchen, kalten Braten, selbst gebackene Brote, Apfelkuchen und Vanillesoße.

Der Fleischkoloss ist entgegen den Befürchtungen der Häsin gelungen. Sie hat durchgehalten, ganz konzentriert fünf Stunden neben ihrem Braten Wache gehalten, ihn alle zwanzig Minuten mit dem eigenen Saft begossen. Getränke musste man ihr an den Herd servieren, die Toilette suchte sie innerhalb der ganzen Zeit nicht einmal auf, so dass ich mir zum Schluss ausnahmsweise einmal mehr Sorgen um das Wohl der Häsin machte als sie selbst. Doch meine Mitarbeiter*innen nahmen es gelassen und so beschloss ich, ihnen zu vertrauen.

Aber wie unsicher ich seit einigen Stunden auf den Beinen bin! Vorhin schloss ich mich in mein Büro ein, wollte eine Stunde nachdenken, sortieren, es gelang mir nicht. Mir ist, als müsste ich das Laufen wieder einmal neu lernen, dieses Mal von der Pike auf. Doch vor meiner Bürotür herrschte so viel Trubel, dass ich da regelrecht mit hinein gesogen wurde. Ich schloss die Tür auf, man brauchte mich sofort wieder, ich komme nicht dazu, auf jeden einzelnen wackligen Schritt zu achten.

Die Gastgeber haben sich in Schale geschmissen. Die Tätschlerin und Spitzmaus kommen in seidenen Sommerkleidern aus ihren Zimmern, eingehüllt in Wolken aus Puder und Channel No 5. Das weiße Haar ist mit viel Spray betoniert und kunstvoll hochgesteckt. Die Häsin trägt ein Kostüm in hellem Flieder, dazu eine blaue Ansteckblume. Der Club of Lords hat sich auf schwarze Anzüge, Einstecktüchlein und statt Krawatte Fliege geeinigt. Meine Mitarbeiter tragen weiße Oberhemden, die Frauen allesamt Röcke oder Kleider, es wurde so gewünscht von den Oldies, und ich bin erstaunt aber auch erleichtert, dass die jungen Leute sich ohne Widerrede gefügt haben. Ich hätte sie nicht zwingen können, und schon gar nicht zwingen wollen.

Ich selbst trage ungern Röcke oder Kleider, aber da ich nicht als einzige quertreiben will, gar nicht quertreiben kann in meiner Position, habe ich mir letzte Woche auf dem Ravensberger Bio-Markt ein bodenlanges indisches Sommerkleid gekauft, schwarz mit dunkelroter Stickerei und funkelnden Pailletten. Obwohl es ein wirklich prächtiges Stück ist, fühle ich mich fremd in einem Kleid. Es ist, als müsste ich mich für den Anlass tarnen, meine heutige Verfassung tut ein Übriges. Doch die Crew bewundert meine Aufmachung, es hagelt Komplimente, und die Oldies finden meinen Look ´interessant´, was ja zumeist eine höfliche Umschreibung für ein zu unkonventionelles Outfit ist. Ich versuche, meinen Frieden zu machen mit der Frau im Spiegel. Es ist fünf Minuten vor fünf, und damit sowieso zu spät für einen Rückzieher.

Im nächsten Augenblick stehen die ersten Gäste, eine Familie mit Eltern im abschiebungsfähigen Alter vor der Tür. Es dauert kaum ein paar Minuten, da folgt ein wahrer Ansturm Kieler Bürger*innen, auch solche, die ihre betagten Eltern zunächst zuhause gelassen haben und offenbar erst mal vorschnuppern wollen. Wir hatten per Zeitungsanzeigen in der Lokalpresse eingeladen und ab halb sechs mit ein paar Schaulustigen gerechnet, um die Abendessenszeit dann mit einer weiteren Welle, aber bereits jetzt drängen so viele Menschen in die Fabrik, dass die schnell voll ist. Wir können niemanden mehr hereinlassen. Ken baut sich am Eingang auf wie ein Rausschmeißer vor der Diskothekentür. Heike, die eigentlich die Gäste empfangen sollte, gab schnell auf.

Lässt Ken machen, der mit charmantem Lächeln den Leuten wegen Überfüllung den Zutritt verwehrt. Die nehmen es mit Humor und warten. Nur ganz wenige schimpfen und verschwinden gleich wieder.

Ich möchte am liebsten mit eben denen weglaufen.

Wir hätten den Hof mit dazu nehmen sollen, tuschelt ma petite Soeur mir jetzt aufgeregt zu. Ihre Wangen leuchten hochrot. Nicht mehr zu ändern, aber nun wüssten wir Bescheid fürs nächste Mal, gebe ich zurück, und meine Stimme klingt nur deshalb gelassen, weil Heike noch aufgeregter ist als ich. Glücklicherweise sind meine übrigen Mitarbeiter*innen nicht so leicht zu verwirren, geistesgegenwärtig schleppen sie soeben Klappstühle hinunter in eben diesen Hof und servieren dort auch Getränke. Ich schnappe mir irgendetwas, das, was mir gerade in die Hände gerät, und trage es ebenfalls hinunter.

Ken regelt lächelnd an der Tür den Verkehr. Immer, wenn drei Gäste die Fabrik verlassen, dürfen dafür drei neue hinein, so geht das über Stunden.

Ich hatte gehofft, dass ein paar Kieler*innen vorbei kommen, mir gewünscht, dass wir ein angenehm volles Haus kriegen, aber dass es hier zugehen wird wie auf einem Popkonzert, damit habe ich nicht gerechnet, nicht ich und niemand meiner Mitarbeiter*innen, die Oldies schon gar nicht. Alte Menschen, die nicht berühmt sind oder mindestens ein Schloss zu vererben haben, finden sich stillschweigend damit ab, dass sich niemand mehr für sie interessiert.

Aber ach ... Die Angst hat plötzlich ebenfalls Einzug in die Fabrik gehalten. Die Panik. Wellenartig umspült sie ausgerechnet mich, und der Seegang wird stärker. Was, wenn jemand das geohrfeigte Mädchen erkennt, hier im Getümmel, und die merkt es zu spät? Was, wenn plötzlich Polizei in unserer festlich geschmückten Küche steht? „Falls Sie mitkommen ohne Widerstand zu leisten, verzichten wir darauf, Ihnen vor allen Leuten Handschellen anzulegen!"

Aber ich könnte doch gar nicht mitgehen! Auf keinen Fall. Ich trage die Verantwortung. Meine Schwestern und ich – wir müssen einfach immer weiter funktionieren. Und wenn nicht, gerät die ganze Mischpoke aus dem Takt.

Contenance! Wer sollte mich erkennen, wer sollte wissen, wie die Helferin aussieht? Sie hat kein eigenes Gesicht, hat ihr Passbild für jede neue Arbeitsstelle bearbeitet, den Haaransatz höher, die Augen mal braun, mal blau – und niemand wollte es merken.

Gibt es mich denn überhaupt, wird eine Frau zur Ärztin, indem sie die Schule sausen lässt und sich im Leben anstrengt, wie von Großmutter gefordert? Ist so eine Geschichte nicht lediglich ein Gerücht, hinter dem etwas wirklich Bedeutsames steckt: ein unlauteres Geschäft unter Männern, wie von Benni vermutet?

Und doch strahlen in diesem Moment etwa hundert Kieler Bürger*innen die Hochstaplerin an, als wäre die vom Himmel gestiegen.

Die Anspannung wird zu groß. Ich fühle mich fiebrig. Ich fliehe in die Waschküche, schließe mich ein, drehe den Hahn auf, lasse kaltes Wasser über meine Arme laufen. Dabei ruhig und tief ein- und ausatmen! Die Aufmerksamkeit auf die Umgebung lenken. Sprechen. Ich sehe eine blau gekachelte Wand, ich sehe eine weiße Keramikablage, ich sehe unsere Gästetoilette. So habe ich das bei den Pfleger*innen im Irrenhaus gelernt, in dem ich Ärztin war. Die Aufmerksamkeit der Patient*innen weg von der Angst hin zur Umgebung lenken. Und wichtig: Paniker*innen ohne Pause laut sprechen lassen! Das beruhigt.

Und warum sollte ein Mitglied der Hamburger oder Neustadter Klinikchefetage, zufällig bei uns hereingeschneit auf der Suche nach einem Plätzchen für die Eltern, eine unlautere Leiterin erkennen und an den Galgen liefern? Damit die aussagt, wer sie sonst noch wo gebraucht hat?

Ich trockne mir die Arme ab. Blick in den Spiegel. Mir entgegen schaut eine Frau, die auch weiterhin funktionieren wird... Es klopft.

„Hallo, ist Ihnen nicht gut?", fragt Lily von draußen. Ich schließe die Tür auf.

„Ach, du bist hier drin ... Entschuldige! Es war so lange besetzt! Ich dachte ... bei den vielen alten Leuten... alles okay mit dir?"

„Alles bestens! Aber wie gut, dass du ein Auge darauf hast ...", ich nehme Lily in den Arm. „Wie könnte mir nicht gut sein, wo ich doch euch um mich habe."

Um halb acht ist das Essen ausgegangen. Aber niemand scheint auf die Idee zu kommen, deshalb nach Hause zu gehen. Dennoch, das Ende der Party ist jetzt absehbar. Ich werde ruhiger.

F., Kieler Restaurantmafiosi und Anwärter auf einen Wohnplatz für seine Mutter, reagiert prompt, zückt sein Handy, lässt einen Karton Sekt, zwei Fässer eingelegter Heringe und hundert Brötchen aus einer seiner Küchen bringen, übernimmt dann in unserer Küche auch eigenhändig die Zubereitung und Verteilung der Fischbrötchen. Die Kieler Lokalpresse ist ebenfalls eingetroffen, knipst F., der sich, angetan mit weißer Schürze über seinem Designeranzug, in Pose gebracht hat beim hilfsbereitsein.

Mir gelingt es immer wieder, mich nicht aus der Nähe fotografieren zu lassen. Für Gruppenfotos lasse ich meinen Mitarbeiter*innen den Vortritt. Ihnen gebührt der Platz in erster Reihe, sie sind schließlich die, die hier Wunder vollbringen, erkläre ich dem Geschäftsbürschchen, der, wenn auch in letzter Minute, so aber immerhin auch noch hereingeschneit ist. Er pflichtet mir bei, bittet allgemein um Ruhe, lässt eine Flasche Sekt effektvoll aufploppen und erhebt sein Glas zum Wohle seiner hervorragenden Altenpfleger*innen. Viel Applaus. Und für seinen Trinkspruch auf die fähigste Geschäftsführerin Deutschlands gibt es noch größeren Beifall. Die Lokalpresse knipst. Ich bringe mich unauffällig in Sicherheit. Von mir wird es später lediglich Fotos eines angeschnittenen Gesichts oder eines sorgfältig frisierten Hinterkopfs geben.

Um halb neun gehen uns F.'s Heringsbrötchen aus, die Leute haben offenbar tagelang vor diesem Fest gefastet.

In unser Vorzeigeschlafzimmer lassen wir schon seit einer Stunde niemanden mehr hinein, der Raum wurde regelrecht gestürmt, ehe wir uns versahen jeder Winkel fotografiert und der Fußboden abgeklopft, als wäre für nächste Woche der Einzug neuer Mieter*innen geplant. Zwar hatte die Tätschlerin, die ihr Zimmer für die Premiere zur Verfügung stellte, Bücher und Kleider und sonstige Habseligkeiten ins Zimmer ihrer Busenfreundin Spitzmaus geschafft, aber nachdem ein Ehepaar in geschickter Teamarbeit begann, den Raum auszumessen und mit einem Füllfederhalter Orientierungslinien aufs Laminat zu strichen, wurde es der Tätschlerin zu viel. „Sie verletzen meine Intimsphäre! Verschwinden Sie aus meinem Zimmer!", herrschte sie die beiden an, die sie verdutzt anstarrten und ihren Füllfederhalter erst wieder einsteckten, als ich sie höflich aber bestimmt dazu aufforderte. Gleich kam die Formalistin herbeigeeilt, um die Tintenstriche abzurubbeln, bevor sie eintrocknen würden.

Um neun Uhr können wir nicht mehr.

Meine Leute bewegen sich durch die Fabrik wie Aufziehpuppen. Ich habe schon vor Stunden aufgehört, die Mienen der Gäste auf kleinste Spuren von Argwohn zu untersuchen. Ich bin zu erledigt. Würden jetzt Handschellen klicken, wäre das eben der effektvolle Abschluss der glücklichsten Zeit meines Lebens.

Doch niemand will, dass jetzt schon alles vorbei ist.

Mit letzter Kraft schnappe ich nach dem nächsten Stuhl, stelle mich darauf. Es dauerte eine Weile, bis man mich hört. Ich danke den Kieler*nnen für ihr Kommen. Die Party wäre hiermit beendet.

Nochmal Applaus. Aufbruch, wenn auch zögernd.

Als sich endlich die Tür hinter den letzten Gästen geschlossen hat, stürmen mit erstaunlicher Energie meine Oldies von allen Seite auf mich ein, drücken, umarmen und loben mich unter Freudentränen.

Am Samstagmorgen fahre ich nach Hamburg.

Ich sitze im Zug und weiß nicht, warum. Ein Hotelzimmer in Hamburg habe ich mir auch nicht reserviert, vielleicht plane ich, abends wieder nach Hause zu fahren.

Vor dem Fenster zieht Schleswig-Holstein vorbei. Mir fällt ein, wie ich vor vielen Jahren beim Betrachten der weiten, gelben Felder immer sofort ans Weglaufen dachte. Man könnte immer weiter rennen, meinte das Kind. Bis man irgendwann in Sicherheit wäre.

Als ich am Hamburger Hauptbahnhof aussteige, überlege ich, dem Mädchen eine letzte Mail zu schreiben. Ob sie zu einer Aussprache bereit sei. Nachher ab drei, in einem schönen Café oder im Bergedorfer Schlossgarten, ganz, wie es ihr am besten gefiele. Natürlich könnten wir auch zu McDonald`s gehen, Hamburger und ihre geliebte Eiscreme mit Erdbeersoße essen. Ich will die Nachricht rasch tippen, aber es gelingt mir nicht, trotz mehrerer Versuche.

Was tue ich da nur?

Was hat es für einen Sinn, im schlammigen Grund herumzustochern, und all das hochzuwirbeln, was man nie mehr wird ändern können?

Da liegt kein einziger Schatz vergraben.

Die erwachsene Frau steckt endlich ihr Smartphone in die Tasche.

Fährt mit dem nächsten Zug zurück nach Kiel, wo man sie schon vermisst hat.

Benni und Familie sind von ihrem Nordseeurlaub zurück.

„Wie war`s denn?"

Ein Familienurlaub ohne größere Zwischenfälle, schließe ich aus seinem Bericht am Telefon.

Über unseren Tag der offenen Tür habe Minh in der Tagespresse gelesen, heißt es dann.

Eine amerikanische Ärztin für moderne, ganzheitliche Altersheilkunde leite seit wenigen Monaten erfolgreich in Kiel-Neumühlen-Dietrichsdorf eine Wohnanlage für Senior*innen, lautete die Essenz des Artikels.

Ich weiß schon Bescheid, der Club of Lords hatte die Seite ausgeschnitten und per Magnet an unserer Kühlschranktür befestigt.

Benni erzählt, dass seine Frau begeistert gewesen wäre von dem Bericht. Sie wolle unbedingt beim nächsten Tag der offenen Tür dabei sein. „Und alle mitbringen, natürlich auch Mama", fügt er hinzu, und zwar ohne dass ich einen wie auch immer gearteten Unterton heraushöre.

Ich denke mir dennoch meinen Teil, ich kann nicht anders.

„Was ich von Aktionen wie eurem Tag der offenen Tür halte, weißt du ja. Kann man Menschen nicht wenigstens im Alter verschonen von dieser Das-Private-ist-öffentlich-Manie?"

„Das sagst du, der du in einem Haus aufgewachsen bist, wo jeder jedem in den Kochtopf gucken konnte? Meine Senior*innen waren begeistert von der Idee, die Kieler*innen einzuladen. Der Nachmittag hat sie um Jahre verjüngt, jetzt freuen sie sich bereits auf die nächste Veranstaltung. Warum soll ich ihnen den Spaß nicht gönnen? Im Leben von alten Menschen passiert nicht mehr so viel Aufregendes."

„Kann ja sein, aber Big Brother Container ü 60? Ich weiß nicht. Ist schon etwas mehr als eine offene Küche, finde ich. Mama jedenfalls würde ich nicht bei euch einbuchen. Aber bedauerlicherweise fiel mir vor Minh kein triftiger Grund ein, warum ich nicht kommen möchte, um ´wenigstens mal zu gucken´. Dass ich mir für meine freien Sonntage etwas Erbaulicheres vorstellen kann, als in fremden Wohnungen herumzuspannen, lässt sie sicher nicht als Argument zu. Aber Mama würde so ein Schauwohnen garantiert nicht schätzen, nachdem sie fast ihr ganzes Leben in himmlischer Ruhe unter dem Dach verbracht hat ..." Er redet so und ähnlich noch einen Augenblick weiter, ich bin mit einem Ohr allerdings in der Fabrikküche, wo die Häsin ganz alleine die Blumen versorgt. Wenn jemand wie sie mit einem scharfen Gartenmesser hantiert, ist es besser, unauffällig Wache zu halten. Meine Mitarbeiter*innen sind mit den übrigen Oldies im Schwimmbad oder einkaufen.

„Und sie meint, wenn wir schon in Kiel wären, könnten wir danach alle zusammen schön am Wasser sitzen und Fisch essen", mault Benni gerade weiter, „ich habe Minh gesagt, dass wir auch an jedem anderen Sonntag alle zusammen schön am Wasser sitzen und Fisch essen können, sogar in Lübeck können wir das, dafür muss ich eigentlich gar nicht am Sonntag über die verstopfte Autobahn durch halb Schleswig-Holstein kriechen."

„Richtig, aber du wolltest mir ja deine Familie vorstellen."

„Genau, und Minh hat tausend Fragen zu deinen Auslandsaufenthalten. Worüber sie sich nämlich wundert ..."

In der Küche klirrt Glas, die Häsin schreit auf.

„Hör mal, überlegt euch das und ruf mich bald wieder an. Ich muss auflegen, meine Mitarbeiter*innen sind alle draußen."

Ich springe in die Küche. Zum Glück ist nur eine Vase heruntergefallen. Aber im richtigen Moment. Die Häsin ist mit dem Schreck davon gekommen. Übergibt mir dennoch freiwillig das Gartenmesser.

In der neuen Wohnung fühle ich mich wohl. Die Nachbar*innen sind freundlich, aber ... wie sagt man ... überkandidelt. Ob ich will oder nicht – ich bin für sie die Ärztin aus Amerika. Man erkundigt sich, sobald man mich im Treppenhaus oder im Hof trifft, wie man in Amerika gegen Migräne, Bluthochdruck oder Rückenschmerzen vorgehen würde. Wie weit dort der Stand der Wissenschaft sei.

Ich weiß es nicht, ich war noch immer nicht in Amerika, aber in der Kieler Lokalpresse stand, ich sei groß herumgekommen, also war ich für die Leute in Amerika. Ich habe es aufgegeben, zu erklären, dass ich in England war.

Trotz Todesstrafe, Abhörerei und Kriegseinsätzen auf der ganzen Welt – meine Nachbar*innen haben unbedingtes Vertrauen in Amerika. Amerika ist das sagenhafte Land, in dem Blinde sehend und Lahme gehend gemacht werden. England dagegen – naja ...

Auch die Tatsache, dass deutsche Ärzt*innen nach England auswandern, weil sie dort mittlerweile mehr verdienen als zuhause, macht den Kieler*innen das dortige Gesundheitssystem kein bisschen schmackhafter. Ein staatliches Gesundheitssystem kann nicht gut sein, ein privates wie in Amerika dafür umso mehr, auch wenn es natürlich ungerecht wäre, dass in Kieler Praxen Privatpatient*innen vorgezogen würden. Die deutschen Privatkassen sollten abgeschafft werden, wird sogleich vorgeschlagen.

Die amerikanische Ärztin antwortet ihren hilfesuchenden Nachbar*innen, dass man mit einer gelassenen Lebenseinstellung, ausreichend Mußestunden und vitaminreicher Ernährung Stress vorbeugen könne. Und weniger Stress bedeute weniger Migräne und Rückenschmerzen und Bluthochdruck.

Das finden die Leute im Haus hoch interessant, sie wollen es auf jeden Fall ausprobieren.

Und nicht nur das.

Letzten Sonntag kam ich abends vom Flohmarkt, wo ich ein seltenes Bootleg gefunden hatte. Die Stones live in Seattle 1972. Als ich mit der Schallplatte durchs Treppenlaus lief, kam mir Frau Lupy aus dem zweiten Stock entgegen. Was ich denn da für eine interessante Schallplatte hätte, wollte sie gleich wissen. Ich zeigte sie ihr, erklärte, Rockmusik zu hören verbessere den Fluss der Endorphine im Blut, was sich günstig auf das Immunsystem auswirken würde.

Sie schien beeindruckt.

Nach nur wenigen Tagen berichtet sie mir dankbar über eine spürbare Verbesserung ihrer Infektanfälligkeit. Weil sie sich ebenfalls ein paar Rockmusik-CDs zugelegt hätte.

Eingeladen werde ich jetzt auch ständig. Nicht nur von meinen Nachbar*innen, wo ich in Wohnzimmern auf ausladenden Sitzlandschaften neben Großbildfernsehern platziert werde und mich frage, ob diese Leute jemals von den 30 Gästen Besuch kriegen, die auf ihren Mammut-Polsterelementen Platz fänden, sondern auch von honorigen Kieler*innen.

Ich bin jetzt eine Dame der Gesellschaft. Das ging so schnell und lautlos, dass mein inneres Stimmungs- und Selbstbild noch nicht hinterher gekommen ist. Für mich bin ich noch immer die Frau mit aufgekrempelten Ärmeln, die sich Kraft und Mut zuspricht, weil sie kapiert hat, dass man der Hölle nur entfliehen kann, wenn man die Mitgefangenen ebenfalls befreit.

Letzte Woche stand diese Frau auf der Gartenparty des Bürger*innenmeisters K. und wusste nicht recht, wohin mit sich. Es gab Champagner und ein Buffet: Salate, Platten mit Meeresfrüchten und Schinkenvariationen. Die Dame des Hauses wollte natürlich wissen, was man in Amerika denn so servieren würde bei einer Sommerparty. Es hatte wieder keinen Zweck, den Leuten zu erklären, dass ich noch nie in Amerika war, sie wollten das nicht hören, Schluss, aus. Sie wollten nur wissen, was man dort auf Gartenpartys isst. Also berichtete ich, dass man in Amerika gerne und dauernd grillte. Keine Sommerparty ohne Grill, lache ich wohlgelaunt. Eine Sommerparty hieße in Amerika deshalb Barbecue. Ich war mir sicher, mit dieser Aussage nicht groß daneben zu liegen, in allen amerikanischen Spielfilmen grillen die Leute immerzu, selbst wenn sie im Weißen Haus leben.

Die Gattin des Kieler Bürger*innenmeisters lachte ehrlich amüsiert mit. Grillen, aha, spannend, na, das täten hier in good old Germany ja eher die etwas einfacheren, übergewichtigen Leute! In deutschen akademischen Kreisen würde man doch eher ein raffiniertes Buffet mit vielen frischen Salaten und fettarmem Fisch und Fleisch bevorzugen.

Ja, das wäre wohl so, gab ich zurück.

Die anderen anwesenden Hexen riefen aus, sie seien überwältigt von meinem Hosenanzug, nachdem sie mich reihum zur Seite genommen und gefragt hatten, was ich für eine Anti-Aging Creme benutzen würde, wie es aussähe doch bestimmt ein sündhaft teures Produkt aus den Staaten. Ich antwortete, dass ich mich seit dreißig Jahren mit Kokosöl eincremte, und wurde mit gehässigen Blicken und süßen Worten bedacht.

Und den überwältigenden Hosenanzug, ein overallähnliches Teil, besitze ich schon lange, es sieht noch so gut aus, weil ich selten Gelegenheit hatte, es zu tragen, wann werde ich schon mal zu einer Gartenparty eingeladen? Ich kaufte das gute Stück vor vier Jahren in Berlin in einem Sozialkaufhaus, es ist aus blaugrauem Futterstoff, oder besser: eigentlich ist es nur ein Futter, oder ganz genau gesagt: ein Muster für einen Overall, der dann, wenn sich zeigt, dass das Futterstoffteil perfekt sitzt, aus teurem Stoff gefertigt wird, wie mir die Verkäuferin damals erklärte. Besagtes Muster changiert aber sehr schön, ganz wie echte Seide, so ziehe ich es eben zu besonderen Gelegenheiten an: Wenn ich dahin gehen muss, wo die Leute nichts anderes als einen Seidenoverall erwarten, auf keinen Fall aber ein Overallmuster aus Polyacryl.

„Was gäbe ich für so einen original amerikanischen Cocktailoverall!", seufzte eine der Damen, nahm mich abermals zur Seite und wollte wissen, mit was für einem Workout ich mein Gewicht hielte. Ich antwortete ihr, dass ich einen zehnstündigen Arbeitstag hätte.

Mit Herrn D. und Herrn P. aus dem Kieler Promi-Anwaltsbüro kam ich auch ins Gespräch. P. raunte mir zu, zunächst mehr amüsiert als beunruhigt, er habe da von einer Story Wind gekriegt ... Die mache momentan die Runde hinter vorgehaltener Hand, obwohl sie nicht sollte.

„Aha?", hauchte ich und wusste, was jetzt kommen würde.

Und es kam.

„Haben Sie von der falschen Ärztin gehört, die durch Deutschland tourt? Sie ist eine Frau ohne jeden Schulabschluss oder Ausbildung, hat aber täuschend echte Zeugnisse im Gepäck." P. kicherte, aber man merkte plötzlich, dass er die Angelegenheit doch nicht so komisch fand, allerdings rein beruflich daran interessiert war, vielleicht sogar hoffte, die Betrügerin würde in Kiel landen, ausgerechnet in Kiel, wo man sie enttarnte, woraufhin sie dann an P.s und D.s Anwaltsbürotür klopfte.

Zum Glück hatte ich schon so viel Champagner getrunken, dass mein Nervensystem sehr geruhsam funktionierte.

Ich lächelte verständnisvoll und verkündete, die Geschichte wäre mir neu, oder besser, ich hätte früher von solchen Geschichten zwar schon gelesen, allerdings nur in Boulevardzeitungen oder Romanen. „Aber es ging immer nur um männliche Hochstapler! Schön, dass sich endlich eine Geschlechtsgenossin etwas zutraut!"

Der Mann lachte noch mal, jetzt wieder in Partylaune. „Ich liebe Menschen mit Humor in allen Lebenslagen, Frau Doktor! Gäbe es mehr von Ihrer Sorte, hätten wir die viel zitierte bessere Welt!"

Ich errötete ein bisschen ob des netten Kompliments.

Dann plauderte P. weiter, man wüsste nichts Genaues, weil kein Krankenhaus gestehen könnte, wollte, dürfte, die Ärztin beschäftigt zu haben. Auch die Polizei könnte deshalb wohl nichts tun. Nach wem sollten sie denn suchen? Sollte man von sämtlichen Ärztinnen in deutschen Kliniken die Zeugnisse verlangen und diese überprüfen?

Ich wollte vom Anwalt P. wissen, ob denn schon etwas passiert sei. Zum Beispiel ein Behandlungsfehler.

Nein, bislang noch nicht, antwortete er zögernd, oder aber es sei nichts bekannt geworden, ihm aber könne man nichts vormachen, wahrscheinlich sei schon jede Menge passiert und vertuscht worden. Er jedenfalls sei sehr beunruhigt, denn seine Mutter müsse nächste Woche ins Krankenhaus zu einer Hüftoperation.

„Verstehen Sie meine Sorge, Frau Doktor?"

Das tat ich nicht, nickte aber dennoch.

Er habe zwar jetzt ein Krankenhaus für die Behandlung seiner Mutter gewählt, in dem die Ärzt*innenschaft seit drei Jahren nicht mehr gewechselt hätte.... aber... hier stockte er.

„Sie sind sich nicht sicher, ob man Ihnen diesbezüglich die Wahrheit sagt", half ich weiter, „Sie befürchten, die Krankenhäuser kooperieren mit der Betrügerin?"

Er nickte sachte, allem Anschein nach ohne es zu merken, dann: „Nein, ich vertraue. Ich will vertrauen! Ich habe mit dem Chefarzt persönlich gesprochen. Er weiß ja auch, wer ich bin. Das gibt mir Sicherheit, wissen Sie. Mit einem Anwalt macht man so ein Spielchen nicht!"

Ich nickte zustimmend.

Und P.: „Der Chef erklärte, die Klinik würde sowieso nur männliche Chirurgen beschäftigen. Und was die Anästhesisten angeht ... ich will vertrauen. Aber wenn Sie mich fragen, Frau Doktor: Falls man nicht so ernst genommen wird wie ich, weil man kein bekannter Jurist ist ... hingehen und die Ärzt*innen anschauen, das ist das Einzige, was einen vor einer Katastrophe bewahrt! Eine falsche Ärztin erkennt man, wenn man ihr gegenüber steht. Da kann mir keiner was erzählen! Die gibt sich zu erkennen, durch Unsicherheit ... verstörende Kleinigkeiten in Gestik oder Ausdruck. Menschen, die keine akademische Ausbildung haben, können sich nicht in der Öffentlichkeit bewegen, beziehungsweise man merkt ihnen ihre fehlende Bildung an, daran eben, wie sie sich in der Öffentlichkeit bewegen. Nicht, dass Sie jetzt meinen, für mich gebe es Menschen erster und zweiter Klasse, aber..."

Ich beeilte mich zu versichern, dass ich ihn richtig verstanden hätte.

Daraufhin wollte P. sich mit mir treffen. Fragte nach einem gemeinsamen Abendessen, aber recht ungeschickt und unsicher. Vielleicht hatte er sich seinen Uniabschluss auch selbst ausgestellt. Das wäre das einzig Sympathische an ihm gewesen, dennoch behauptete ich, dass ich momentan wenig Zeit hätte, da ich beruflich enorm eingespannt wäre. Dafür zeigte er Verständnis, kündigte aber feixend an, es wieder bei mir zu versuchen.

Ich fürchte mich vor solchen Ankündigungen nicht. Dazu musste ich schon zu häufig zu schnell die Stadt verlassen.

Kiel ist hell und luftig. Immer Wind. Es geht hinaus in die Welt ab hier, das liebe ich so sehr an Hafenstädten. Man kann abhauen, wann immer man will oder muss. Jederzeit. Und das ist es auch, was mich in Berlin häufig trübsinnig gemacht hatte. Kein Meer weit und breit. In Berlin führt man, − jetzt im Nachhinein betrachtet − ein Kellerdasein. Überall in Berlin ist es halbdunkel und riecht angemodert, überall schmuddelige Mauern. Kein Entkommen. Eine Flucht aus Berlin muss viel sorgfältiger geplant werden als eine Flucht aus dem Rest der Welt und selbst dann ist unsicher, ob sie gelingt. Das Perfide ist nämlich, dass man, solange man noch dort lebt, meint, nie aus Berlin weggehen zu können. Weil ʹalleʹ dort sind. Wer ist `alleʹ? Nun, man findet leicht Freund*innen in Berlin, keine Freund*innen fürs Leben, aber Leidensgenoss*innen, Stadtgefangene, mit denen man im Café sitzt und endlos lang über die Widrigkeiten des Lebens diskutiert. In Berlin sammeln sich alle, für die es im Rest der Welt zu hell ist. In Berlin meint man, glücklich zu sein, weil alle Leidensgenoss*innen um einen herum sind, und merkt erst dann, wenn einem die Flucht gelungen ist, dass es auch ein Glück sein kann, gar nicht leiden zu müssen. Wenn die Sonne in Berlin scheint, scheint sie lediglich durch die Kellerluke.

Heute Morgen erhielt ich eine Postkarte aus Berlin.

Ich erschrak fürchterlich. Von meinen damaligen lockeren Berliner Bekanntschaften weiß niemand, dass ich in Kiel bin, ich war eben plötzlich verschwunden, kam nicht mehr in die Cafés und Bars auf der Oranienstraße, und erledigt.

Ich starrte auf die Postkarte, eine von diesen Ansichtskarten, auf denen die üblichen fünf kleinen Fotos drauf sind: Kurfürstendamm, Alexanderplatz, Siegessäule, Bundestag und in der Mitte der Karte der Berliner Bär.

Ich begann zu zittern, dachte plötzlich, dass es wie im Film wäre: Immer dann, wenn es der Heldin gerade gut geht, wenn sie meint, jetzt sei sie angekommen, ab jetzt könne alles ruhig und gewöhnlich weiterlaufen wie bei ganz normalen Menschen, holt sie die Vergangenheit ein. Ich drehte die Karte um, da stand: Viele Grüße aus dem spannenden Berlin! Euli und Benn.

Ich habe nie eine Euli gekannt, auch keinen Benn. Endlich, nachdem ich ungefähr fünf Minuten immer wieder abwechselnd auf die Worte und auf die bebilderte Vorderseite gestarrt hatte, fiel mein Blick aufs Adressfeld. Da stand: An Frau Martha Karls. Ach! So heiße ich nicht und habe mich nie so genannt. Lediglich die Adresse stimmte. Die Karte war also gar nicht für mich, begriff ich endlich. Sie war offenbar an meine Vormieterin geschickt worden, deren neue Adresse Euli wohl noch nicht besaß.

Ich stellte die Karte auf die oberste Briefkastenreihe und fuhr zur Arbeit in die Fabrik.

Heike stellt sich hin und wieder ungeschickt an. Sie gibt sich Mühe, das ist nicht zu übersehen, sie möchte so gern alles richtig machen, ist pünktlich, umsichtig, immer tadellos freundlich zu den Oldies, aber dennoch: Es kamen schon ein paar Mal Klagen von den Kolleg*innen.

„Sie drückt sich darum, unseren Herrschaften im Bad zu assistieren!", lautete beispielsweise eine Beschwerde. Oder eine andere: „Sie weiß nicht, wie man die individuelle Mindesttrinkmenge für alte Menschen berechnet."

Auch wurde mir schon zugetragen, dass sie es stets einrichten könnte, Statler nicht beim Blutzucker-Messen oder Insulinspritzen behilflich zu sein. Und Ähnliches mehr.

Es ist früher Vormittag, ma petite Soeur hatte Nachtdienst und ist vor einer Stunde nach Hause gefahren, Ken und Marie sind damit beschäftigt, jedem Oldie ein ganz spezielles Frühstück wie Haferbrei mit Zimt, Spiegelei ohne Salz oder Toast mit Kaviarersatz zuzubereiten.

Ich schließe leise meine Bürotür und hole die Mappe mit den Bewerbungen hervor.

Heike H. hat ihre Prüfung zur Altenpflegerin bestanden. Stempel der Fachschule für Pflege und Soziale Arbeit, Hamburg, Unterschrift, alles da.

Plötzlich muss ich lachen. Stempel? Unterschrift, alles da? Ja, und?

Ich greife zum Telefon, unterdrücke unsere Rufnummer, wähle die Hamburger Nummer der Fachschule.

„Guten Morgen", sage ich, „hier Kleinhebel vom Arbeitsamt Kiel. Ich hätte gern eine Auskunft über Ihre ehemalige Schülerin Heike H., die Anfang diesen Jahres die Prüfung zur Altenpflegerin bei Ihnen abgelegt hat."

Die Schulsekretärin tippt sogleich los. Ohne weitere Nachfrage zu meiner Person. Woher sie weiß, dass ich wirklich Frau Kleinhebel vom Arbeitsamt bin und nicht Frau Minihebel von der Wohnungsbaugesellschaft Kiel, erschließt sich mir nicht.

„Heike H. hat unsere Schule bereits nach einem Jahr, nämlich Anfang 2012 ohne Prüfung verlassen", schnattert es jetzt dienstbeflissen aus dem Hörer. Und damit nicht genug: „Zu den Gründen kann ich Ihnen nichts Genaueres sagen. Persönliche Gründe, ist hier vermerkt. Aber ihre Noten und Beurteilungen waren bis dahin sehr gut!", plappert die Frau auskunftsfreudig weiter.

Ich bedanke mich und lege auf. Genau das hatte seit Wochen in meinem Kopf herumgespukt.

Ich erwische mich bei der Überlegung, wie ich Heike zur Rede stellen soll.

Am nächsten Morgen ist Mitarbeiter*innenversammlung.

Da wir seit ein paar Wochen neue Kolleg*innen haben, schlage ich vor, die Arbeitsrichtlinien noch einmal ganz genau durchzusprechen. Auf einem Seminar am nächsten Samstag- und Sonntagnachmittag. Es gilt der Feiertagstarif als Vergütung fürs freiwillige Teilnehmen.

Alle erklären sich sofort bereit, mitzumachen. Ich frage, wer referieren und wer die Schulung leiten möchte. Meine Mitarbeiter*innen sehen mich verblüfft an, aber sehr schnell gefällt ihnen die Idee, dass sie und nicht ich gefragt sind. Sie wählen Lily und Marie zu Referentin und Schulungsleiterin. Die beiden sind einverstanden und nehmen die Wahl an.

Heike blickt ängstlich. Ich lasse mir nichts anmerken.

Nach der Sitzung rufe ich die beiden Gewählten zu mir ins Büro und bitte sie um Geduld und Hilfe besonders gegenüber der neuen Kollegin, die gerade erst ihre Prüfung bestanden habe, der es aber noch ein wenig an Praxis mangele. Geduld und Hilfsbereitschaft würden die Erfahrenen auszeichnen und ehren.

Die beiden stimmen zu und versprechen mir, besonders auf Heike zu achten.

Ich informiere auch die Oldies. Das Seminar sei zu ihrem Wohle, ob sie sich währenddessen auf die notwendigste Hilfe beschränken könnten und ausnahmsweise auf Unterhaltungsprogramm verzichten wollten? Sie wollen und können, befürworten das Seminar allesamt.

Ich sei eine umsichtige und kompetente Frau, verkündet die Tätschlerin. Spitzmaus steht neben ihr, nickt, drückt meine Hand. Das ist höchstwahrscheinlich das größte Kompliment, dass die beiden je einer Frau gemacht haben.

Heike sitzt bei mir im Büro. Sie wirkt verlegen und unsicher. Fragt mich nach einigem Zögern wieder einmal, ob ich mit ihr zufrieden wäre. Ich sei sehr zufrieden mit ihr, sage ich. Auf dem Seminar habe sie ja auch noch einiges an Theorie gelernt, wie ich hörte. Fehler mache jeder zu Anfang. Hauptsache, man würde das erkennen und sich bemühen, es beim nächsten Mal besser zu machen.

Sie lächelt erleichtert, und ich spiele einen Moment lang mit der wahrhaft verrückten Idee, sie zu fragen, warum sie ihre Ausbildung nicht zu Ende gebracht hat. Zum Glück kann ich mich im letzten Moment zurückhalten.

„Darf ich fragen, nur mal so interessehalber, ob du einen guten Kontakt zu deinen Eltern hast?" erkundige ich mich stattdessen.

Heike schweigt. Schaut zu Boden.

War es falsch, sie das zu fragen?

Was habe ich für eine Antwort erwartet?

„Mutter saß tagelang auf dem Sofa und starrte in die Luft oder lag im Bett und begann zu heulen, wenn sie aufstehen sollte. Man konnte keinen Kontakt zur ihr kriegen. Sie war ein auf Muttersein programmierter Computer, der schwere Fehler und Sicherheitslücken aufwies. Er beantwortete Reize, die bei einer lebendigen Mutter die verschiedensten Reaktionen wie Freude, Verständnis, Ärger, Kummer, Liebe, Erschöpfung, Sorge, Glück auslösten, lediglich mit Zorn. Er beantwortete die Anwesenheit der Kinder mit Angst vor dem Feind. Und es lag allein in der Hand des Mädchens, den Schaden zu reparieren."

Oder hätte ich von Heike lieber diese Antwort gehört:

„Ich habe einen guten Kontakt zu meiner Mutter, von klein auf. Sie tat das, was eben viele Mütter machten. Sie kümmerte sich um den Haushalt und die Familie."

Was bezwecke ich mit meiner dummen Fragerei? Jemanden aus seiner unglückseligen Rolle zu retten? Ich bin doch dabei, zu begreifen, dass es nur einen richtigen Weg gibt: Das Staffelholz nicht an meine Mädchen weiterzureichen.

Heike erzählt jetzt stockend, dass sie ihre Eltern nicht kennen würde. Sie sei in einem Heim groß geworden.

Ich spüre, dass es ihr unangenehm ist, darüber zu reden, sie mir aber dennoch keine Antwort schuldig bleiben möchte.

Ich versichere ihr, wie froh ich bin, dass sie hier, bei uns ist. Sie würde eine hervorragende Arbeit machen. Dann komme ich rasch im Plauderton auf ein unverfängliches, spaßiges Thema zu sprechen. Wie denn der Mittagsspaziergang mit dem Club of Lords verlaufen sei.

Die Tätschlerin hatte einen Herzinfarkt.

Schon gestern Abend verzog sie sich gleich nach dem Essen in ihr Zimmer. Obwohl Ken Dienst hatte.

Normalerweise ist die Tätschlerin in dem Fall nicht ins Bett zu kriegen. Auch dann nicht, wenn ihr beim Kartenspiel mit Spitzmaus und Häsin am Küchentisch schon die Augen zufallen. Wenn Ken Dienst hat, hält sie durch, bis es nicht mehr geht, reißt immer wieder die Augenlider auseinander, ohne Rücksicht auf sich, schüttelt sich, lockert sich, bis sie endlich den Kampf verliert und mit dem Kopf vorn über sackt. Dann muss Ken sie in ihr Zimmer geleiten, hakt sie unter, sie wird noch einmal anfallartig munter und streichelt zärtlich seinen durchtrainierten Arm. In ihrem Zimmer lässt sie sich von dem schönen Mann aus den Schuhen helfen, den Rest kann sie noch sehr gut selbst bewältigen, da ist er nicht zu erweichen, höchstens ruft er eine Kollegin herbei.

Gestern war alles anders. Nachdem sie beim gemeinsamen Abendbrot kaum einen Bissen herunter gebracht hatte, stand die Tätschlerin gleich auf, wünschte knapp einen schönen Abend in die Runde und war verschwunden.

Bevor ich nach Hause fuhr, sah ich noch einmal nach ihr. Sie lag auf ihrem Bett und kämpfte gegen starke Übelkeit, versicherte mir aber, sie kenne das bereits, habe am Nachmittag in der Konditorei zu mächtigen Kuchen gegessen, Frankfurter Kranz mit tüchtig Buttercreme. Das habe sie noch nie vertragen.

Ich kochte ihr einen Fencheltee, und sie beteuerte, alles sei gut, spätestens morgen früh. Ich könne beruhigt nach Hause fahren.

Ich fuhr nach Hause, wenn auch nicht beruhigt.

Nachts hat ma petite Soeur festgestellt, dass die alte Lady nach Luft japst.

Ich schlief bereits, da rief Heike an. Frau N. ginge es sehr schlecht, stieß sie aufgeregt hervor. Ob ich bitte kommen könnte.

Ich versicherte, ich sei gleich da, wollte Heike noch auftragen auch den Arzt zu rufen, da fiel mir ein, dass ich

Ärztin bin. In Windeseile zog ich mich an. Das Taxi kam sofort.

Als ich zwanzig Minuten später in der WG eintraf, stand Heike schreckensbleich im Zimmer der alten Lady. Die atmete schwer. Da überkam auch mich Panik.

„Hast du den Puls gefühlt?", fragte ich mit zitternder Stimme.

Heike stand da wie gelähmt.

Ich hockte mich auf die Bettkante der Kranken. Sie war nicht mehr ansprechbar. Ich fühlte den Puls, er raste. Ich legte die Blutdruckmessmanschette an, die Messung gelang mir nicht, was meiner Aufregung geschuldet war, denn Blutdruckmessen hatte ich im Krankenhaus gelernt, und zwar sehr gut. Ich versuchte, einen klaren Gedanken zu fassen, was mir schließlich auch gelang. Jede studierte Ärztin würde in diesem Fall die Feuerwehr rufen, statt sich aufgeregt zu fragen, was jetzt zu tun sei.

Ich zog mein Handy aus der Tasche.

Keine zehn Minuten später war der Wagen da. Die Tätschlerin konnte nicht mehr ohne Hilfe aufstehen, man hob sie auf eine Bahre. Der gesamte Club of Lords war wach geworden oder hatte noch gar nicht geschlafen. Die Herren standen in ihren Satinhausmänteln im Korridor und schauten voller Entsetzen und ausnahmsweise ohne jeden Kommentar zu, wie die Bahre mit der wimmernden Tätschlerin herausgetragen wurde.

Heike hatte sich wieder im Griff, beruhigte die Oldies, kochte Tee und schmierte Butterbrote. Mittlerweile waren alle wach. Spitzmaus schluchzte laut und herzzerreißend.

Ich fuhr mit zur Notfallambulanz.

Kleiner Herzinfarkt. Doch der diensthabende Arzt versichert mir, dass Frau N. durchkommen wird. Gut in Schuss sei sie für ihr Alter, abgesehen vom Blutdruck. Der wäre viel zu hoch. Könnte eine plötzliche Reaktion sein, müsste aber kontrolliert werden. Also die üblichen Maßnahmen, sobald die Patientin wieder zuhause sei. „Sie kennen das ja, Kollegin!"

Ich nicke ruhig und bedacht, bin aber innerlich vollkommen aus dem Häuschen. Ich war vorletzte Woche mit der Tätschlerin bei unserem Hausarzt. Ich ziehe ihn immer zu Rate, wenn die Oldies krank sind. Vier Augen sehen mehr als zwei, behaupte ich jedes Mal. Die Tätschlerin klagte seit Wochen über Schwindelanfälle. Der Hausarzt untersuchte sie sorgfältig, konnte aber nichts feststellen. Alles sei in Ordnung. Er findet es übrigens vorbildlich von mir, dass ich immer auch seine Meinung einhole. Keine falschen Eitelkeiten, das erlebe man seiner Meinung nach selten.

Auch der Klinikarzt lobt mich soeben. Ich hätte besonnen gehandelt. Nicht viele Kolleg*innen wären so. Die meisten würden in so einem Fall doch erst mal selbst herum diagnostizieren, abwarten, beobachten.

„Ich habe schon viel von Ihnen gehört!", gesteht der Mann. „Darf ich mal fragen, nur so aus kollegialer Neugierde ... worüber haben Sie promoviert?"

„Über die Auswirkung der Pseudologia phantastica schwer traumatisierter Kinder auf den Medicus."

„Ah ja ... so ..." Der Klinikarzt ist offenkundig schwer beeindruckt, beeilt sich, voller Anerkennung zu nicken. „Ich verstehe. Kein einfaches Thema ... wie setzen Sie das in der Praxis um? Na ..., wir sollten mal zusammen ein Glas Wein trinken gehen."

Sobald es mein Zeitplan zuließe, gern, wimmele ich ihn ab.

Als ich zurück in die Fabrik komme, ist es fast schon wieder Morgen, aber niemand außer der Häsin, die im Bett liegt und ruhig vor sich hin schlummert, hat inzwischen auch nur an Schlaf gedacht. Heike und die Oldies stürmen mir entgegen.

„Alles in Ordnung!", rufe ich noch in der Tür. „Sie wird bald wieder bei uns sein!"

Dann kommen die Tränen, ich kann sie nicht mehr halten. Spitzmaus drückt mich an sich, mehrere Hände streichen mir übers Haar, ein Taschentuch wird gereicht.

Wilhelm II. schlägt mit einem Löffelchen an sein Wasserglas, bis wir alle endlich ruhig sind.

„Ich spreche im Namen aller, wenn ich sage: Frau Doktor, wir sind überglücklich, uns in Ihrer Obhut zu befinden!", gibt er feierlich bekannt und sieht mir fest in die Augen. „Und wir befinden uns wohl! Sie haben geistesgegenwärtig gehandelt und die Emotionen kommen erst dann, wenn alles Wichtige getan ist. Unser Vertrauen in Sie ist in dieser Nacht noch gewachsen!"

Alle applaudieren gerührt.

Benni samt Familie wollen zum nächsten Tag der offenen Tür nach Kiel kommen.

Auch die Mama freue sich riesig, mich wiederzusehen. Benni versicherte mir aber zudem sofort und ohne dass ich danach gefragt hätte, es ginge keineswegs darum, eine Unterbringungsmöglichkeit für seine Mutter zu besichtigen. Wenn sie allein nicht mehr zurechtkäme, würde er eine größere Wohnung anmieten und sie zu sich holen. Das Normalste der Welt sei das, ideal zudem. Nicht umsonst wäre es generationenlang so gehandhabt worden und auch heute noch in vielen Ländern gang und gäbe.

Warum er mit Familie ausgerechnet an so einem hektischen Tag zu uns nach Kiel kommt, wenn es gar nicht um die Besichtigung einer möglichen Unterkunft gehe, frage ich nicht. Ebenso verzichtete ich darauf, Benni daran zu erinnern, dass auch generationenlang Frauen ans Haus gebunden waren, und das in vielen Ländern noch immer gang und gäbe und das Normalste der Welt sei. Ohne dass man diesen Umstand als ideal bezeichnen könnte.

Ich halte mich aus Bennis Familienangelegenheiten heraus; sie gehen mich nichts an.

Minh ist übrigens eine Frau, die sich ständig in andere Menschen einfühlen möchte, berichtete Benni. Das gehe so weit, dass sie häufig besser wisse, was für einen gut ist, als man selbst.

So. Ich bin auf alles vorbereitet.

Vor unserer zweiten Veranstaltung sind wir gelassener.

Die alten Ladys haben mich ein paar Tage vorher gebeten, dieses Mal unsere Köchin als Hilfe dazu zu holen. Sie wollen ein umfangreicheres Buffet anbieten; dass beim letzten Mal ein Gast aushelfen musste, hat sie offenbar beschämt. Auch mein Einwand, dass beim zweiten Tag der offenen Tür der große Ansturm sicher ausbleiben wird, hält sie nicht von ihren Plänen ab. Und wirklich nur zum Helfen solle die Köchin kommen, wie betont wird. Die Regie wollen die gnädigen Frauen nicht aus der Hand geben.

Ob das mit der Köchinnenberufsehre vereinbar ist, kann ich nicht einschätzen. Nach einigem Überlegen beschließe ich, den Sachverhalt einfach offen und ehrlich darzulegen: Unsere Seniorinnen wollen gern selbst kochen und vorbereiten, brauchen aber jemanden, der ihnen zur Hand geht.

Ich rufe unsere Köchin an, sie sagt ganz souverän zu.

Drei meiner Mitarbeiter*innen streichen unten im Hof die Holzgartenmöbel neu. Der Club of Lords hilft, indem die Herren in hellblauen Polohemden und ohne Jacketts um Karl, Heike und Ken herumstehen und Ratschläge erteilen.

Ken und Heike sind jetzt ein Paar, und wie es aussieht, läuft es prächtig zwischen den Beiden. Ma petite Soeur gewinnt an Selbstvertrauen. Sie ist selig und wenn sie so verzaubert durch die Fabrik schwebt, hinterlässt sie ein Strahlen auf allen Gesichtern, selbst Spitzmaus und die Tätschlerin können sich nicht dagegen wehren.

Die Formalistin schafft nach genauem Plan Ordnung auf beiden Etagen. Marie und unser Putzmann haben sich die riesigen Fensterfronten vorgenommen. Einer erledigt die Nassreinigung, die andere trocknet und poliert.

Russe schwarz und Russe weiß sind wieder ins Maritim Hotel gezogen. Dieses Mal in ein Doppelzimmer.

Und ich sorge dafür, dass alles so bezaubernd weitergehen wird.

Bennis Tochter ist bei Freunden geblieben, das Wiedersehen mit seiner Mama habe ich gemeistert. Hochbetagt ist sie jetzt, aber die lebhaften braunen Augen funkeln wie vor 30 Jahren. Der dicke geflochtene Zopf ist weiß. Sie drückte mich an sich, Tränen in den Augen, als sei ich ihre heimgekehrte Tochter. Während dieser Minuten durchlebte ich Scham, und dann plötzlich ein Hochgefühl, ihr jetzt als die, die ich immer sein wollte, entgegen treten zu können. Wie früher im Treppenhaus streichelte sie meine Hand, nachdem wir uns voneinander gelöst hatten. Ob alles gut wäre, schien ihr Blick zu fragen. Ich nickte, mehr wollte sie nicht wissen.

Ich legte alles daran, es ihr bei uns so schön wie möglich zu machen. Dass immer mehr Gäste eintrafen und ich meinen Verpflichtungen nachkommen musste, erleichterte mich. Was, wenn sie doch noch fragen würde, wie sich alles zugetragen hatte, nachdem ich gegangen war? Heike übernahm es, sich um sie zu kümmern.

„Und Sie sind die berühmte Ärztin aus Amerika?"

Ich erröte wohl leicht, dann stelle ich richtig: „Ich war nie in Amerika, aber die Kieler*innen wollen es nun mal so! Es ist zwecklos, sie immer wieder darauf aufmerksam zu machen, dass ich in England gearbeitet habe."

Minh lächelt. Sie ist zwar nicht herzlich, aber sehr freundlich und zugewandt. Über das bedauernswerte Mädchen scheint sie nichts zu wissen, oder sie kann sich gut verstellen. Im Vordergrund steht jedenfalls, dass sie große Hoffnung in mich setzt, wie ich gleich zu Beginn des Gesprächs heraushöre. Ob sie das bewusst sendet, vermag ich nicht zu erkennen. Was mir aber schnell klar wird ist, dass sie für die Pflege ihrer Schwiegermutter nicht ihre berufliche Laufbahn unterbrechen, gar aufgeben möchte. Sie berichtet vom chinesischen Wirtschaftswachstum, ihrer Tätigkeit in einem Lübecker Kontor, sowie Chancen und Risiken der asiatischen Märkte. Ich kapiere nicht allzu viel, durch all die eingedeutschten Fachtermini ist mir, als werde das Protokoll der letztem Vorstandssitzung im Konferenzraum ihres Kontor verlesen. Ich habe nie begriffen, warum Frauen ihre beruflichen Chancen nicht dazu nutzen, es besser zu machen als Männer, nämlich die Dinge bei ihren Namen zu nennen und sie damit zu dem zu machen, was sie sind: Ballons, die aufgeblasen werden, bis sie platzen.

„Aber wie ist der Amerikamythos entstanden?", möchte Minh wissen.

Das habe vermutlich einen ganz banalen Grund. England sei den Kieler*innen in Sachen Medizin nicht geheuer. Wegen des staatlichen Gesundheitssystems. Das rieche offenbar zu sehr nach Wohltätigkeit oder gar nach Sozialismus. Was umsonst ist nehmen die meisten Menschen zwar gern mit in Anspruch, schmücken sich in der Selbstdarstellung aber nicht gern mit dem Empfangen von Gratisgaben. „Amerika, das Land der unbegrenzten Möglichkeiten für Leute, die über die nötigen Mittel verfügen, soll es sein, und Punkt."

„Ja, das kenne ich gut. Menschen bestimmen ihre Realitäten eben am liebsten selbst ..."

Minh macht jetzt ein bisschen Smalltalk, bewundert zum Beispiel mein Kleid. Ich habe mir ein weiteres indisches Gewand zugelegt, dieses Mal in Türkis, neben Minh bin ich ein Hippie. Sie trägt ein dunkelblaues Kostüm, eine weiße Hemdbluse und feine Lederpumps. Das vermutlich schulterlange Haar ist hochgesteckt, ihr Make-up zurückhaltend. Alles an ihr ist sachlich und unaufgeregt, und das macht sie mir sympathisch.

Und dann kommt sie auf den Punkt.

Die Schwiegermama käme ihrer Beobachtung nach nicht mehr allein zurecht. Aber wie sollte es jetzt weitergehen? Die Wohnung unterm Dach wäre überhaupt nicht geeignet für eine alleinstehende Frau in dem Alter. Trotz Haushaltshilfe. Schon allein wegen der Küche auf dem Flur und dem fehlenden Fahrstuhl könne die Mama dort nicht mehr leben. Es wäre unter Schwiegertochter und Schwiegermutter bereits über die Situation gesprochen worden, nicht aber über mögliche Lösungen. Minh macht eine Pause. Offenbar plagt sie ihr Gewissen. Sie wisse nicht, wie sie alles unter einen Hut kriegen sollte – Beruf, Tochter, Schwiegermutter, vertraut sie mir schließlich an. Und nein, bevor ich das jetzt fragen würde, auch in ihrer Heimat Asien wäre das Modell nicht mehr alltäglich. Immer mehr Frauen wünschten sich mehr als Familie und

Haushalt. Im Übrigen habe sie Vietnam als Kind für immer verlassen.

Ich hatte nicht beabsichtigt, ihr eine solche Frage zu stellen. Dass eine Asiatin sich freiwillig mit weniger zufrieden gibt als eine Europäerin, halte ich für einen Mythos.

Und dass Benni seinen Beruf aufgibt, stand offenbar nie zur Debatte, was mich in Anbetracht seiner mangelnden Karriereambitionen verblüfft.

„Wie und wo möchte Ihre Schwiegermutter denn weiterleben?", frage ich ganz unzeremoniell.

„Am liebsten möchte sie in ihrer Wohnung unterm Dach bleiben. Darüber ist nur noch der Himmel."

Bennis Mama fühlt sich bereits wie zuhause bei uns. Wenn ich einen Moment Zeit habe nach ihr zu schauen, finde ich sie im Hof, wo sie sitzt und die Sonne genießt, oder in der Küche, bei einer Plauderei mit anderen Gästen. Bin ich in ihrer Nähe, streckt sie die Hand aus. Ich drücke sie. Heike trägt ihr Getränke hinterher und holt ihr vom Buffet leckere Kleinigkeiten.

Minh macht den Nachmittag über einen niedergeschlagenen Eindruck, und irgendwann kann ich es nicht mehr aushalten. Ich setzte mich neben sie auf die Küchenbank, achte drauf, dass wir außer Hörweite anderer Gäste sind und erkläre ihr unverblümt, dass ich es überhaupt nicht anrüchig finde, wenn eine Frau für die Pflege ihrer Schwiegermutter nicht aus dem Beruf aussteigen möchte. Sie solle in der Familie eine Unterbringung besprechen, zum Beispiel gern bei uns. Falls Benni damit nicht einverstanden wäre, könne er doch aus dem Beruf aussteigen. Zur Pflege von Angehörigen gebe es staatliche Programme auch für Männer.

Minh ist zunächst erschrocken über meine offenen Worte, dann aber scheint sie sehr erleichtert. Ich spüre jetzt, dass sie schon längst all ihre Hoffnung in mich, die Profi-Schwiegertochter gelegt hatte.

„Muss eine Frau sich schämen oder per Selbstbestrafung depressiv werden, wenn sie in der Beaufsichtigung und Pflege von Angehörigen keine Erfüllung findet?"

Dass sie beides nicht müsste, meiner Meinung nach keinesfalls dürfte, beruhige ich Minh.

Auch dieser Tag der offenen Tür wird gelingen.

Die Fabrik ist nicht so voll, wie beim ersten Mal, aber dafür reicht das Essen, wir müssen uns noch zwei weitere Tage an Kartoffelsalat, kalten Braten und Apfelkuchen halten.

Minh und ich werden telefonieren. Ich freue mich, ihr begegnet zu sein, auch wenn ich spüre, dass sie mich hauptsächlich deswegen schätzt, weil ich sie von etwas befreien kann, das sie als Last empfindet. Ich nehme es ihr nicht übel. Gerne hätte ich Bennis Mama hier bei mir.

Die Presse ist dieses Mal nicht gekommen, was für mich eine große Erleichterung ist. Auch die Besucher*innenschar war den ganzen Nachmittag überschaubar. Abends sitzen die letzten Gäste im Hof und trinken Wein. Das Lachen meiner Mitarbeiter*innen, die sich dazu gesellt haben, dringt durchs geöffnete Küchenfenster. Ich schaue hinunter, träume für einen Moment der untergehenden Sonne hinterher. Dann beginne ich schon mal mit dem Aufräumen. Heike, die zusehends sicherer wird, aber dennoch immer an meiner Seite bleibt, geht mir gleich zur Hand. Ich sage ihr, dass ich glücklich bin über meine Crew. Sie strahlt mich an, glaubt mir mittlerweile, dass auch sie dazu gehört, und ich spüre, dass ihr Platz in der Fabrik für sie genau so eine riesengroße Wichtigkeit hat, wie mein Platz hier für mich.

Die Liste mit Anwärter*innen auf ein Zimmer bei uns ist heute wieder gewachsen. Das Geschäftsbürschchen wird eine zweite WG eröffnen.

Die Angst ist dieses Mal draußen geblieben, weit hinter der Hofmauer. Protagonist*innen aus meinem Vorleben sind gekommen. Die Ersatzfamilie meiner frühen Jugend; nichts von beidem konnte mich damals wirklich berühren, nicht die Ersatzfamilie und nicht die Jugend, ich lebte wie hinter einer Glasscheibe. Heute habe ich eine Identität und eine Vergangenheit bekommen.

Eigentlich möchte ich mit Benni sprechen, aber er ist nicht zuhause. Seine Tochter geht ans Telefon. Piepst ihren Namen in den Hörer. Ob sie mir ihre Mami geben soll.

„Ja, gern, mein Schatz!"

„Warum sagst du 'mein Schatz' zu mir? Du kennst mich doch gar nicht."

Wunderbar, wie schlagfertig Kinder die Gemeinplätze von uns Erwachsenen enttarnen.

Minh übernimmt. Bedankt sich noch einmal für den Nachmittag in Kiel, es sei sehr vergnüglich gewesen bei uns.

Ich frage, ob sie schon mit Mann und Schwiegermama geredet habe.

„Nein, ich weiß einfach nicht, wie. Aber Mama war begeistert von eurer WG."

Das kann ich nachvollziehen, denn genau wie im Lübecker Ganghaus herrscht auch bei uns kein Mangel an spleenigen Zeitgenoss*innen.

Dass der Winter fast vor der Tür stehe, seufzt Minh jetzt. Die Mama könne den Zug und die Kälte nicht mehr vertragen, wenn sie bei Minusgraden in die Küche und damit über die eisigen Stufen müsste. So bliebe die Küche seit zwei Jahren, wenn die Temperatur im Winter unter den Gefrierpunkt fiele, manchmal tagelang unbenutzt. Das Essen bringe sie dann mittags, in ihrer Büropause. Sie musste der Mama aber versprechen, es nicht Benni zu erzählen.

Ich stutze.

Sehe Minh durch die Stadt hetzen, in einem Restaurant nach einem Mittagessen zum Mitnehmen anstehen, die Treppen des alten Ganghauses hinauf eilen. Warum darf Benni davon nichts wissen? Was befürchtet die Mama? Dass er seiner Frau verordnen würde, in Ruhe in der Kantine zu sitzen und ihre Pause dazu zu nutzen, selbst zu essen? Oder befürchtet sie, ihr Sohn würde, wenn er von diesen Machenschaften erführe, auf sein eigenes Mittagessen verzichten, um die Mama zu versorgen?

Dass ihre Schwiegermutter sehr gern noch einmal wiederkommen und sich meinen Bewohner*innen ausführlicher vorstellen könne, höre ich mich sagen.

Wer ist Minhs Schwiegermama?

Die Frau, die etwas verändern konnte?

Nein. Auch sie half, zu vertuschen. Mit vollem Körpereinsatz drei Mal die Woche. Nichts hatte sie auffliegen lassen. Sie hatte mich vom schuldigen Mädchen zum bedauernswerten Mädchen gemacht. In der tiefen Überzeugung, mir damit zu helfen.

Ich versuche, mich zu fangen. Richte die Frage, die eigentlich für Benni bestimmt war, an Minh. Ob ihr Gatte je klar geäußert hätte, dass seine Frau aus dem Beruf aussteigen und sich um seine Mutter kümmern solle?

Minh zögert einen Moment, schließlich bekennt sie: „Nein, er hat es nie so deutlich gesagt. Aber ich habe immer das Gefühl, ich müsste es tun, es werde so von mir erwartet."

Dass ich Frau Blume gerne hier bei uns hätte, verrate ich Karl, mit dem ich nach dem Essen auf dem Balkon sitze. Die meisten Oldies halten gerade Mittagsschläfchen, der Club of Lords sitzt im Hof und pafft Zigarren. Die Herren sind ausnahmsweise mal ganz still, deshalb senke auch ich die Stimme. Erfrischend natürlich und lebendig sei Frau Blume. „Genau das fehlt noch zwischen unseren Fürstinnen und Lords."

„Wahrscheinlich kann sie sich aber nicht vorstellen, was ein Zimmer bei uns kostet", vermutet Karl. So, wie er es verstanden hätte, bekäme sie eine nicht allzu üppige Witwenrente.

„So sieht es aus, Karl. Das ist das Dankeschön an alle Frauen, deren Männer nun mal keine Reichtümer verdient haben. Wenn meine Geschlechtsgenossinnen es sich einst zur Aufgabe gemacht haben, als Haushaltshilfen ein bisschen dazu zu verdienen, eigene Kinder großzuziehen und den Haushalt zu schmeißen, können sie nur hoffen, dass ihnen der Mann nicht wegstirbt. Ansonsten gibt es eine kärgliche Witwenrente und sonst nichts."

Was Karl denn von einer Verhandlung mit unserem Boss über die Miethöhe für weniger wohlhabende Interessent*innen hielte, interessiert mich. Unser Laden würde schließlich genug Geld einspielen. Beispielsweise Frau Blume aufzunehmen würde erstens für eine gesunde Mischung in der WG sorgen, und als angenehmen Nebeneffekt gäbe es ein gutes Bild in der Öffentlichkeit ab.

Karl schweigt, wirft einen Blick hinunter in den Hof zu unseren zigarrenpaffenden alten Knaben.

Ich aber habe mir vorgenommen, das Geschäftsbürschchen davon zu überzeugen, dass er gerade heutzutage bei der Kieler Gesellschaft punkten kann, wenn er auch einer Frau wie Bennis Mutter einen schönen Lebensabend ermöglicht. Abgesehen davon, dass meine Oldies auch etwas davon hätten. Normale Menschen bringen einen so fabelhaft zurück auf den Teppich.

„Ich habe Frau Blume eingeladen, nächsten Samstag noch einmal wiederzukommen und sich unseren Herrschaften vorzustellen. Es besteht eine gewisse Dringlichkeit. Sie lebt allein in einer Dachgeschosswohnung ohne elektrische Heizung und Fahrstuhl. Ich schlage vor, sie deshalb vorzuziehen. Unsere Kandidat*innen auf der

Warteliste sind momentan noch alle gut versorgt. Wahrscheinlich wird Ende des Jahres das Zimmer von Frau N. frei. Ihre Tochter überlegt, sie zu sich nach Malaga zu nehmen nach dem Herzinfarkt."

„Ich denke, Frau N.s Tochter ist ein unmögliches Geschöpf ohne Standesbewusstsein? Und zu der will sie jetzt ziehen?"

„Ja, seit sie aus dem Berufsleben ausgestiegen und sich ein Haus in Malaga gekauft hat, ist sie Frau N.s Liebe wieder würdig."

„Verstehe." Karl schlürft nachdenklich einen Schluck Tee, versichert mir, dass er jedenfalls einverstanden wäre, was die neue Mitbewohnerin anginge. Frau Blume sei ihm sehr sympathisch gewesen.

„Ich zähle darauf, dass sie der Crew und unseren Ladys und Lords ebenso sympathisch ist. Das Team, das wir mittlerweile sind, kriegt das gemeinsam hin, oder, Karl?"

Er zögert. Dann: „Wie gesagt: Auf deine Mitarbeiter*innen kannst du dich fest verlassen."

Benni ist zwar dagegen, dass seine Mutter bei uns einzieht, weil er grundsätzlich dagegen ist, dass sie irgendwo untergebracht wird, dennoch ist er einverstanden, am Samstag noch einmal mit ihr nach Kiel zu kommen. Danach werde man weitersehen. Man müsse ja auch nichts überstürzen, noch sei sie in ihrer Lübecker Wohnung gut aufgehoben.

Ich erinnere ihn daran, dass in wenigen Monaten die nächste Heizperiode beginnt, worauf er sich von mir überflüssigerweise belehrt fühlt. Seit fünf Wintern würde er seiner Mutter jeden Samstag fünf Eimer Briketts aus dem Keller holen und in der Küchenkammer bereitstellen. Die Asche trage Minh Montags, Mittwochs und Freitags hinunter in den dafür vorgesehenen Container. Daran werde sich auch im kommenden Winter nichts ändern. Im Übrigen würde Mama ihre Kachelöfen lieben, sich vielmehr bei Benni unwohl fühlen wegen der trockenen Zentralheizungsluft.

Ich finde diesen Zustand für eine über 80-jährige Frau dennoch alles andere als ideal, halte mich aber jetzt zurück.

Und natürlich erwähne ich auch nicht den Umstand, dass die Küche im Winter unnutzbar ist und die Verpflegung von der Schwiegertochter in deren Mittagspause, die eigentlich zum Essen gedacht sei, übernommen werde.

„Also schön, kommt erst mal, nächste Woche sehen wir dann weiter. Und sonst? Was macht eure Hochstaplerinnenjagd?"

Bennis Laune bessert sich sogleich. Er erzählt, die Berichterstattungen und Meldungen über die falsche Ärztin wären plötzlich, verglichen mit dem Abflauen einer Epidemie, aus der Welt verschwunden. Was man als Bestätigung werten könne, dass es die Frau, so wie sie dargestellt wurde, nie gegeben hätte. „Wenn man sich das Ganze genau anschaut, existiert tatsächlich nur ein einziges reales Lebenszeichen von ihr, und zwar aus Berlin. Die ehrenamtliche Ärztin war trotz Vorladung nicht vor Gericht erschienen und konnte bis heute nicht identifiziert werden. Daraus aber eine falsche Ärztin, die durchs Land tourt, zu kreieren kann ja nichts weiter als ein Mythos sein. Zuletzt sind sämtliche anonyme Hinweise Fakes, die Frau hat in Wirklichkeit das Land verlassen, als sie aus der Kirchenambulanz ausgeschieden ist. Wahrscheinlich war meine Vermutung, dass es sich bei ihr um eine ausländische Ärztin ohne Aufenthaltserlaubnis gehandelt hat, doch nicht so falsch. "

„Also hat sich die Theorie um einen Skandal, der hinter der Sache steckt, auch nicht bestätigt?"

„Nein, es handelte sich dabei tatsächlich nur um die Phantasiebegabung einiger Kolleg*innen. Wir müssen davon ausgehen, dass irgendjemand die Meldung aus Berlin benutzt hat, um sich einen Spaß zu erlauben. Einen teuren Spaß übrigens. Die Ermittlungen wurden letzte Woche eingestellt."

Montag, 9 Uhr, Vollversammlung.
Wilhelm II. will es schließlich ohne Umschweife sagen, und tut das auch: „Warum sollen wir die Armut hier einlassen? Diese Sorte Menschen hat Probleme, die wir nicht verstehen und nicht lösen können!"

Die übrigen fünf Oldies nicken synchron. Russe schwarz und Russe weiß rühren sich gar nicht, weil sie ihre Hörgeräte sicherheitshalber auf den Nachttischen haben liegen lassen.

Vorher ist moniert worden, dass Bennis Mutter hier nicht hineinpasse, weil sie zu laut lachen würde. Als regelrecht gefährlich stuft die Häsin ihr Benehmen beim gemeinsamen Kaffeetrinken am vergangenen Samstag ein. Sie hätte mit den Fingern in die Schale mit Zuckerwürfeln gegriffen. Pfui! Die Häsin schüttelt sich in Gedanken daran. So was Unhygienisches! Wer weiß, was die Frau damit hier eingeschleppt hätte!

Und Spitzmaus findet die Kleidung unseres Gastes unpassend. Sauber und ordentlich wäre sie angezogen gewesen, sicher. Doch ..., „ihr Kilt und die Strickjacke waren nicht original schottisch, vielmehr handelte es sich um Imitate. Aus dem Kaufhaus. Ich habe unterm Tisch einen Zipfel ihres Rocks befühlt: Woll-Kunststoffgemisch."

„Insgesamt sehr einfach", bestätigt die Tätschlerin, mittlerweile wieder von ihrem Herzanfall genesen. „Um nicht zu sagen: ärmlich." Sie fängt den flehenden Blick der ihr ergebenen Spitzmaus auf und fügt hinzu: „Wenn ich Ende des Jahres in wärmere Gefilde auswandere, möchte ich auch meine über alles geschätzte Freundin gut aufgehoben und glücklich wissen."

Natürlich weiß Spitzmaus so gut wie wir alle, dass die Angebetete sich nicht mehr im geringsten darum schert, wie es ihrer Freundin geht, sobald sie erst mal bei ihrer Tochter an der spanischen Küste weilt.

Wilhelm II. blättert in seinem ledernen Notizbuch. Er habe sich noch ein paar Gedanken zu dieser ja durchaus sympathischen Frau gemacht, die aber eben nicht in die Wohngemeinschaft passen würde. „Ah, hier... sie gab an, ihr Mann habe Zeit seines Lebens in einer Schreinerei gearbeitet, sie selbst sei neben dem eigenen Haushalt und Kind einige Jahre einer Familie mit einer kranker Mutter zur Hand gegangen." Wilhelm räuspert sich. Das sei ja bestimmt eine hochanständige Betätigung, aber was solle diese Frau denn nun hier, in einer Gemeinschaft, wo man eher das Geistige pflegen würde und den Abend mit Diskussionen zubrächte? Man täte dieser Frau keinen Gefallen, wenn man sie hier einquartierte, sie würde sich nicht wohl fühlen. Sicherlich hätte sie ihre Bekanntschaften, Frauen ihres Schlages, die sich gegenseitig nach Hause einladen würden. Auch diese Freundinnen würden sich hier selbstverständlich deplatziert vorkommen.

Wilhelm klappt sein Lederbüchlein zu. Es gehe hier nicht um irgendwelche kleinlichen Feindseligkeiten, versichert er mir. Vielmehr ginge es um die Einhaltung der natürlichen Ordnung.

„Jeder Mensch auf den Platz, der ihm von der Vorsehung zugedacht wurde!", erklärt Statler ergänzend.

Die Tätschlerin gibt noch zu bedenken, dass solche Leute keine Tischmanieren hätten, da sie solche ja auch nicht bräuchten in ihrem Alltag. Eine Kostprobe hätten wir am Kaffeetisch bekommen. Offenbar wäre da jemand zum ersten Mal im Leben mit einer Gebäckzange oder einem Kuchenbesteck in Berührung gekommen ...

„Schluss jetzt!", beende ich die Vorstellung, indem ich mit der Faust auf den Tisch haue, im Grunde viel zu spät. Doch ich war bis zu diesem Moment zu bestürzt, hatte dagesessen und zugehört, wie gelähmt.

„Gibt es auch irgendein vernünftiges Argument gegen den Einzug von Frau Blume?" Eigentlich möchte ich der Tätschlerin, die stets am Tisch ihr Taschentuch hervorzieht, um sich laut und ausgiebig die Nase zu schnäuzen, noch etwas zum Thema Tischmanieren erzählen, aber da alle Oldies mit einem Schlag mucksmäuschenstill sind, verzichte ich darauf. Und auch Wilhelm mache ich nicht darauf aufmerksam, dass es geistreicheres gibt, als seine Abende damit zu verbringen, die Schlagzeilen der Boulevardpresse zu kommentieren. Aber hätte mir nicht von Anfang an klar sein müssen, dass die Oldies meine Mama nicht hier haben wollen? Auch ihre reizend anschaulichen Berichte über das Leben in der Lübecker Altstadt hatten daran wohl nichts geändert. Meine Mitarbeiter*innen waren gerührt gewesen, das höfliche Lächeln im Gesicht der Oldies wurde zusehends eisiger. Menschen, die das Glück überall vermuten – sogar im Dachgeschoss eines uralten Ganghauses, Menschen, die das Glück auch überall dort finden – wie sollen meine Ladys und Lords solche Menschen in ihrer Nähe ertragen?

Diesen grauenvollen Samstagnachmittag möchte ich am liebsten ungeschehen machen! Ich verließ zwischendurch die Kaffeetafel, floh in mein Büro, so sehr schämte ich mich an diesem Tag für meine Herrschaften. Wusste, dass ich gleich wieder zurück in den Ring musste, mich nicht länger als ein paar Minuten verstecken durfte. Schließlich hatte ich das von klein auf gelernt. Ich gönnte mir noch einen Augenblick, nur, damit die Hitze aus meinem Gesicht wich.

Dann ging ich zurück in die Küche.

Frau Blume aß mit gutem Appetit Maries selbstgebackenen Apfelkuchen, meine Oldies stocherten mit zusammengekniffenen Mündern auf ihren Tellern herum. Meine Mitarbeiter*innen warfen sich Blicke zu, die ich dahingehend deutete, dass auch die beiden sich in diesem Moment für unsere Oldies schämten. Da wusste ich sofort wieder, warum ich bei ihnen bleiben musste.

Bennis Mama hatte mir beim Abschied versichert, wie glücklich sie wäre, in dieser wunderschönen Wohnung ihren Lebensabend verbringen zu dürfen. Als ihr Sohn vom Stadtbummel zurück kam, um sie abzuholen, scherzte sie: „Weißt du, ich möchte mal aufräumen mit der Legende, dass es für alte Leute nichts Verlockenderes gibt, als tagein tagaus auf ihre Enkel aufzupassen, kleine Aufräumarbeiten in einem Berufstätigenhaushalt zu übernehmen, Sekretär*in zu spielen, und sich unsichtbar zu machen, wenn die Kinder abends Feierabend haben."

Ich atmete auf. Minh war soeben das Recht auf ein eigenes Leben zugesprochen worden. Wer war die Mama? Die Schwache, die die Staffel weiterreichte oder die Zuversichtliche, die begriffen hatte, wie viel in unserer Hand lag, wenn wir nur wollten?

„Meine Verehrte!", Spitzmaus legt soeben den Arm um meine Schulter, „wir schätzen unser Zuhause und Sie über die Maßen. Auch wenn Sie uns anfangs zu modern schienen, sind wir mittlerweile sicher, dass Sie jederzeit das richtige Urteil fällen werden. Erst recht, wenn es darum geht, Anwärter*innen auf einen Platz in unserer Gemeinschaft einzuschätzen. Passt jemand zu uns oder nicht? Natürlich liegen diesbezügliche Entscheidungen zuletzt bei Ihnen!"

So, denke ich, na, dann weiß ich, wer zum Ende des Jahres bei uns einziehen wird. Natürlich werden spätestens nach drei Monaten alle meine Pappenheimer*innen mit dieser Entscheidung zufrieden sein.

Und während ich noch darüber sinniere, wie ich meinen Oldies die Vorzüge der neuen Mitbewohnerin so verständlich wie möglich darlege, steht Russe schwarz plötzlich auf, ergreift meine Hand, lächelt, nickt mir bestätigend zu.

Stunden später sitze ich zuhause in meinem Wohnzimmer und trinke ein Glas Protocolo Rosado. Draußen vor dem Fenster scheint die Abendsonne. Ich höre *Parade – Ballet réaliste* von Satie.

Gleich werde ich zu Bett gehen und gut schlafen. Seit ich in Kiel bin, schlafe ich zum ersten Mal in meinem Leben fast jede Nacht gut.

Morgen fahre ich zu meiner Arbeit, wo man mich braucht. Mit dem Geschäftsbürschchen habe ich bereits verhandelt. Dass eine weniger begüterte Mieterin einzieht und einen speziellen Mietpreis zahlt, ist für ihn in Ordnung. Und ich würde das gekonnt an die Kieler Presse kommunizieren, nicht wahr? Aber, fügte er gleich hinzu, es bliebe bei dieser einen Sondermiete, einverstanden?

Ich schlug ein.

Ersteinmal.

Ich will ja noch lange wirken.

Ich will wunderbar sein.

ENDE

Sach- und Fachbücher
- Gesellschaftskritik
- Frauen-/ Männer-/ Geschlechterforschung
- Holocaust/ Nationalsozialismus/ Emigration
- (Sub)Kulturen, Kunst & Fashion, Art Brut
- Gewalt und Traumatisierungsfolgen
- psychische Erkrankungen

sowie
…Erzählungen, Prosa, Romane, junge
Gegenwartsliteratur, Krimis/Thriller, Biografien

…Art Brut und Graphic Novels

www.marta-press.de

Kontakt: marta-press@gmx.de